Alexander Schuller

Shalom Berlin

EDITION M

Das Buch

Die angesagte israelische DJane Tamar wird in Berlin vor einem Club erstochen. Sara Stein, die selbst aus einer jüdischen Familie stammt, nimmt als Hauptkommissarin der Kripo die Ermittlungen auf. Unter dem Druck der Öffentlichkeit bekommt der Fall rasch eine besondere Bedeutung und für Sara gleichzeitig eine persönliche Dimension: War die Tat antisemitisch motiviert?

Im Lauf der Ermittlungen rücken sowohl der eifersüchtige Freund Tamars als auch seine palästinensische Familie immer mehr in den Fokus. Sara ist sich sicher, dass die Familie etwas verbirgt, bis ein winziges Detail zu einer schockierenden Wendung führt.

Der Autor

Alexander Schuller, Jahrgang 1961, lebt als freier Journalist und Schriftsteller in Hamburg. Er hat bisher rund 25 Romane, Film-Tie-Ins, Biografien und Sachbücher veröffentlicht und hat mehrere Spielfilme geschrieben. Auf seiner Visitenkarte steht lediglich »schreibt«, und wenn er das ausnahmsweise mal nicht tut, spielt er Schlagzeug oder tritt mit einer Comedytruppe, den »Grenzenlosen Ärzten« auf, die dem Genre des Deutschen Groschenromans eine völlig neue Sichtweise verleiht.

ALEXANDER SCHULLER

SHALOM BERLIN

EIN FALL FÜR SARA STEIN

KRIMI

EDITION M

Deutsche Erstveröffentlichung bei
Edition M, Amazon Media E.U. Sàrl
5 Rue Plaetis, L-2338, Luxembourg
Februar 2017

Das Buch basiert auf dem Film Der Tel-Aviv-Krimi: Shalom Berlin
Regie: Matthias Tiefenbacher
TV60Film tv60film /ARD Degeto ARD Degeto
Umschlaggestaltung: bürosüd° München, www.buerosued.de
Umschlagmotiv: © Edwin Remsberg /Getty; © Lautz /Shutterstock
Lektorat: Rotkel Textwerkstatt
Printed in Germany
By Amazon Distribution GmbH
Amazonstraße 1
04347 Leipzig, Germany

ISBN: 978-1-503-94304-9

www.amazon.de/editionm

Prolog

Ich bin verrückt. Nein, ich bin eher total gaga, dachte Sara Stein, als sie kurz vor sechs Uhr morgens ein Taxi bestieg, das sie nach Tegel bringen sollte. Ihr Flug nach Tel Aviv sollte um 9.10 Uhr starten. Hinter Sara lagen ein verzwickter, tragischer Fall und eine sehr kurze Nacht. Vor ihr lag jetzt eine Reise ins Ungewisse, ins Gelobte Land, das gerade wieder vom Terror der Hamas erschüttert wurde. Aber daran dachte sie in diesem Moment nicht, sondern an David. Und daran, ob es wirklich eine gute Idee war, in wenigen Stunden vor seiner Tür zu stehen, als Überraschungsgast: »Hallo, David … Ich dachte, ich komme dich mal in Israel besuchen …!«

Am Abend zuvor war sie von der Polizeidirektion in der Friedrichstraße direkt zu Alkans Dönerbude – ihrem eigentlichen Wohnzimmer – am Kotti gefahren, wo sie im selben Haus in der obersten Etage wohnte. Dort hatte sie ihr Laptop liegen lassen, so müde und kaputt war sie gewesen. Nach einem schnellen Raki – »aber wirklich nur einen, Alkan, ich verreise morgen!« – hatte Sara ein paar Minuten später in ihrer Wohnung den Rechner hochgefahren und für nur 159 Euro ein Ticket nach Tel Aviv gebucht, *one-way*. Dann hatte sie die Website gewechselt und nach kurzem Suchen ein Hotelzimmer reserviert, erst mal nur für zwei Nächte. Sie wollte unbedingt flexibel bleiben, denn die Chance, dass ihr Überraschungsbesuch in einem Desaster enden könnte, war ja nicht auszuschließen, auch wenn Sara sich nach den bisherigen langen Telefonaten mit David eigentlich sicher fühlte. Und nach dem Sex mit ihm sowieso. Sie vermisste ihn gerade wie verrückt.

Aber was war heutzutage schon sicher? Die Liebe im Grunde schon mal nicht, denn da draußen liefen inzwischen so verdammt viele Soziopathen herum. Aber nein, David war bestimmt keiner dieser emotionalen Vampire. Ihr Bauchgefühl hatte sie bisher selten im Stich gelassen. Eigentlich noch nie. Es wurde immer nur dann kompliziert, wenn ihr Verstand plötzlich meinte, sich einschalten zu müssen, um ihre gut strukturierte Gefühlswelt durcheinanderzubringen – zu übertölpeln.

Schließlich hatte Sara widerstrebend ihre Wohnung aufgeräumt – die Küche hatte es allerdings wirklich nötig –, sie hatte durchgesaugt und durchgewischt, wobei sie sich wie immer fragte, warum sie nicht schon längst eine Putzfrau engagiert hatte. Als sie mit der elenden Putzerei fertig gewesen war, hatte sie ihrer Vorgesetzten Vera Schubert noch rasch eine Mail mit einem formlosen Urlaubsantrag geschickt und sich gleichzeitig bei ihr dafür entschuldigt, dass sie nicht den korrekten und vorgeschriebenen Weg eingeschlagen hatte. Aber die Schubert, dachte Sara, versteht ja angeblich meine Abneigung gegen die Formularitis. Überdies hatte die Kriminaldirektorin während der letzten Teambesprechung vor Zeugen gefordert, Sara solle endlich mal ihren Urlaub und wenigstens ein paar Überstunden abbummeln, und so diese kleine Provokation selbst heraufbeschworen.

Als auch das erledigt war, hatte Sara sich auf ihr Bett gefläzt und ihre Eltern angerufen. Nur noch fünf Stunden bis zum Check-in.

»Kind, weißt du, wie spät es ist? Es ist doch wohl hoffentlich nichts passiert?«, fragte ihre Mutter.

»Nein. Passiert ist noch nichts. Ich wollte euch nur sagen, dass ich verreise«, antwortete Sara. »Schon morgen, also heute früh.« Sie hörte, wie sich ihre Mutter im Bett aufrichtete und ihr Vater mit verschlafener Stimme fragte, wer denn um Himmels willen um diese Zeit anrufen würde.

»Lass mich raten«, sagte ihre Mutter, »du fliegst zu ihm. Nach Israel!«

»Ach herrje!«, rief Leo Stein, der augenblicklich hellwach war.

Sara lächelte. »So ist es. In ein paar Stunden bin ich weg.«

Einen Moment lang sagte keine der beiden Frauen etwas.

»Dann hat es dich wohl wirklich erwischt, Sarale«, stellte Helen Stein sachlich fest. »Der Herr Dirigent weiß natürlich, dass du ihn besuchen kommst?«

»Ehrlich gesagt, nein«, entgegnete Sara, »es ist ein Abenteuer, und ich bin mir auch nicht ganz sicher, ob es richtig ist, was ich da vorhabe …«

»Hast du denn dein Herz gefragt?«

»Das hab ich, Mama.«

»Und? Was spricht es?«

Sara lachte leise auf. »Abflug 9.10 Uhr, Germanwings, Ausgang B 30. Die Abfertigung beginnt bereits halb sieben!«

»Ich freue mich für dich«, sagte ihre Mutter. »Meinen Segen hast du, und dein alter Vater wird schon darüber hinwegkommen.«

Leo Stein murmelte etwas, das Sara nicht verstand.

»Das weiß ich«, sagte sie, »und es ist ja auch noch gar nichts entschieden. Vielleicht gibt es sogar eine Frau Shapiro.«

»Also, das glaube ich nun nicht. Aber versprich mir bitte eins …«, bat Helen Stein.

»Immer nur das, was ich halten kann, Mama.«

»Flieg nicht zu hoch und nicht zu schnell, mein Kind.«

»Natürlich nicht«, sagte Sara und lachte leise auf. Das war eine stehende Wendung ihrer Mutter, durchaus auch auf andere Lebensbereiche anwendbar.

»Gute Nacht, Sarale! Melde dich bitte, wenn du gelandet bist.«

»Das werde ich. Gute Nacht, Mama.«

Sara legte auf und fing an, ihre Reisetasche zu packen. Was sollte sie bloß mitnehmen? Für wie lange? Wie würde das Wetter in Tel Aviv sein? Sie stand unschlüssig vor ihrem Kleiderschrank. Schließlich suchte sie wahllos ein paar Sommerklamotten heraus, in der Hauptsache T-Shirts, zwei dünne Blusen, außerdem zwei Jeans, einen warmen Pullover und, für alle Fälle, das kleine Schwarze. Zusammen mit den Pumps und den Flip-Flops wog ihr Koffer nicht einmal die maximal zulässigen acht Kilogramm fürs Handgepäck.

Sara war froh, dass sie mit leichtem Gepäck reiste, gerade weil ein Flug nach Israel immer mit besonders scharfen Sicherheitsvorkehrungen verbunden war. Ihr Gate befand sich etwas abgelegen im wesentlich kleineren B-Stern des Flughafens Tegel. Sara druckte ihre Bordkarte an einem Ticketautomaten aus. Sie war selbst am meisten davon überrascht, dass es ihr auf Anhieb gelang. Denn normalerweise stand sie mit Automaten jeglicher Art auf Kriegsfuß.

Vor dem Betreten der Abfertigungszone wurde sie zum ersten Mal kontrolliert. Das Gate war fast verwaist, sah man einmal von der Schlange der Reisenden ab, die an den beiden speziellen Check-in-Schaltern ihre Koffer aufgeben mussten. Sara passierte die Zollkontrolle und ging dann weiter zum zweiten, aufwendigen Sicherheitscheck. Ihr kleiner Rollkoffer und der Cityrucksack wurden durchleuchtet, danach musste sie eine Leibesvisitation über sich ergehen lassen, wobei zusätzlich ein Handscanner zum Einsatz kam. All das erklärte die im Vergleich zu anderen Flugzielen deutlich längere Abfertigungszeit.

Der Wartebereich war erst spärlich besetzt. Sara griff sich im Vorbeigehen die druckfrischen Ausgaben der Tageszeitungen aus einem Drahtständer, klemmte sie sich unter den Arm und trat erst einmal an eine der großen Panoramascheiben. Vier Beamte der Bundespolizei bewachten den Airbus A 319, der sie nach Israel bringen würde. So ganz falsch liegt Papa mit seiner Ansicht über das *unheilige Land* ja nicht, dachte Sara. Sie hatte keine Angst, aber sie war schon gespannt darauf, wie sie selbst in ein paar Stunden auf die ständige latente Gefahr reagieren würde, in der sich Israel im Grunde seit Gründung des Staates im Jahre 1948 befand. Der jüngste Gaza-Konflikt war erst wenige Monate zuvor zu Ende gegangen, und zurzeit registrierte man beinahe täglich ein palästinensisches Attentat. Hätte sie David kennengelernt, als der Konflikt auf seinem Höhepunkt war, wäre es weitaus schwieriger gewesen, nach Tel Aviv zu reisen, da die meisten Fluggesellschaften ihre Verbindungen nach Israel wegen des Raketenbeschusses durch die Hamas vorübergehend eingestellt hatten.

Sara nahm auf einem der verchromten Metallstühle Platz und schlug die erste Zeitung auf. Ihre Müdigkeit verflog sofort beim Anblick der Titelseite; ihr Fall hatte es in allen Ausgaben auf Seite eins geschafft – der »Mord an der schönen Israelin«. Immerhin stellten die Zeitungen den Fall korrekt dar, aber Sara konnte sich des Eindrucks einer gewissen Enttäuschung nicht erwehren, dass es sich letztlich nur um einen ganz gewöhnlichen Mord gehandelt hatte und nicht um ein politisch motiviertes Verbrechen.

Sie war so in die Lektüre vertieft, dass sie den älteren, grauhaarigen Mann nicht bemerkte, der ihr schräg gegenübersaß und sie unauffällig beobachtete. Josef Weissenberg war überrascht gewesen, die Berliner Hauptkommissarin so rasch wiederzutreffen – und dann auch noch ausgerechnet hier am Flughafen, kurz vor dem Boarding für die Maschine nach Israel. Das erste und bisher einzige Mal hatte Weissenberg sie vor einigen Tagen auf der Pressekonferenz gesehen, als sie gemeinsam mit ihrer Vorgesetzten Vera Schubert versucht hatte, der

Pressemeute den Wind aus den Segeln zu nehmen. Er war von der zierlichen und verletzlich wirkenden Frau beeindruckt gewesen, denn sie hatte sich auch von messerscharfen Fragen der Journaille nicht aus der Ruhe bringen lassen und durch clevere Nicht-Information geglänzt. Er hatte sich daraufhin über Sara Stein erkundigt, der Mordfall Levi war auch in Israel in den Schlagzeilen gewesen. Und wo er nun schon einmal in Berlin war, bat er seine Gesprächspartner vom Bundeskriminalamt und dem Innenministerium diskret darum, über den Stand der Ermittlungen unterrichtet zu werden.

Darüber hinaus hatte Ben Godin, der Leiter der Mordkommission in Tel Aviv, seinen Vorgesetzten Weissenberg achtundvierzig Stunden zuvor in einem nächtlichen Anruf darüber in Kenntnis gesetzt, dass bei Kommissar Jakoov Blok eine inoffizielle, da private Bitte um Amtshilfe von einer Berliner Hauptkommissarin eingegangen war. Eine etwas komplizierte Geschichte, fand Weissenberg, denn Sara Stein hatte sich zunächst an ihren Bekannten oder vielleicht auch Freund David Shapiro gewandt, der dann wiederum Jakoov Blok kontaktiert hatte, den er aus ihrer gemeinsamen Zeit in der Armee kannte. Aber was hatte ein Musiker wie David Shapiro mit einem Kriminalfall zu tun?

Der sechzigjährige Josef Weissenberg flog häufig zwischen Berlin, Frankfurt am Main und Tel Aviv hin und her. Er stand im Rang eines *Nitzav Mishneh,* und als Polizeidirektor gehörte es unter anderem zu seinen Aufgaben, den ständigen Austausch mit dem Bundeskriminalamt zu pflegen – der deutschen Verbindungsbehörde zu internationalen Polizeiorganisationen wie Interpol oder Europol sowie zu einigen weiteren ausländischen Polizeiapparaten.

Weissenberg hatte es zu Beginn seiner Tätigkeit vor fünf Jahren vor allem mit Beamten der »Sicherungsgruppe« zu tun bekommen, die für den Personenschutz von Mitgliedern der

Verfassungsorgane des Bundes, ausländischen Staatsgästen, aber auch anderen wichtigen Personen aus der Verwaltung, der Justiz und der Wirtschaft zuständig sind. Mittlerweile erstreckte sich das gemeinsame Arbeitsfeld auf Staatsschutzdelikte. Dazu gehörten der nationale wie auch internationale Terrorismus von links und von rechts, der religiöse und politische Extremismus, die Ausländerkriminalität und die polizeiliche Spionagebekämpfung; aber auch Fälle von internationalem Waffenhandel, Sprengstoffdelikte oder Rauschgiftkriminalität. Zudem ermittelten das BKA und die *Mischteret Jisrael* zum Teil gemeinsam im Bereich der organisierten Kriminalität: bei Geldwäsche, Drogen, Wirtschaftsverbrechen und neuerdings auch, wenn es um Menschenschmuggel ging.

Weissenberg hatte in Berlin an den turnusmäßigen Sitzungen einer internationalen Arbeitsgruppe teilgenommen, auf denen die Ergebnisse des »Probebetriebs verschiedener Detektions- und Interventionskomponenten gegen Mikro-UAS« ausgewertet und diskutiert wurden. Hinter diesen etwas sperrigen Begriffen verbarg sich die Sorge der Sicherheitsexperten aus Deutschland, Frankreich, den USA, Großbritannien, Südkorea und eben Israel, dass Drohnen mit einem Gewicht von unter fünf Kilogramm für gezielte Mordanschläge auf Personen, aber auch für Spionage und Schmuggel eingesetzt werden könnten. Nun war man auf der Suche nach Systemen, die solche Drohnen rechtzeitig aufspüren und ausschalten konnten. Als besonders interessant hatte Weissenberg dabei die Idee des europäischen Rüstungsunternehmens MBDA empfunden, das dem Arbeitskreis einen – allerdings noch nicht serienreifen – Hochenergielaser zur Abwehr von Drohnen vorgestellt hatte.

»Meine Damen und Herren, Ihr Germanwings-Flug 4U8553 nach Tel Aviv ist nun zum Einsteigen für Sie bereit«, sagte eine Lautsprecherstimme. Die Reisenden erhoben sich, und man sah es ihnen an: Sie waren froh, dass es nun endlich losging, auch Sara.

Die Maschine war nur zu etwa zwei Dritteln ausgelastet. Sie hatte das Glück, für den knapp vierstündigen Flug keinen direkten Sitznachbarn an ihrer Seite zu haben. Gleich nach der Startphase würde sie es sich bequem machen, um vielleicht noch etwas Schlaf nachzuholen.

Sara flog nicht gern. Sie hatte zwar keine Flugangst, sie vertraute auch der Technik – und natürlich kannte sie alle Statistiken zur Unfallhäufigkeit von Verkehrsmitteln auswendig. Zuwider war ihr allerdings das Gefühl des Ausgeliefertseins. Aus demselben Grund hätte sie sich auch niemals freiwillig auf den Sozius eines Motorrads gesetzt. In diesem Moment fragte sie sich, ob David vielleicht ein Motorrad besaß. Oder einen Motorroller. Und ob sie ihm dieses ganz besondere Vertrauen vielleicht doch entgegenbringen würde. Jetzt dreh nicht schon wieder durch, Sara Stein, dachte sie und schenkte lieber dem Video, das über den kleinen Bildschirm in der Rückenlehne vor ihr lief, ihre volle Aufmerksamkeit. Das Sicherheitsvideo endete mit dem Hinweis, dass die Toiletten des Flugzeugs vierzig Minuten vor der Landung in Tel Aviv nicht mehr zu benutzen wären. Auch das gehörte zu den speziellen Sicherheitsvorkehrungen: Zu groß war die Sorge, dass ein potenzieller Attentäter diese letzte Möglichkeit zur unerkannten Vorbereitung eines Anschlages nutzen könnte.

Als der Airbus seine Reiseflughöhe erreicht hatte, meldete sich der Kopilot aus der Kanzel. Die Flugstrecke würde zunächst an Frankfurt vorbeiführen, dann über München und Graz Richtung Kroatien und von dort weiter über Serbien und Montenegro nach Griechenland. Am türkischen Luftraum vorbei ging es dann weiter über Zypern und das Mittelmeer nach Israel. »Wir erwarten ruhiges Wetter, leichte Bewölkung und einen starken Rückenwind, weshalb die

Flugzeit heute auch nur rund drei Stunden und vierzig Minuten betragen wird«, sagte die blecherne Stimme und wünschte den Passagieren noch einen angenehmen Aufenthalt an Bord. Sara bedankte sich im Stillen, stopfte das kleine Kissen zwischen Rückenlehne und Kabinenwand, streckte ihre Beine schräg unter den vor ihr liegenden Mittelsitz und schloss ihre Augen.

»Verzeihen Sie bitte meine Aufdringlichkeit, Frau Stein«, sagte eine Stimme.

Sara öffnete verwundert ihre Augen. »Kennen wir uns?«, fragte sie den älteren, grauhaarigen Mann, der sich in ihre Sitzreihe hineinbeugte, aber dennoch ausreichend höflichen Abstand wahrte.

Josef Weissenberg lächelte freundlich. »Kennen wäre wohl zu viel gesagt«, entgegnete er. Sara bemerkte seinen starken Akzent. »Aber ich war vor zwei Tagen auf der Pressekonferenz, auf der Sie und Frau Schubert wegen des Mordfalls Tamar Levi Rede und Antwort stehen mussten …«

»Sind Sie etwa Journalist?«, fragte Sara, noch immer verblüfft.

»Oh nein, bewahre! Ich bin sozusagen ein Kollege von Ihnen. Mein Name ist Josef Weissenberg, Direktor bei der israelischen Kriminalpolizei in Tel Aviv. Darf ich mich vielleicht kurz zu Ihnen setzen?«

Sara rutschte in eine aufrechte Position. »Bitte«, sagte sie, und machte eine einladende Handbewegung. Weissenberg ließ sich auf dem Gangplatz nieder. Sie sah ihn erwartungsvoll an, konnte sich jedoch ein wenig Skepsis nicht verkneifen.

»Es ist allerdings Zufall, dass wir uns hier auf diesem Flug begegnen«, sagte der israelische Polizeidirektor, »aber ich kann und will Ihnen jetzt nicht verschweigen, dass ich einige Informationen über Sie eingeholt habe.«

»Informationen? Über mich?« Sara runzelte die Stirn.

»Nun ja, Sie haben immerhin einen israelischen Staatsbürger gebeten, Ihnen bei den Ermittlungen im Fall Levi behilflich zu sein.«

»Ich verstehe Sie nicht«, sagte Sara. Was absolut der Wahrheit entsprach. »Worin liegt das Problem?«

Josef Weissenberg zog eine lederne Brieftasche aus der Innentasche seines Sakkos. Er entnahm ihr eine Visitenkarte sowie einen Dienstausweis und überreichte Sara beides. »Das ist jetzt der offizielle Teil«, sagte er.

»Ich kann kein Hebräisch«, sagte Sara.

»Sie müssen die Visitenkarte umdrehen«, entgegnete Weissenberg, »mein Ausweis enthält allerdings keine Übersetzung.«

Sara reichte ihm die Plastikkarte zurück. »Entschuldigung«, sagte sie, »aber ich bin ein wenig verwirrt. Das können Sie hoffentlich nachvollziehen.«

»Selbstverständlich. Es ist ja auch ein Überfall. Andererseits interessieren wir uns immer für ungewöhnliche Vorgänge.«

»Wir? Ich hatte doch lediglich einen Bekannten gebeten …«

»David Shapiro, ich weiß«, sagte Josef Weissenberg.

Sara spürte, dass sie errötete. »Ich habe Herrn Shapiro doch nicht etwa in Schwierigkeiten gebracht? Ich dachte, es wäre für David, also meinen Bekannten, einfacher als für uns, online in einem israelischen Zeitungsarchiv zu recherchieren – schon der Sprache wegen …«

»Herr Shapiro hat Freunde bei der Polizei, Frau Stein, und an die hat er sich gewandt. Es handelte sich dabei jedoch um einen Fall, der Verbindungen zur Westbank aufweist, und Sie wissen vermutlich, dass unsere Behörden dort immer wieder große Schwierigkeiten mit den Siedlern hatten – um es einmal vorsichtig auszudrücken. Vor allem in Elon Moreh … Aber keine Sorge, Frau Stein: Das alles wurde sehr diskret gehandhabt. David Shapiro weiß vermutlich nicht einmal etwas davon.«

»Das verstehe ich dann jetzt als einen Wink mit dem Zaunpfahl«, sagte Sara. »Ich soll also Herrn Shapiro gegenüber meinen Mund halten?«

Weissenberg breitete die Hände aus. »Nein. Nicht unbedingt. Sie kennen ihn doch besser als ich. Ich hoffe jedoch, dass die Informationen letztlich dazu beigetragen haben, Ihren Fall zu lösen.« Er warf einen Blick auf die Tageszeitungen, die zwischen ihnen auf dem Mittelsitz lagen.

Sara nickte. »Sie haben uns jedenfalls geholfen, die Hintergründe zu verstehen.«

»Oh ja«, sagte Weissenberg und seufzte. »Wirklich sehr tragisch, das Ganze.«

Eins

Ein dünner Schweißfilm lag auf dem Gesicht der jungen Frau. Eben noch war es schön gewesen, die Züge ebenmäßig, die Haut olivbraun, die Lippen voll; eben noch, auf der Bühne, hinter dem Pult mit den beiden Plattenspielern, hatte dieses Gesicht gelacht und seine großen, dunklen Augen hatten mit den tanzenden Männern geflirtet. Jetzt waren ihre Haut aschfahl und die Augen weit aufgerissen. Mit jedem Atemzug traten rosafarbene Schaumbläschen zwischen ihren Lippen hervor.

Sara Stein vermutete, dass mindestens einer der Stiche die Lunge der jungen Frau verletzt hatte. Sie hielt ihren Kopf auf den Oberschenkel gebettet und sprach beruhigend auf sie ein, um den Lebensfunken am Glimmen zu halten, der von Minute zu Minute schwächer wurde. Sara konnte fühlen, dass das Herz der Unbekannten immer schneller schlug, um das Blut durch ihren Körper zu pumpen. Diesen schwindenden Rest von Blut, das jetzt durch ihre zerfetzten Gefäße strömte.

Sie saß auf dem asphaltierten, spärlich beleuchteten Hinterhof des *Tie.Clubs* in Kreuzberg, dem zweiten Epizentrum der Technoszene in der Hauptstadt. Hier waren die Türsteher gnädiger als im weltberühmten *Berghain*, aber dafür entsprach das Publikum nicht selten einer explosiven Mischung aus verschiedenen Ethnien. Durch die dicken Betonwände des Clubs hörte Sara die Bässe wie durch Watte gedämpft. Harter *Gabber-Sound*, mindestens 150 *Beats per minute*. Das Herz der Kleinen rast mindestens genauso schnell, dachte Sara, und, Herrgott, wo bleibt denn dieser scheiß Krankenwagen, den ich schon vor einer Ewigkeit gerufen habe?

Der *Tie.Club* residierte in einer ehemaligen Krawattenfabrik in der Skalitzer Straße, einen Steinwurf entfernt vom Kottbusser Tor in Kreuzberg, also mittendrin in Klein-Istanbul, wie die Berliner dieses Quartier nannten. Dort, wo sich zwei U-Bahn-Linien und mehrere Hauptstraßen kreuzten und wo auch die Hauptkommissarin Sara Stein wohnte, Teamleiterin der Fachdirektion für Kapitalverbrechen in der Polizeidirektion 5.

Im Hof des Clubs parkten mehrere Autos. Sie gehörten den Anwohnern und den Angestellten des Clubs. Es stank nach Müll, auch ein bisschen nach Urin, doch jetzt roch es vor allem nach Tod.

Die Augen der jungen Frau flackerten. Sie stöhnte leise. Sara nahm ihre Hand und massierte sie sanft. »Schau mich an«, sagte sie, »bleib bei mir. Hilfe ist unterwegs. Du schaffst das, glaub mir.«

Es waren dieselben Worte, mit denen Soldaten in Kriegsfilmen ihre sterbenden Kameraden auf dem Schlachtfeld zu beruhigen versuchten, wobei jedem Zuschauer klar war, dass der schwer verwundete Junge es garantiert *nicht* schaffen würde. Doch in diesem Moment fiel Sara nichts anderes ein, was sie ihr hätte sagen können. Die junge Frau verspürte zwar vermutlich keine Schmerzen, doch sie fröstelte und zitterte, obwohl es doch eine warme Nacht im Spätsommer war, bestimmt noch um die vierundzwanzig Grad. Ihr weißes T-Shirt war inzwischen rot getränkt. Es klebte an ihrem Körper. Bestimmt ahnt sie, dass gerade irgendetwas Furchtbares und Unausweichliches mit ihr geschieht, dachte Sara, aber sie weiß nicht genau, was. Und wenn doch, dann hätte sie das bestimmt für unmöglich gehalten. Denn fürs Sterben war sie doch noch viel zu jung.

Sara bemerkte zwei Spitzen eines großen Davidsterns, den sich die junge Frau knapp oberhalb ihrer linken Brust hatte tätowieren lassen. Auch ihr rechter Arm war von der Schulter bis hinunter zum Handgelenk mit Tattoos verziert. Sara versuchte, ihren Puls zu ertasten, aber sie konnte ihn nicht finden. Die junge Frau hob den Kopf. Sie wollte etwas sagen, doch ihre Stimme war nur ein Krächzen.

»Pst, nicht reden«, flüsterte Sara, »du musst weiteratmen, Mädchen, immer schön atmen … Ich bin bei dir. Es wird alles gut. Es wird alles gut! Hilfe kommt!«

Der Kopf der jungen Frau sank zurück. Sie stöhnte leise auf. Im selben Moment hörte Sara aus der Ferne ein Martinshorn. Hoffentlich sind sie das. Beeilt euch doch bitte, die Kleine stirbt mir hier sonst noch weg, flehte sie im Stillen.

Nur eine Minute später rollte tatsächlich ein Rettungswagen auf den Hof, dahinter zwei Streifenwagen. Sara hob ihre rechte Hand und winkte den Rettungswagen heran. Die Fahrer schalteten die Martinshörner aus. Nur die blauen Signallichter huschten jetzt noch als Blitze über die Fassaden. In einigen Wohnungen gingen die Lichter an. Ein paar Fenster wurden geöffnet, aus denen neugierige Anwohner ihre Köpfe hinaus in die Nacht streckten. Ein Arzt sprang aus dem Rettungswagen und eilte mit seinem silbern glänzenden Notfallkoffer auf Sara zu.

»Was haben wir hier?«, fragte er, hockte sich hin und warf einen prüfenden Blick auf die blutüberströmte Frau, während er, ohne hinzusehen, seinen Koffer öffnete.

Der Arzt war schon etwas älter, was auf Erfahrung und Routine hoffen ließ – gut für das Mädchen, dachte Sara. Vielleicht hat die Kleine ja tatsächlich Glück.

»Vermutlich mehrere Messerstiche in den Oberkörper«, sagte sie, »ich denke, sie hat einen kardiogenen Schock, hervorgerufen durch starken Blutverlust. Wahrscheinlich sind größere Gefäße verletzt worden. Mindestens ein Stich muss in die Lunge eingedrungen sein. Ihr Puls ist sehr flach, nicht mehr tastbar.«

»Donnerwetter! Sind Sie etwa eine Kollegin?«, fragte der Notarzt und hob kurz den Kopf, um sie anzulächeln, während er der jungen Frau eine Blutdruckmanschette über den linken Arm streifte.

»Nee, ich bin bloß Polizistin, Mordkommission, ausgerechnet«, sagte Sara. »Ich kam rein zufällig hier vorbei und sah sie dann liegen. Ist meine übliche Laufstrecke.«

»Alles klar«, sagte der Notarzt und wandte sich an die Sanitäter. »Oxylog und die Trage! Und schon mal den Defi klarmachen«, rief er ihnen zu. Dann pumpte er die Manschette auf und maß den Blutdruck der jungen Frau. Seine Miene strahlte alles andere als Zuversicht aus. »Helfen Sie mir mal bitte«, sagte er, »lassen Sie sie uns gleich hier ablegen.«

Gemeinsam betteten sie die junge Frau auf den Asphalt. Der Notarzt legte eine zusammengefaltete Wärmedecke unter ihren Kopf. In diesem Moment verlor sie das Bewusstsein. Einer der beiden Sanitäter sprintete mit einem mobilen Beatmungsgerät heran, presste die Kunststoffmaske auf ihr Gesicht und drehte den Regler der Sauerstoffflasche auf. »Maximal zwei Liter pro Minute – nicht mehr«, sagte der Notarzt und zog eine Spritze auf. »Kennen Sie denn ihren Namen?«, fragte er, ohne Sara anzusehen, und injizierte seiner Patientin ein Milligramm Adrenalin. Sekunden später kehrte die junge Frau ins Leben zurück.

Sara schüttelte den Kopf und erhob sich. »Nein. Aber gleich, nehme ich an«, sagte sie matt. »Ich glaube, ich gebe mal besser den Kollegen Bescheid!«

Der Notarzt nickte. Sara rief den Kriminaldauerdienst an und bat um Verstärkung. Danach zog sie den Dienstausweis aus ihrer kleinen Hüfttasche und ging auf einen der Streifenbeamten zu, der sie fragend ansah. »Guten Abend«, sagte sie, »Sara Stein, Polizeidirektion 5, Mordkommission.« Sie hielt den Ausweis hoch. »Ich hatte den Notruf abgesetzt. Seht doch bitte zu, Kollegen, dass die Leute nicht näher kommen. Es handelt sich hier vermutlich um einen Tatort. Der Dauerdienst ist bereits informiert.«

Die stählerne Hintertür des Clubs hatte sich inzwischen geöffnet. Ein paar junge Leute glotzten neugierig, und wenige Augenblicke später versammelten sich bereits mehrere Dutzend Schaulustige im Hinterhof.

Während sie sprach, wanderte ihr Blick über die Menschenmenge. Mindestens die Hälfte von ihnen, schätzte Sara, besaß einen Migrationshintergrund. Neugierig waren sie jedoch alle. Sie reckten ihre Köpfe, als die junge Frau von den Sanitätern auf die Rolltrage umgebettet und in den Rettungswagen verfrachtet wurde. Eine der beiden Streifenwagenbesatzungen begann, ein rot-weißes Absperrband quer über den Innenhof zu spannen.

»Um was ging es da? Drogen?«, fragte einer der beiden Beamten leise.

»Messerstecherei. Aber, ja, vielleicht ging es auch um Drogen«, sagte Sara, »doch für solche Spekulationen ist es wohl noch zu früh. Auf jeden Fall ist da irgendjemand unglaublich wütend gewesen.«

Sara fiel ein hochgewachsener und offensichtlich auch ziemlich durchtrainierter Mann ins Auge. Er hatte dichte schwarze Haare und war braun gebrannt. Sara schätzte ihn auf Anfang dreißig. Ihrer Ansicht nach hielt er sich zu auffällig unauffällig im Hintergrund und beobachtete dennoch mit ausdrucksloser Miene die Szenerie ganz genau. Seine Arme hielt er vor der Brust verschränkt. Als er bemerkte, dass Sara ihn musterte, drehte er sich abrupt um und stiefelte davon. Sara bemerkte, dass er eine Kippa trug, und als sie sich nun an das gut geschnittene Gesicht der jungen Frau erinnerte, die jetzt im Notarztwagen um ihr Leben kämpfte, kam ihr sofort das Volk Israel in den Sinn.

Im nächsten Augenblick registrierte sie aus den Augenwinkeln heraus, dass ein Auto verdächtig langsam an der Hofeinfahrt vorbeirollte. Der Mann mit der Kippa stieg aber nicht ein, sondern verschwand um die Ecke. Sara schaute genauer hin, aber sie konnte niemanden erkennen. Nur die Umrisse von zwei Personen, die im Wagen saßen und sich anscheinend ebenfalls brennend für das Geschehen auf dem Hof interessierten. Sara machte ein paar Schritte nach vorn bis ans rot-weiße Flatterband heran. Ihre Provokation wirkte: Der Fahrer des Wagens gab augenblicklich Vollgas und fuhr mit quietschenden Reifen aus ihrem Blickfeld davon. Mist, dachte Sara. Sie hatte schon häufiger erlebt, dass ein Täter zum Tatort zurückkehrte, um sein Werk zu betrachten. Auch das war eines der vielen Klischees, mit denen sie als Mordermittlerin schon häufig konfrontiert worden war. Meistens stimmten sie.

»He, he, he! Wo wollense denn hin, junger Mann!«, rief einer der uniformierten Polizisten, »hier kommense jetzt nicht durch!«

»Aber ich muss«, sagte der Junge und drängelte sich rücksichtslos bis ganz nach vorn an die provisorische Absperrung. Einige der Schaulustigen murrten. »Bitte lassen Sie mich durch – ich glaube, das da hinten ist meine Freundin!«, rief er, »Ich such sie schon überall!«

»Ihre Freundin?« Sara trat auf ihn zu. »Wie kommen Sie denn darauf? Wer sind Sie denn überhaupt?«

»Ich? Khalid! Was ist mit Tamar? Sie wollte eine rauchen, aber sie kam nicht zurück, und wir haben doch gleich einen Auftritt …!« Er sah arabisch aus, aber sein Akzent tendierte gegen null.

»Gibt es vielleicht irgendwas Auffälliges an Ihrer Freundin, das Sie mir beschreiben könnten?«

Der junge Mann sah Sara fragend an. Dann fiel ihm etwas ein: »Ein Davidstern. Tamar hat sich einen Davidstern auf die Brust tätowieren lassen.« Er tippte sich mit den Fingern seiner linken Hand auf die Brust, dort, wo sein Herz jetzt sicherlich aufgeregt schlug.

Er kannte die junge Frau also wirklich. Damit änderte sich für Sara die Situation radikal und für den Jungen erst recht. Denn von jetzt an war er ein Zeuge, gleichzeitig aber auch ein Tatverdächtiger. Und Sara hatte schon wieder einen neuen Fall auf ihrem Schreibtisch. »Okay.« Sie wandte sich an ihre uniformierten Kollegen. »Lassen Sie den jungen Mann mal bitte durch.«

Während er unter dem Absperrband hindurchschlüpfte, suchte Sara zwischen den Schaulustigen noch einmal den Mann mit der Kippa, in der Hoffnung, er wäre wieder aufgetaucht. Aber er blieb verschwunden.

»Und Sie heißen wie noch mal?«

»Khalid. Khalid Rahmar.« Er war nicht viel größer als Sara, überragte sie gerade mal um einen halben Kopf. Ein ziemlich hübscher Bengel, dachte sie. Vermutlich war er ein paar Jahre älter, als es den Anschein hatte. Sie schätzte ihn auf etwa fünfundzwanzig. »Ich bin übrigens Sara Stein. Kommissarin bei der Kripo.« Sie verschwieg vorsichtshalber, dass sie bei der Mordkommission arbeitete. »Und wie heißt Ihre Freundin? Sie sagten: Tamar …«

»Tamar Levi. Sie heißt Tamar Levi«, sagte Khalid. An seinem Gesichtsausdruck konnte sie ablesen, dass er Mühe hatte, die ganze Situation zu erfassen. Eine Kommissarin in neonfarbenen Laufschuhen, einer hautengen, halblangen und blutbefleckten Laufhose sowie einem verschwitzten T-Shirt – und das alles mitten in der Nacht vor einem Musikclub – sieht man nicht alle Tage. »Aber was ist denn überhaupt los?«

»Eine junge Frau ist niedergestochen worden. Und sehr wahrscheinlich handelt es sich tatsächlich um Ihre Freundin … Das Opfer hat einen Davidstern-Tattoo.«

»Wieso niedergestochen?« Khalid Rahmar schien sich keinen Reim auf ihre Worte machen zu können, aber er beschleunigte seinen Schritt.

Sara blieb ein paar Meter vor dem Notarztwagen stehen, dessen Türen offen standen, und hielt ihn an der Schulter zurück. »Herr Rahmar. Es ist kein schöner Anblick. Versuchen Sie einfach, ruhig zu bleiben, ja?«

Khalid Rahmar nickte und schaute vorsichtig in den Notarztwagen hinein. Sara hatte nicht übertrieben. Drinnen lag regungslos die junge Frau, die vermutlich Tamar Levi hieß, über ihrem Gesicht eine Sauerstoffmaske. Am Kopfende der Trage hantierten die Sanitäter mit einem Intensiv-Beatmungsgerät. Der Notarzt hatte sich über das Mädchen gebeugt und legte einen Zugang in ihre Halsvene.

»Ist das da Ihre Freundin? Ist das Tamar Levi?«, fragte Sara leise.

Khalid Rahmar deutete auf ein Tattoo an ihrem linken Knöchel. Es war ein Kranich.

»Ja, das ist Tamar. Aber wir haben doch einen Auftritt … Was ist mit ihr?« Seine Stimme war tonlos.

Sara musterte ihn von der Seite. Er war aufgeregt und verwirrt, aber das war mehr als verständlich. Andererseits schien er sich ganz gut im Griff zu haben. Diese Diskrepanz wollte sie später in ihrem Bericht vermerken.

»Was meinen Sie denn mit ›Auftritt‹, Khalid?«, fragte Sara, »Sie treten hier also im Club auf?«

»Tamar ist DJane. Sie legt auf … Also mit mir zusammen … Was ist denn mit ihr, verdammte Scheiße?«

Der Notarzt schloss Tamar Levi an das Intensiv-Beatmungsgerät an. Sara zuckte die Schultern. »Was mit ihr ist, sehen Sie selbst, Herr Rahmar. Es ist leider sehr ernst, verstehen Sie? Irgendjemand hat Ihre Freundin mit einem Messer angegriffen und schwer verletzt …«

»Mit einem Messer?«, fragte er ungläubig. »Aber wieso denn?«

»Sagen Sie's mir. Ich weiß nicht, was passiert ist. Sie konnte kaum reden, als ich sie gefunden habe. Aber, warten Sie mal: Tamar Levi … Ihre Freundin, sie ist aus Israel?«

»Ich will jetzt endlich wissen, was hier los ist!«, rief Khalid Rahmar. Seine Stimme klang verzweifelt und ungeduldig. Und zornig. Aber das kann natürlich auch alles nur gespielt sein, dachte Sara.

»Das weiß ich wirklich noch nicht!«, sagte Sara mit Nachdruck. Was, von den Messerstichen einmal abgesehen, auch absolut der Wahrheit entsprach. »Ich frage Sie also noch mal: Ist Ihre Freundin Israelin?«

»Ja, ist sie, und?« Khalid Rahmar starrte Sara zornig an.

»Besitzen Sie ein Messer, Khalid?« Sara musterte ihn scharf.

»Was?« Khalid schüttelte den Kopf. »Wieso ein Messer?« Er machte Anstalten, in den Notarztwagen einzusteigen. Sara hielt ihn nicht zurück.

»Nein, das geht nicht!«, rief der Notarzt. »Wir rücken jetzt ab.«

»Wo bringen Sie sie hin?«, fragte Sara.

»Charité!«, sagte der Notarzt, »Eingang Luisenstraße.«

»Alles klar«, sagte Sara. »Lassen Sie ihn doch mitfahren! Er ist ihr Freund.« Es hörte sich wie ein Befehl an. Sie gab Khalid einen kleinen Schubs. »Los, steigen Sie ein – ich komme auch mit.«

Khalid kletterte in den Notarztwagen hinein. Er erstarrte, als er Tamar jetzt aus der Nähe auf der Trage liegen sah, das T-Shirt der Länge nach aufgeschnitten, ihr Oberkörper blutverschmiert, die Stichwunden mit sterilen Wundpäckchen abgedeckt, voll verkabelt, mit einer Sauerstoffmaske auf dem Gesicht. Sie öffnete die Augen, sah ihn an und erkannte ihn offenbar. Ihre Lippen bewegten sich unter der Maske.

»Ich glaube, sie will uns was sagen!«, rief Sara. Der Notarzt seufzte. »Nun machen Sie schon! Nur einen Augenblick! Bitte! Es könnte wichtig sein …!«

Der Notarzt beugte sich zu seiner Patientin hinunter und lüftete die Sauerstoffmaske.

»Flix!«, flüsterte Tamara kaum hörbar. Der Sauerstoff entwich zischend aus der Maske.

»Flix? Wer ist Flix? Tamar … Frau Levi, hören Sie mich? Wer oder was ist Flix?«, rief Sara und beugte sich so tief es ging über sie. Die junge Frau schloss wieder die Augen.

»Was meint sie denn mit ›Flix‹?«, wandte Sara sich an Khalid.

»Keine Ahnung«, sagte der Junge und beugte sich ebenfalls zu Tamar hinunter.

»Das reicht jetzt«, sagte der Notarzt, packte Khalid an der Schulter und hielt ihn zurück.

Doch Khalid griff nach Tamars Hand und hielt sie fest. Das Mädchen öffnete die Augen wieder.

»Tamar«, sagte Khalid, »alles wird gut.« Seine Augen begannen, sich mit Tränen zu füllen.

»Fuck off!«, presste die Israelin hervor. Dann fiel ihr Kopf zur Seite. Die gezackte Herzlinie auf dem EKG wurde zum Strich. Ein lautes Piepen ertönte.

»Defi!«, rief der Notarzt und griff nach den zwei großen Elektroden. Und an Sara und Khalid gewandt, schnauzte er: »Und jetzt raus hier!«

Sara und Khalid blickten dem Rettungswagen schweigend hinterher, bis er aus der Hofeinfahrt hinausgefahren und auf die Skalitzer Straße abgebogen war. Das Martinshorn heulte auf.

»Was ist das bloß für eine Scheiße!«, sagte Khalid Rahmar. Er bemühte sich offenbar, nicht loszuheulen.

»Ja, das ist es wohl«, sagte Sara. Sie beobachtete ihn weiterhin genau, als er jetzt eine zerknautschte Schachtel Zigaretten aus der Hosentasche fingerte und sich dann eine Filterlose anzündete. Keine zitternden Finger, aber ein tiefer Zug. Und gleich noch einer hinterher.

»Warum war Ihre Freundin eigentlich hier draußen auf dem Parkplatz?«, fragte Sara, ohne ihn anzusehen.

»Wir hatten Pause. Nach dem ersten Set«, sagte Khalid, »aber das hatte ich Ihnen doch bereits erzählt.«

»Ja, und dass Ihre Freundin eine rauchen wollte, haben Sie mir auch erzählt. Aber wo waren Sie denn? Und wieso haben Sie nicht zusammen mit ihr eine geraucht?«

»Weil ich eben woanders eine geraucht habe. Eigentlich wollte ich runter zum Kanal.« Seine Stimme klang trotzig. Verdächtig trotzig.

Sara rieb sich den Nacken. Sie war sich sicher, dass er ihr etwas verschwieg. »Und wieso nur *eigentlich*?«

»Weiß ich nicht. Ich bin vorne raus und dann doch nicht zum Kanal runtergegangen«, sagte Khalid tonlos. »Irgendwann bin ich wieder rein und zurück zum Pult, aber Tamar kam nicht, obwohl die Pause inzwischen zu Ende war. Deshalb bin ich sie suchen gegangen.«

»Wie lange waren Sie denn draußen?«

»Wann draußen?«

Sara merkte, dass sie sich korrigieren musste. »Als Sie draußen rauchen waren.«

»Zehn Minuten vielleicht. Oder eine Viertelstunde. Ich hab mich mit ein paar Leuten unterhalten.«

»Und wie lange haben Sie nach ihr gesucht?«

»Weiß ich auch nicht mehr. Nur im Club. Ein paar Minuten vielleicht. Draußen gar nicht. Sie waren ja schon da«, sagte Khalid und sah sich um.

»Haben Sie sich gestritten?« Sara musterte ihn scharf. »Sie sind jedenfalls kein Israeli, oder?«

Khalid zuckte zusammen. Aber nicht wegen ihrer Frage. »Was ist das denn?«, rief er. Er deutete auf einen alten Golf, der in gut zehn Metern Entfernung in der dunkelsten Ecke des

Hinterhofs parkte. Die Scheibe auf der Fahrerseite war eingeschlagen. »Das ist Tamars Wagen! Welches Arschloch ...?«

»Da war wohl jemand ziemlich wütend«, wiederholte Sara, deren erster Versuchsballon gerade geplatzt war. Sie musste den Jungen erneut zurückhalten. »Lassen Sie mich mal nachsehen«, sagte sie, »wegen möglicher Spuren. Aber laufen Sie mir ja nicht weg!« Sie stieß einen kurzen Pfiff aus und winkte einen der Streifenbeamten heran. Vermutlich wäre es nicht nötig gewesen, einen Bewacher für ihn abzustellen, aber man wusste ja nie.

»Ich will jetzt zu Tamar«, sagte Khalid tonlos, »ich möchte jetzt sofort zu ihr ins Krankenhaus.«

»Gleich«, sagte Sara, »versprochen!« Sie wandte sich an einen der Polizisten. »Passen Sie mir mal bitte kurz auf den Herrn Rahmar auf!«

Sie zog ihr Mobiltelefon aus der Tasche und schaltete die Taschenlampe an. Dann näherte sie sich vorsichtig dem demolierten Wagen. Die Glassplitter auf dem Asphalt glitzerten im Lichtkegel. Sara leuchtete den Boden um den Golf herum kurz ab, danach inspizierte sie oberflächlich das Wageninnere. Sie entdeckte jedoch nichts, was sie in diesem Moment weiterbringen würde. Zerschlissene Sitze, leere Mineralwasserflaschen auf der Rückbank, daneben ein paar Kleidungsstücke, ein voller Aschenbecher, ein paar Kippen und jede Menge trockenes Laub und Krümel im Fußraum sowie ein vertrockneter grüner Wunderbaum, der am Rückspiegel baumelte. Tamar Levis Auto war ein rollender Mülleimer. Sara ging langsam um den Wagen herum. Als der Lichtschein auf die Motorhaube fiel, hielt sie inne. Irgendjemand hatte den verwitterten Lack mit einem dicken Filzstift verziert. Auf der Motorhaube stand das Wort »Mörderin«. Nichts weiter, in krakeliger Schrift. »Können Sie sich vorstellen, warum jemand Ihre Freundin als ›Mörderin‹ bezeichnet?«, rief sie halblaut.

»Wieso Mörderin?«, fragte Khalid verwirrt zurück.

»Das steht hier. Das hat jemand auf die Motorhaube gekritzelt. Mörderin. Oder stand das schon vorher drauf?«

»Was?« Khalid sah sie entgeistert an. »Nein!«

»Okay«, sagte Sara, »dann weiß ich ja Bescheid … Und woher kommen Sie noch mal, Khalid?« Sie schaltete die Taschenlampe aus und ging zu ihm.

»Spielt das denn eine Rolle?«

»Nur interessehalber«, sagte Sara.

»Ah ja, natürlich, weil Tamar Israelin ist. Schon klar.« Er verzog den Mund zu einem arroganten Grinsen. »Ja, ich bin ursprünglich Palästinenser. Aber meine Eltern sind bereits während des Bürgerkriegs aus Beirut geflohen.«

»Wann war das genau?«

»1980, glaube ich. Oder '81 … Ich bin jedenfalls in Berlin geboren.«

»Die zweite Generation also«, stellte Sara überflüssigerweise fest.

»Warum ist das denn so wichtig?«

»In so einem Fall ist leider alles wichtig«, sagte Sara, »glauben Sie mir das bitte, Khalid.«

Sie mussten etwa eine Viertelstunde warten, bis Saras Team am Tatort eintraf. Mit großem Besteck. »So viel also zum Thema ›Überstunden abbummeln‹«, sagte Maximilian Böck, Hauptkommissar und Saras Stellvertreter in der Ermittlungsgruppe 2 zur Begrüßung, als er seinen massigen Körper aus dem BMW wuchtete. »Man kann dich ja nicht mal mehr alleine durch die Nacht joggen lassen.« Böck sah müde aus. Zwei Zipfel seines großkarierten Flanellhemdes hingen ihm aus der Jeans, über deren Hosenbund sein rapide gewachsener Bauch lappte. Wie ein ungemachtes Bett, dachte Sara, aber auch sie fühlte sich ziemlich kaputt, denn allein ihr Ermittlerteam aus der Direktion 5 kam mittlerweile auf rund dreitausenddreihundert Stunden Mehrarbeit. Insgesamt schob die gesamte Berliner Polizei in diesem Jahr zum ersten Mal über eine Million Überstunden vor sich her, und bis Silvester waren es noch über drei Monate.

Sara schaute sich um, ob Khalid Rahmar sich in Hörweite befand. Doch der saß in einiger Entfernung auf einem kleinen Mauervorsprung, nach wie vor bewacht vom Streifenbeamten, und rauchte eine Zigarette nach der anderen. »Ich hab's mir ganz bestimmt nicht ausgesucht, Max, glaub mir. Wo ist Anne?«

»Die ist bereits vorne rein und nimmt mit den Kollegen die Personalien der Clubbesucher auf. Also von denen, die noch da sind. Sind eine ganze Menge Leute«, sagte der Hauptkommissar.

»Da bin ich aber beeindruckt: Anne ist tatsächlich mal vor Ort?«, bemerkte Sara und ärgerte sich schon im nächsten Augenblick über ihre überflüssige Bemerkung.

Böck verdrehte die Augen. »Wieso hackst immer auf ihr rum?«, fragte er.

»Ist ja schon gut, Max«, sagte Sara, »jetzt mach du mal keine Welle wegen Annes innerer Widerstände – und was ich davon halte …«

Ihr Stellvertreter deutete mit dem Kinn zu Khalid hinüber. »Hat er zugestochen? Wer ist das überhaupt?«

»Möglich ist alles«, sagte Sara. »Also, es handelt sich um Khalid Rahmar, er ist wohl der Freund des Opfers. Sagt er jedenfalls. Sie heißt Tamar Levi, offenbar eine DJane in der Technoszene. Sie ist Israelin. Die beiden haben zusammen heute Abend im Club aufgelegt – er ist sozusagen ihr Assistent …«

»Khalid klingt aber nach Araber«, warf Böck ein.

»Stimmt. Er ist Palästinenser, die Eltern sind aus dem Libanon, aber er ist in Berlin geboren. Auf jeden Fall hatten Tamar und Khalid Pause, so gegen halb eins. Sie haben beide eine geraucht – aber nicht zusammen, sagt er, denn sie sei alleine hinten raus hier in den Hof gegangen, und er hat sich vorne vor dem Eingang aufgehalten. Warum sie ihre Pause getrennt verbracht haben, hat er mir allerdings verschwiegen. Und, tja, vielleicht fünf Minuten später kam ich dann zufällig vorbeigejoggt, und da lag sie – mit mehreren Messerstichen im Oberkörper.«

»Du hast aber auch ein seltenes Glück«, sagte Böck. »Das kommt davon, wenn man nachts joggt.«

»Vielleicht bin ich vorher einfach nicht dazu gekommen?« Sara zuckte genervt die Schultern. »Außerdem wiederholst du dich …« Sie sahen sich an. Böck blinzelte als Erster. Sara stieß hörbar den Atem aus. »So, Max – ich will jetzt mit dem Jungen in die Charité. Die Tatzeit können wir ja schon mal prima eingrenzen: zwischen halb eins und 0.37 Uhr, aber ich möchte vor allem, dass sich die KTU den Wagen des Opfers genauer ansieht.« Sie deutete auf den Golf. »Die Seitenscheibe wurde eingeschlagen, irgendjemand hat ›Mörderin‹ auf die Motorhaube geschrieben.«

Böck sah sich im Innenhof um, die hohen Fassaden entlang, rauf und runter. »Und ist dann auch noch mit dem Messer auf die Frau los?«, fragte er. »Das sieht mir ganz nach einem Racheakt aus. Oder nach was Politischem. Neonazis vielleicht …«

»In Kreuzberg am Kotti? Da ist nichts unbedingt so, wie es scheint«, sagte Sara. »Es kann auch was ganz anderes abgelaufen sein. Rauschgift, Eifersucht, Rassenhass … Was die Motivlage betrifft, würde ich mich wirklich nur sehr ungern jetzt schon festlegen, Max. Aber so bist du eben.«

Sara lächelte ihn süßlich an. Ein kleiner Stich, den Böck jedoch ungerührt hinnahm. Er kannte sie ziemlich genau, *seine* Sara. Schließlich arbeiteten sie schon etwas länger zusammen. Fünf Jahre, sechs Monate und sechzehn Tage, um genau zu sein. Und zwei Jahre davon waren sie ein Paar gewesen, bis ihre Beziehung vor gut elf Monaten mit einem Knall auseinandergegangen war. Gerade als sie im Begriff gewesen waren, eine gemeinsame Wohnung zu mieten, hatte Sara reflexartig die

Reißleine gezogen. Denn sie hatte sich eingestehen müssen, dass sie die Sache mit Böck von Anfang an lediglich als intensiveres Techtelmechtel empfunden hatte. Als eine Art Notlösung, was sie Böck jedoch nie gesagt hatte. Auch nicht, als sie seine konkreten Zukunftspläne mit ihr an einem verregneten Sonntagmorgen beim Frühstück atomisiert hatte. Ohne Vorwarnung, was irgendwie ja schon ziemlich fies gewesen war. Kinder? Ja, aber nicht mit ihm, obwohl er schon nach vier Monaten von Heirat geredet hatte und von Zusammenleben. Wozu aber nachtreten und ihn noch tiefer verletzen? Mit Böck war es im Grunde ja auch in Ordnung gewesen, aber eben nur in Ordnung. Sara hatte ihm damals zu verstehen gegeben, dass sie ihn und natürlich auch sich selbst vor einer Entscheidung bewahren wollte, die sie beide höchstwahrscheinlich schon bald bereuen würden. Erstaunlicherweise hatte er ihre ehrliche Ansage beinahe klaglos hingenommen und nicht mal Anstalten gemacht, um ihre Beziehung zu kämpfen. Um seine Liebe zu ihr. Da spätestens hatte Sara gewusst, dass sie richtig gehandelt hatte. Doch ihren Nacken und ihren Rücken kneten – das konnte Böck dank seiner kräftigen Hände wirklich fantastisch.

Diese abrupte Trennung des vermeintlichen Traumpaares in der Polizeidirektion 5, die für Kreuzberg-Friedrichshain und Neukölln zuständig war, hatte sich damals wie ein Lauffeuer in den Fluren herumgesprochen. Doch weder Sara noch Böck hatten um eine Versetzung in eine andere Dienststelle gebeten, denn sie waren trotz ihrer kleineren Querelen ein ziemlich erfolgreiches Ermittlerteam – mit einer Aufklärungsquote von knapp über neunzig Prozent, und das in diesem extrem komplizierten Einsatzgebiet. Sie hatten daher beschlossen, sich wie erwachsene Menschen zu benehmen. Was ihnen bis heute nicht immer gelang, doch das hatte in erster Linie an Böck gelegen, der als Verlassener doch stärker unter der Trennung litt, als es für Sara zunächst den Anschein hatte. Zum Glück hatte er aber schon kurz darauf eine hübsche Verkäuferin kennengelernt, die als Repräsentantin einer französischen Handtaschenfirma im *KaDeWe* arbeitete. Sie hieß Rosalie, und die beiden hatten bereits nach acht Monaten geheiratet, Knall auf Fall, und waren vor Kurzem in ein Mittelreihenhaus mit kleinem Garten im Westend gezogen. Seitdem hatte Maximilian Böck nicht nur mächtig zugenommen, sondern es lief auch zwischen ihm und Sara im Büro spürbar besser. Aber es lief noch längst nicht optimal.

Sara dagegen war solo geblieben. Sämtliche interne Annäherungsversuche waren an ihr abgeprallt, denn seit der Geschichte mit Max hatte sie sich ein Gelübde auferlegt: *Never fuck in the same Kostenstelle!* Anfangs hatte Böck sich über den kleinen Aufkleber mokiert, der seit ihrer Trennung an ihrem Schreibtischcontainer pappte. Mittlerweile gab er ihr jedoch insgeheim recht. Beziehungen unter Kollegen waren kompliziert.

Was Sara außerhalb ihrer Dienstzeiten anstellte, ging niemanden was an. Wobei es eigentlich nichts zum Tuscheln gab, denn Liebe war in ihrem aktuellen Modus nicht vorgesehen. Höchstens ab und zu ein bisschen Sex, wobei die Betonung auf *ein bisschen* lag. In Wahrheit eher auf *gar nicht*, denn auch was Flirts oder gar One-Night-Stands betraf, wollte Sara nie mehr im Leben einen Kompromiss eingehen. Ihre Wohnung betrachtete sie daher zurzeit – von zwei, wie sie fand, unrühmlichen Ausnahmen abgesehen – als eine Art Kloster.

»Und wenn es sich doch um ein politisches Motiv handelt – oder was Religiöses?« Böck kratzte sich am Kinn. »Ich bleib dabei: Wenn das Opfer Jüdin ist und dein Khalid Palästinenser – da gibt's ja des Öfteren mal den einen oder anderen Konflikt.«

»Klar. Sicher«, sagte Sara. »Auch ich schaffe es tatsächlich manchmal noch, die Nachrichten zu gucken. Aber wir sollten es lieber wie immer angehen, Max: ergebnisoffen.« Er lächelte und formte aus Daumen und Zeigefinger das Okay-Zeichen. »Ich würde dann jetzt mit Tamar Levis Freund ins Krankenhaus fahren«, fuhr Sara fort, »wir wissen ja gar nichts über ihren Zustand – ob sie überhaupt noch lebt. Es sah wirklich ziemlich übel aus …«

»Dann hau ab«, sagte Böck. »Anne und ich kümmern uns um die Zeugen und um die KTU.«

»Danke, mein Lieber!«, sagte Sara und wandte sich zum Gehen. Dann schnippte sie mit den Fingern und drehte sich noch einmal zu ihm um. Ihr war noch was eingefallen. »Hör mal, Max, wenn ihr zufällig auf einen großen Mann, Typ durchtrainierter Kampfsportler, stoßen solltet: Der interessiert mich.«

»Das ist ja eine supergenaue Personenbeschreibung, Sara.« Böck runzelte die Stirn.

»Wart's ab: Der Typ ist mit einiger Sicherheit Jude. Er trägt eine grob gestrickte, schwarz-weiß karierte Kippa. Außerdem hat er einen Vollbart, ziemlich helle Haare, die ins Rötliche gehen könnten. Bekleidet war er trotz der Hitze mit einem grünen Parka. Ach ja: So gegen zehn vor eins ist vorne auf der Straße ein Auto ganz langsam an der Hofeinfahrt vorbeigerollt, kurz stehen geblieben – und als ich dann genauer hingesehen habe, hat der Fahrer sofort Vollgas gegeben. Es war ein größerer Kombi, ich glaube ein Mittelklasse-Mercedes. Vielleicht – aber nur vielleicht – ist das ja jemandem vor dem Club aufgefallen …«

»Ganz bestimmt«, sagte Böck, »ich bin sicher, da haben mindestens zwanzig Leute sofort die Nummer notiert und getwittert!«

Manchmal, dachte Sara, kann Max sogar richtig witzig sein.

Zwei

Die knapp fünfzehnminütige Fahrt in die Charité war schweigend verlaufen. Sara hatte Khalid bloß mehrmals daran erinnern müssen, dass man in einem Streifenwagen nicht rauchen durfte. Der junge Palästinenser wirkte wie versteinert. Sara hätte gern hinter seine Stirn geblickt, um in seinen Gedanken lesen zu können. Khalid war natürlich ein Tatverdächtiger, und dass er bezüglich der getrennt verbrachten Pause im Club so beharrlich schwieg, nährte diesen Verdacht. Gab es einen Grund, warum Tamar Levi und Khalid Rahmar diese Viertelstunde nicht zusammen verbracht hatten? Andererseits hatte er jedoch weder versucht, wegzulaufen, noch wies seine Kleidung irgendwelche sichtbaren Blutspuren auf. Außerdem war Sara inzwischen beinahe hundertprozentig davon überzeugt, dass seine Verzweiflung nicht gespielt war. Leider war sie aber auch davon überzeugt, dass es Tamar vermutlich nicht schaffen würde. Die Ärzte operierten bereits seit anderthalb Stunden, und noch immer hatte sich niemand blicken lassen, der über Tamar Levis Zustand Auskunft geben konnte.

Sie saßen nebeneinander auf einer Bank in einem verglasten Aufenthaltsraum, von dem aus sie den Flur bis hinunter zur Schleuse des sterilen OP-Bereichs überblicken konnten. Die

Minuten flossen träge dahin. Sara hatte zwischendurch Khalids Personalien erfragt und notiert. Ein paarmal war sie nach draußen auf den Flur gegangen und hatte sich von Böck den Stand der Ermittlungen durchtelefonieren lassen. Die ganze Zeit über hatte Khalid teilnahmslos vor sich hin gestarrt. Es fiel ihm nur schwer, nicht rauchen zu dürfen, und so hatte Sara ihn schon viermal vor die Tür begleitet. Jetzt hatte er jedoch keine Zigaretten mehr, und der Automat stand im geschlossenen Kiosk des Eingangsbereichs.

»Scheiße«, sagte Khalid Rahmar.

»Wo haben Sie sich eigentlich kennengelernt?«, fragte Sara, als sie wieder vor dem Aufzug standen.

»Auf einem Festival.«

»Wo?«

Er zuckte mit den Schultern. »In Barcelona, beim *Sónar*.«

»Und wann war das?«

Khalid seufzte. »Vor zwei Jahren. Aber ich kann Ihnen echt nicht mehr sagen, wie spät es damals war.«

Sara lächelte. »Das ist doch eins der größten Events für Elektro, oder? Ist nicht so meine Musik.« Khalid schenkte ihr einen gelangweilten Blick. »Hat Tamar Verwandte, die wir benachrichtigen können?«, fragte Sara unvermittelt. Die Türen des Aufzugs öffneten sich.

Die Frage schien ihn aufzuwecken. »Ja. Ihre Schwester ist seit einer Woche in Berlin. Ronit. Ronit Levi, wie Tamar.« Es klang verächtlich, als er den Namen von Tamar Levis Schwester aussprach.

»Ach. Und Sie kennen sie?« Er nickte. »Haben Sie ihre Nummer?«

»Natürlich kenne ich sie«, sagte er zögerlich. »Sie wohnt ja bei uns.«

»Dann rufen Sie sie doch bitte an. Sie soll hierher in die Klinik kommen. In die Charité … Sofort!«

Oben im Aufenthaltsraum holte er sein Mobiltelefon aus der Hosentasche und wählte eine Nummer. »Charité! Luisenstraße, Intensivstation, dritte Etage, *nicht* Notaufnahme«, sagte Sara und erhob sich. »Ich lasse Sie kurz allein.« Sie ging hinaus auf den Flur, schloss die Tür hinter sich und beobachtete ihn durch die Glasscheibe. Khalid hatte Ronit Levi offenbar erreicht, aber Sara konnte natürlich nicht verstehen, was er sagte. Das Gespräch dauerte nur etwa eine Minute. Dann schaute er zu Sara, nickte und versank im nächsten Moment wieder in seiner Agonie. Sara entschied, ihn in Ruhe zu lassen. Schließlich musste sie noch ein paar innere Kräfte mobilisieren für das, was höchstwahrscheinlich gleich passieren würde. Inzwischen war es kurz nach drei Uhr morgens und Sara hundemüde.

In diesem Augenblick tauchte ein Schatten hinter der automatischen Milchglastür auf, die zum OP-Bereich führte. Die Tür schwang auf, und ein Arzt erschien. Im Näherkommen rieb er seine Hände aneinander. Sara ging ihm entgegen und schaute ihn fragend an. Der Arzt presste die Lippen zusammen und schüttelte unmerklich den Kopf. Sara ließ die Schultern hängen.

»Sie sind Frau Stein?«, fragte der Arzt. »Die Schwester hatte mir gesagt, dass Sie warten würden …«

»Ja, Sara Stein, Mordkommission. Frau Levi hat es also nicht geschafft?«

»Ja … Also, nein. Die junge Frau hat es leider nicht geschafft.« An der Brusttasche seines Kittels war ein Namensschild mit einer Sicherheitsnadel befestigt, das ihn als Dr. Schommer auswies. Sara konnte das *Sterilium* an seinen Händen riechen. »Ein Stich hatte ihre Aorta perforiert. Sie war eigentlich schon klinisch tot, als wir sie auf den Tisch bekamen. Tut mir leid«, sagte der Arzt und blickte hinüber zu Khalid.

»Es wäre vielleicht gut, wenn Sie mich begleiten würden«, sagte Sara. Jetzt ließ der Arzt seine Schultern hängen. »Bringen wir es hinter uns?«

»Wir haben wirklich alles versucht. Aber die Patientin hatte bereits zu viel Blut verloren. Ehrlich gesagt ist es ein Wunder, dass sie nicht bereits am Tatort verstorben ist.«

»Erzählen Sie das besser *ihm,* Dr. Schommer«, sagte Sara, »es handelt sich um ihren Freund …«

»Aber dann ist er ja gar kein Angehöriger?«

»Das ist doch jetzt egal«, sagte Sara, die langsam einen dicken Hals bekam. Vorschriften waren ihrer Meinung nach zwar sinnvoll und richtig, aber manchmal war es richtiger, sich nicht an sie zu halten.

Der Arzt wirkte immer noch unschlüssig, doch es war zu spät für einen Rückzieher. Khalid riss die Tür zum Aufenthaltsraum auf, trat auf den Krankenhausflur und schaute Sara erwartungsvoll an. Sie erwiderte traurig seinen Blick und sagte nichts.

»Es tut mir sehr leid, Herr …«, sagte der Arzt.

»Rahmar«, soufflierte Sara.

»… Herr Rahmar: Wir konnten Ihre Lebensgefährtin nicht mehr wiederbeleben. Wir haben wirklich alles versucht, aber Frau Levi … Sie hatte bereits … Es tut mir wirklich sehr leid«, stammelte Dr. Schommer.

Khalid schluckte. Erst nach einigen Sekunden begriff er, was der Arzt gesagt hatte. Und dann rastete er aus. Er schlug sich mehrmals gegen den Kopf und ins Gesicht und trat dann mit voller Wucht gegen einen Mülleimer. Dr. Schommer wirkte noch immer hilflos. Er machte keine Anstalten einzugreifen. Also ging Sara entschlossen auf Khalid zu und versuchte, ihn zu beruhigen, ihn zu bändigen und in den Arm zu nehmen. Sie spürte, wie kräftig er war, aber sie verzichtete auf einen schmerzhaften Armhebel, der ihn vermutlich nur noch aggressiver gemacht hätte. Lieber versuchte sie, so gut es ging seinen unkontrollierten Tritten und Schlägen auszuweichen. Schließlich gelang es Sara, ihre Arme von hinten um ihn zu schließen. Khalid drehte sich in dieser erzwungenen Umarmung plötzlich zu ihr um und begann, sich an Sara zu klammern wie ein Ertrinkender. Er vergrub sein Gesicht an ihrem Hals. Dann brach der ganze Schmerz aus ihm heraus.

»Ich werde ihm wohl besser ein Beruhigungsmittel geben«, murmelte der Arzt. »Moment!« Mit diesen Worten verschwand Dr. Schommer im Schwesternzimmer.

Sara und Khalid standen eng umschlungen auf dem Krankenhausflur. Er heulte Rotz und Wasser. Sie konnte seine Tränen auf ihrer Haut spüren und strich ihm tröstend übers Haar. So wie vorhin, als sie es Tamar leichter machen wollte. Als der Arzt wenig später mit einer Spritze zurückkehrte, löste Khalid sich aus der Umarmung. Er wischte sich mit dem Handrücken die Tränen und ein bisschen Rotz aus dem Gesicht.

»Ich kann Ihnen eine Valium geben, Herr Rahmar«, sagte der Arzt, »das würde Ihnen guttun.«

Khalid zog geräuschvoll die Nase hoch und atmete ein paarmal tief ein und aus. Dann schüttelte er den Kopf, so als wollte er seine fünf Sinne reaktivieren. »Nein«, sagte er, »ich will keine Valium. Ich will sie jetzt sehen. Ich will Tamar sehen.«

Sara fing einen warnenden Blick des Arztes auf. »Khalid, Sie werden Tamar sehen, ganz bestimmt. Das verspreche ich Ihnen. Aber jetzt geht es nicht … Wirklich nicht. Es wäre besser, wenn Sie – wollen Sie nicht lieber nach Hause? Ich kann Sie von den Kollegen …«

Khalid hob die Hand. Sara verstummte. Er schien zu überlegen. Dann sagte er: »Sie haben vermutlich recht. Es wäre sowieso besser, wenn ich jetzt verschwinde, bevor Ronit hier auftaucht. Ich könnte sonst für nichts garantieren.«

»Wie meinen Sie das denn jetzt?«, fragte Sara.

Der Arzt runzelte die Stirn.

»Vergessen Sie's«, sagte Khalid Rahmar.

»Sie haben Tamars Schwester also erreicht?«, fragte Sara, obwohl sie die Antwort bereits kannte.

Khalid nickte. »Und Ronit wollte auch sofort losfahren. Mit dem Taxi«, sagte er dumpf. »Aber ich sage Ihnen mal was: Die Alte ist total irre. Die hat nicht alle Latten am Zaun. Verstehen Sie? Na ja, Sie werden sie gleich kennenlernen.«

Total irre, die Alte ... Sara ging auf seine letzten Bemerkungen nicht ein. Doch sie speicherte sie ab. »Wie Sie meinen. Es ist Ihre Entscheidung. Wie wollen Sie denn nach Hause kommen, Khalid?«

»Mit dem Taxi vielleicht?«, sagte er, kniff seine Augen zusammen und versuchte, die Tränen zu unterdrücken. »Ja, ich fahre mit dem Taxi.« Er drehte sich um und stiefelte den Flur entlang zu den Fahrstühlen.

»Sie bleiben aber bitte in Berlin«, rief Sara ihm hinterher, »ich brauche Sie noch!«

Doch Khalid reagierte nicht. Er sah sich nicht einmal mehr um. Sara und der Arzt warteten, bis der junge Mann im Aufzug verschwunden war.

Der Arzt seufzte. »Verdächtigen Sie *ihn* etwa?« Er bückte sich, um den metallenen Papierkorb wieder zusammenzusetzen.

»Wieso fragen Sie?«

»Solch eine tiefe Verzweiflung kann man nicht spielen«, sagte er, »der war es ganz bestimmt nicht.«

»Glauben Sie?«, fragte Sara.

»Eigentlich schon«, sagte der Arzt zweifelnd, »aber Sie sind die Fachfrau.«

»Ich weiß es nicht. Da gibt es keine Muster. Ich habe schon Mördern gegenübergesessen, die verzweifelter waren.«

»Aber dann hätten Sie ihn doch eigentlich nicht gehen lassen dürfen, oder?«, warf Dr. Schommer ein.

»Nennen Sie es meinetwegen Intuition«, sagte Sara. »Wissen Sie, dass in weit über achtzig Prozent aller Fälle das erste Gefühl des Ermittlers das richtige ist? Das ist statistisch belegt.« Sara unterdrückte ein Gähnen. »Haben Sie die Valium noch?«, fragte sie dann leise. Der Arzt erhob sich, stellte den reparierten Mülleimer wieder ordentlich hin und sah sie fragend an. »Nicht für mich. Aber vielleicht für die Schwester«, sagte Sara. Sie deutete mit dem Kinn verstohlen in Richtung der Aufzüge. Eine Frau kam ihnen über den Flur entgegengeeilt. Sollte es sich tatsächlich um Ronit Levi handeln, sah sie ihrer Schwester überhaupt nicht ähnlich. In keinster Weise. Sie trug ein schwarzes Kopftuch, ein schwarzes Cape und einen schwarzen, knöchellangen Rock. Das madonnenhafte Gesicht war bleich.

»Ronit? Ronit Levi?« Sara sprach die Frau an, die älter wirkte, als sie vermutlich war. »My name is Sara Stein. I'm an inspector of the homicide division of Berlin.«

»Sie können deutsch mit mir reden, Frau Stein.« Ihre Stimme kam aus einem Gefrierfach. »Ja, ich bin Ronit Levi. Khalid … Herr Rahmar hat mich angerufen. Aber ich sehe ihn gar nicht …«

»Er ist bereits gegangen«, sagte Sara.

Das schien Ronit Levi zu freuen. Ihr Tonfall war unüberhörbar verächtlich gewesen, als sie seinen Namen ausgesprochen hatte. Sara registrierte es. »Was ist mit meiner Schwester? Wie ernst ist es? Kann ich zu ihr?« Ronit Levi wirkte gefasst. Beinahe schon unnatürlich beherrscht.

So viele Fragen auf einmal, auf die es jedoch nur eine einzige Antwort gab. Sara straffte sich. »Frau Levi, ich muss Ihnen leider mitteilen, dass Ihre Schwester Tamar Opfer eines Verbrechens geworden ist. Sie ist vor wenigen Minuten verstorben. Mein Beileid, Frau Levi.«

Ronit Levi schloss für einen kurzen Moment die Augen. Sie faltete ihre Hände und murmelte ein paar unverständliche Wörter, die Hebräisch sein mochten. Dann sah sie Sara wieder an. Ihr Blick war immer noch erstaunlich klar und fest. So wie ihre Stimme. »Kann ich zu ihr, bitte?«

»Geben Sie uns bitte noch ein paar Minuten«, sagte der Arzt. »Ich lasse Sie dann sofort durch eine Schwester abholen.«

Sara empfand Ronit Levis Gefasstheit als unheimlich. Ihr fiel das Buch Genesis ein, in dem Lots Frau zur Salzsäule erstarrt. Auch Tamars Schwester bewegte sich kaum. Nicht einmal ihre Augenlider zuckten.

»Wollen wir uns vielleicht einen Augenblick setzen?« Sara öffnete die Tür zum Aufenthaltsraum, in dem sie gerade noch mit Khalid gesessen hatte. Ronit Levi ging aufrecht an ihr vorbei und nahm gleich neben der Tür Platz. Sara fiel auf, dass sie offenbar kein Parfüm benutzte. Bevor sich die Israelin setzte, fegte sie mit der Hand ein paar imaginäre Krümel vom Stuhl. Dann nahm sie ihr Kopftuch ab. Sie hatte ihr dichtes, schwarzes Haar streng nach hinten gebürstet und zu einem Pferdeschwanz zusammengebunden. Bis auf einen silbernen Ring mit einem kleinen Davidstern, in dessen Mitte ein Tomalin funkelte, trug sie keinen Schmuck. Auf Sara wirkte sie wie eine frustrierte Matrone. Sie zog sich einen Würfel aus rotem Kunstleder heran und setzte sich direkt vor sie. »Wollen Sie reden?«, fragte sie sanft. »Oder wollen Sie hören, was passiert ist?«

»Meine Schwester ist seit einem Jahr in Berlin«, entgegnete Ronit Levi, »ich bin erst vor einer Woche aus Elon Moreh gekommen. Ich ...«

»Ja?«, fragte Sara und beugte sich vor.

Ronit Levi atmete tief ein, bevor sie fortfuhr. »Tamar war schon immer rebellisch ... Ja, sie war regelrecht wild. Unsere Eltern wollten schon seit Langem nichts mehr mit ihr zu tun haben.« Sie hob ihren Blick. »Aber ich konnte sie doch nicht einfach aufgeben, oder? Ich *musste* sie zum Glauben zurückführen! Ich musste es doch wenigstens versuchen!«

Daher also wehte der Wind. »Und wie hat Ihre Schwester darauf reagiert?«

Ronit Levi konnte ihre Trauer jetzt doch nicht mehr zurückhalten. Sara stand auf, setzte sich neben sie und legte die Hand auf ihre Schulter.

»Daran ist Khalid schuld!«, rief Ronit Levi, »das hat sie nun davon, sich mit so einem *Goi* einzulassen. Immer gab es Streit zwischen den beiden. Angeschrien und geprügelt haben sie sich! Ich würde mich nicht wundern, wenn *er* es war, der sie umgebracht hat«, brach es aus ihr heraus.

»Khalid? Hat er Ihnen vorhin am Telefon erzählt, was passiert ist?«

»Dass sie wohl … erstochen wurde, hat er gesagt.«

»Er hat *erstochen* gesagt?«

»Er hat etwas von Messerstichen erwähnt. Dass jemand Tamar angegriffen hätte … Und ja, das würde ich ihm zutrauen.«

»Einen Moment, Frau Levi. Khalid ersticht Ihre Schwester und ruft Sie dann an, während er gemeinsam mit einer Kommissarin der Mordkommission im Krankenhaus darauf wartet, ob sie vielleicht überlebt? Dass die Ärzte sie retten können? Finden Sie, dass das zusammenpasst?«

Ronit Levi brachte ein verächtliches Lächeln zustande. »Damit alle glauben, er ist unschuldig. So machen diese Ratten das doch immer!«

»Wer sind denn *diese Ratten?*«, fragte Sara.

»Die Araber. Die Palästinenser. Alle sollen immer glauben, dass sie unschuldig sind!«

Sara schwieg für einen Moment. »Sie erwähnten vorhin einen Namen. Eine Stadt in Israel …«

»Elon Moreh, auf Hebräisch Elon More«, sagte Ronit Levi. »Es ist ein kleiner Ort. Eine der neueren Siedlungen in der Westbank, etwa eine Stunde Autofahrt westlich von Jerusalem. Sagt Ihnen das was, Frau Stein? Ist das jetzt überhaupt wichtig?« Sie klang überheblich.

»Jerusalem sagt mir natürlich etwas. Und die Westbank auch. Ich dachte aber, dass dort keine Siedlungen gebaut werden dürfen …«, antwortete Sara, die es nicht ausstehen konnte, wenn sie von oben herab behandelt wurde. »Sagt Ihnen vielleicht der Name ›Flix‹ etwas?«

In diesem Moment bemerkte sie, dass Ronit Levis Fassade endgültig zu bröckeln begann. Dass sie deshalb wohl auch ihre letzte Frage nicht mehr verstanden hatte. Sara war froh, dass eine Krankenschwester erschien und ihren Kopf durch den Türrahmen des Aufenthaltsraums steckte. »Wir wären dann so weit. Wenn Sie möchten, können Sie jetzt zu Frau Levi«, sagte sie.

»Danke. Wo finde ich Tamar?«, fragte Ronit Levi wieder mit fester Stimme und erhob sich.

»Folgen Sie mir bitte«, sagte die Krankenschwester, »wir müssen zwei Etagen nach unten fahren.«

Wenig später standen Sara und Ronit Levi in einem Sterbezimmer der Charité. Neben dem Bett brannten zu beiden Seiten zwei Kerzen, das Licht der Deckenlampen war gedimmt. Sara entging der helle Fleck auf der Textiltapete trotzdem nicht. Die Schwestern waren so aufmerksam gewesen, das Kruzifix von der Wand zu entfernen.

Tamar Levis sterbliche Hülle hatte man bis unters Kinn zugedeckt. Nur ihr Gesicht war zu sehen. Es war bleich, aber es hatte noch nicht die hellgelbe Farbe der Toten angenommen. Ihre Augen waren geschlossen. Man hatte ihre lockigen Haare leidlich in Form gebracht und alle Blutspritzer abgewaschen. Was für ein Jammer, dachte Sara, sie ist so hübsch.

Ronit Levi trat ans Bett heran und betrachtete stumm ihre tote Schwester. Dann wandte sie sich an Sara. »Könnten Sie mich vielleicht mit ihr allein lassen?«, fragte sie.

»Selbstverständlich, Frau Levi«, sagte Sara, »soll ich draußen warten?«

»Das wird nicht nötig sein, denke ich«, entgegnete Ronit Levi kühl, »*wir* werden zurechtkommen.«

»Sie und Ihre Schwester …«, sagte Sara.

»Und *Jahwe*.«

»Natürlich. Gott. Dann habe ich nur noch eine letzte Frage: Soll ich meinen Kollegen Bescheid geben, dass man Sie … später in Ihr Hotel fährt?« Sara schwindelte absichtlich.

»Ich wohne in Tamars Wohnung, wo auch der Araber haust!«

»Sie meinen Herrn Rahmar?«, fragte Sara.

»In einer Fabriketage!« Ronit Levi schüttelte den Kopf. »Nein, danke, ich komme wirklich zurecht!«, sagte sie dann in einem Ton, der vermutlich jeden Widerspruch im Keim ersticken sollte. »Wenn Sie mit mir reden wollen, können wir das doch auch später am Tage tun, oder etwa nicht?«

»Selbstverständlich«, sagte Sara ruhig, »dann lasse ich Sie jetzt von Ihrer Schwester Abschied nehmen. Auf Wiedersehen, Frau Levi – und noch einmal: Sie haben mein tief empfundenes Mitgefühl.«

Doch Ronit Levi schien sie bereits nicht mehr zu hören. Sie begann, leise ihren Körper zu wiegen und das jüdische Totengebet zu sprechen.

Sara verharrte im Türrahmen. Sie kannte das *Kaddisch*, allerdings nur auf Deutsch: »Sein großer Name sei gepriesen in Ewigkeit und Ewigkeit der Ewigkeiten. Gepriesen und gerühmt, verherrlicht, erhoben, erhöht, gefeiert und hocherhoben sei der Name des Heiligen, gelobt sei er, hoch über jedem Lob und Gesang, Verherrlichung und Trostverheißung, die je in der Welt gesprochen wurde, so sprechet Amein!«, sagte Ronit Levi in hebräischer Sprache.

»Amein«, flüsterte Sara, schlüpfte aus dem Sterbezimmer hinaus auf den Flur und schloss sachte die Tür.

Noch aus dem Taxi rief Sara ihre Kollegen in Kreuzberg an. Sie hoffte auf gute Nachrichten, hoffte, dass Anne Rodeck und Maximilian Böck die Sache vor Ort im Griff hatten, denn sie selbst verspürte überhaupt keine Lust, zum Tatort zurückzukehren. Ihr Akku war leer. Aus die Maus, dachte sie. Ich will nur noch nach Hause, duschen und schlafen. Es war ja auch schier zum Verrücktwerden. Jetzt war sie nicht mal mehr in ihrer Freizeit vor einem neuen Fall sicher. Dabei hatten sie an diesem Morgen – eigentlich musste es ja »gestern« heißen – nach einem anonymen Hinweis zusammen mit dem SEK in einem illegalen Bordell in der Schönhauser Allee noch einen mutmaßlichen Raubmörder festgenommen, der im Verdacht stand, einen Kioskbesitzer draußen in Köpenick erschlagen zu haben. Drei Stunden später hatte Sara ihn im Verhör bereits geknackt, was allerdings keine großartige Leistung war, denn die zahlreichen DNA-Spuren des einschlägig vorbestraften Tatverdächtigen am Tatort sowie auf der Leiche hatten ein Leugnen der Tat von vornherein unmöglich gemacht. Danach hatte sie so rasch wie möglich den elenden Schreibkram erledigt und sich ausnahmsweise einmal pünktlich in den Feierabend verabschiedet. Aber später hatte sie nicht einschlafen können und war dann kurz vor Mitternacht laufen gegangen. Das tat sie oft, um runterzukommen. Nur diesmal war sie beim entspannten Joggen über eine junge Israelin gestolpert, der irgendjemand ein Messer in den Leib gerammt hatte. Und die jetzt tot war.

»Anne? Bist du noch im Club?«, fragte Sara in ihr Mobiltelefon hinein. »Ist alles klar bei euch?«

»Geht so«, kam es zurück, »und bei dir?«

»Geht auch so. Das Mädchen hat es leider nicht geschafft. Die Schwester nimmt gerade Abschied von ihr.«

»Ah ja«, sagte Anne Rodeck, so als sei es ganz selbstverständlich, dass vor wenigen Stunden eine lebenshungrige junge

Frau erstochen worden war. Kein »Mist«, kein »o Gott« oder ein »wie traurig«. Bloß »ah ja«. Sara verdrehte die Augen. Sie kannte Anne Rodeck nur als eine bekennende Schreibtischtäterin, die sich am liebsten im Büro zwischen Akten und Dossiers vergrub, nach denen sie dann ihre Internetrecherchen abarbeitete. Und akribisch recherchieren konnte sie wirklich, sogar im *Hidden Web*. Doch vor Außeneinsätzen drückte sie sich so häufig wie möglich. Sie hatte sich knapp drei Jahre zuvor aus Erfurt nach Berlin versetzen lassen und war zu Saras Team gestoßen. Sara hatte jedoch bisher nicht herausfinden können, was Anne Rodeck so dermaßen traumatisiert hatte. Nicht einmal Vera Schubert hatte Näheres gewusst. Oder sie hatte so getan, als ob sie nichts wusste.

»Und was heißt ›geht so‹, Anne?«, fragte Sara.

»Na ja, wir haben immerhin schon mal die Personalien aller noch anwesenden Gäste aufgenommen, wobei das sicher nicht mehr alle gewesen sind, die sich zur Tatzeit im Club aufgehalten haben.«

»Das ist mir klar«, sagte Sara.

»Und ich habe für uns die Aufzeichnungen der Überwachungskameras gesichert.«

»Sehr gut, Anne«, sagte Sara, jetzt bewusst eine Spur freundlicher. »Habt ihr vielleicht auch den großen Typen ausfindig machen können, den mit der Kippa? Oder einen Hinweis auf ihn oder den Wagen bekommen?«

»Wenn, dann Max«, sagte Anne Rodeck, »hier drinnen im Club jedenfalls nicht. Moment mal: Was soll denn das für ein Typ sein? Wie jetzt, Kippa?«

Toll, so ein intensiver Austausch unter Kollegen, dachte Sara. »Na gut«, sagte sie, »das klären wir später. Morgen, oder besser: heute. Aber hört euch doch bitte mal um, ob irgendjemand was mit dem Wort ›Flix‹ anfangen kann … Ja, genau: F-l-i-x. Das könnte ein Name sein, könnte natürlich aber auch nur ›verflixt‹ heißen … Ich meine, unser Opfer war schließlich nicht mehr in der Lage, sich verständlich zu artikulieren …«

»›Flix‹ ist notiert«, sagte Anne Rodeck, »und was soll ich jetzt Max sagen? Zum weiteren Vorgehen? Hier gibt's nicht mehr viel zu tun, meiner Meinung nach.«

»Sag ihm, dass ich den Freund des Opfers erst mal nach Hause entlassen habe. Mit Khalid Rahmar reden wir morgen. Also auch heute. Übrigens ist die Schwester des Opfers eine ziemlich merkwürdige Frau. Na ja. Wenn die sich von Tamar verabschiedet hat, wird der Leichnam aus der Charité in die Rechtsmedizin überführt … Und, hör mal, Anne, der Wagen der Toten muss unbedingt zur KTU und die ganze nähere Umgebung nach der Tatwaffe abgesucht werden – Mülleimer, Papierkörbe, Gullys. Es muss übrigens nicht unbedingt ein Messer gewesen sein …« Sara lauschte ins Telefon. »Hörst du mich noch?«

»Da sind wir doch schon lange dran. Sonst noch was?«, fragte Anne Rodeck.

Scheinheilige Kuh, dachte Sara. »Nee«, sagte sie, »sonst ist nichts. Ihr wisst ja, wo ich zu erreichen bin. Holst du mich bitte nachher ab – zur üblichen Zeit plus zwei Stunden? Mein Fahrrad steht nämlich blöderweise noch in der Friedrichstraße vorm Präsidium.«

»Ja, ja – ich bin dann da«, sagte Anne und beendete das Gespräch.

Sara beschloss, sich nicht aufzuregen. Aber das gelang ihr nur leidlich.

Ihre Wohnung lag in der obersten, der zwölften Etage des Hochhausriegels am Kottbusser Tor, der seit seinem Bau im Jahre 1974 als eine der hässlichsten Berliner Fehlplanungen galt. Als sie acht Jahre zuvor in dieses architektonische Schwerverbrechen eingezogen war – übrigens auch zum Entsetzen ihrer

Eltern –, hatten sich in den Gängen und Unterführungen des Gebäudekomplexes noch zahlreiche Junkies, Dealer und Kriminelle eingenistet gehabt. Dort wohnte man also eigentlich nicht, und dementsprechend selten kamen ihre Eltern, die draußen im Grunewald lebten, zu Besuch. Mit den astronomisch steigenden Mieten in der Hauptstadt entdeckten seit gut fünf Jahren immer mehr Studenten, junge Familien und Künstler – Kunst im weitesten Sinne nach Saras Empfinden – den »Kotti-Koloss« für sich. Und inzwischen hatte sich das Publikum radikal gewandelt. Sogar für die angeranzten Ladenzeilen existierten jetzt lange Wartelisten. Schön war natürlich etwas anderes, doch Sara zahlte für ihre drei Zimmer nach wie vor eine verhältnismäßig erträgliche Miete, und schon deswegen hätte sie ihre Aussichtsplattform niemals aufgegeben. Auch wenn das Bad und die Küche schon seit Langem eine gründliche Sanierung verdienten: Der Blick von ihrem Balkon aus über die Stadt entschädigte für so manches.

Sie streifte ihre Laufschuhe neben der Wohnungstür ab, verpasste ihrem Sandsack, der am Ende des Flurs von der Decke baumelte, ein paar kurze Schläge und einen Karate-Kick. Dann ging sie ins Bad. Sie vermied es, einen Blick in ihre Küche zu werfen, wo sich neben der Spüle Geschirr stapelte, in der Hauptsache Müslischalen und Kaffeebecher, und beinahe wäre sie auf dem Flur über ihren Staubsauger gestolpert. Du kommst mal wieder zu nichts, Sara Stein, dachte sie. Im Bad zog sie sich aus, warf ihre verdreckte Sportkleidung direkt in die Waschmaschine, bevor sie – endlich – unter die Dusche steigen durfte.

Eine Viertelstunde später lag sie einigermaßen erfrischt auf ihrem französischen Bett, cremte ihre Hände ein und starrte dabei an die Zimmerdecke. Sie hatte ein dünnes T-Shirt übergestreift, denn es war noch immer erstaunlich warm. Das Fenster ihres Schlafzimmers war weit geöffnet, aber es brannte kein Licht, und sie hatte die Nylon-Gardinen zugezogen. Wegen der

Mücken. Allerdings würde die Sonne in spätestens einer Stunde aufgehen. Doch wenn es ihr jetzt gelang wegzudösen, würde sie noch gut fünf Stunden, vielleicht auch fünfeinhalb schlafen können. Anne Rodeck käme sie erst um zehn Uhr abholen. Sara betrachtete ihre eingecremten Hände, schnupperte daran, deckte sich dann mit ihrem Laken zu und schloss die Augen. Du schläfst jetzt, befahl sie sich im Stillen, aber da tauchte auch schon das Gesicht der sterbenden Tamar Levi vor ihrem geistigen Auge auf. Wie sie auf dem Asphalt gelegen hatte, zusammengekrümmt, leise stöhnend, blutend. Wie Sara ihren Kopf gestreichelt und ihr aufmunternde Worte gesagt hatte, obwohl sie im Grunde längst wusste, dass die junge Frau verbluten und sterben würde. Und was hatte dieser merkwürdige Muskelprotz mit der Kippa auf dem Hof zu suchen gehabt? Sie zog sein Gesicht aus einer der zahlreichen Schubladen ihres Gehirns hervor. Sie war sich hundertprozentig sicher, dass zwischen ihm und Tamar Levi eine Verbindung bestand. Wer hatte in dem Wagen gesessen, der dann mit einem Kavaliersstart losgefahren war? Und was war zwischen Tamar und Khalid am vergangenen Abend *tatsächlich* abgelaufen? *Sie haben immer gestritten, sie haben sich geprügelt und angeschrien*, hatte Ronit Levi erzählt, wobei Sara dem jungen Palästinenser insofern Recht geben musste, dass Tamars Schwester Ronit wirklich ziemlich *irre* war. Aber auch Saras Eltern hatten – jedenfalls daheim – die Meinung vertreten, dass Orthodoxe manchmal recht anstrengend sein konnten. Ronit Levi hatte es ja selbst gesagt: Elon Moreh sei eine Siedlung in der Westbank. Vielleicht handelte es sich sogar um eine dieser illegalen Siedlungen, die dazu beitrugen, den Friedensprozess zwischen Israelis und Palästinensern zu untergraben. Und vielleicht hatte Tamar mit der Religion einfach nichts am Hut und war aus Israel weg, um sich dann in Barcelona in einen Palästinenser zu verknallen und dann ausgerechnet im hippen, flippigen, weltoffenen Berlin mit ihm abzufeiern. Was Saras Meinung nach eigentlich eine Supersache war, denn es bewies, wenigstens im Kleinen, dass es letztlich nicht auf die Religion ankam, sondern immer nur auf die Menschen.

Doch so einfach war es eben nicht. Wenn es sich tatsächlich um eine politisch oder religiös motivierte Tat handelte, würden die Medien und sozialen Netzwerke dieses Verbrechen ausschlachten und mit waghalsigen Spekulationen, Verdächtigungen und Verschwörungstheorien die sowieso schon aufgeheizte Stimmung gegen Fremde im Allgemeinen und Muslime im Besonderen weiter anfachen. In Berlin hielten sich im Moment Zehntausende Flüchtlinge aus dem arabischen Raum auf, vor allem aus Syrien und dem Irak, und täglich kamen Hunderte mehr in die Stadt und baten um Asyl. Die anfänglich positive Stimmung in der Bevölkerung war am Kippen, denn man fürchtete, vielleicht sogar zu Recht, dass mit dem Flüchtlingsstrom auch radikale Muslime nach Deutschland gelangen könnten. Seit den Anschlägen in Paris war schließlich alles anders. Und jetzt war eine Jüdin erstochen worden. Mitten in der Hauptstadt, in Kreuzberg, *dem* Schmelztiegel der Nationen, wo der Koran jedoch häufiger gelesen wurde als die Bibel und natürlich noch viel, viel häufiger als der Talmud. Diese tödliche Messerattacke auf Tamar Levi war daher so ungefähr das Letzte, was Sara auf ihrem Schreibtisch brauchte. Über diesem Gedanken schlief sie endlich ein.

Von draußen klangen die Geräusche der erwachenden Großstadt an Saras Ohr. Sie schlug die Augen auf. Durch die Gardine sah sie, wie sich der Himmel gräulich verfärbte, mit einem Schuss Orange. Herrgott, sie war gerade mal anderthalb Stunden weg gewesen. Verdammt noch mal, sie musste jetzt wirklich schlafen. Sonst würde sie den ganzen Tag in den Seilen hängen. Ihr fiel ein, dass sie ihre Mailbox heute noch nicht abgehört hatte. Sara griff nach ihrem Mobiltelefon auf dem Nachttisch und tippte die Nummer ein. »Sie haben eine neue Nachricht«, sagte die künstliche Stimme, »erste Nachricht vom …« Sara seufzte und streckte die linke Hand mit dem Telefon demonstrativ von sich weg. »Gott, dieses Gelaber!«, sagte sie. Dann hielt sie sich das Telefon wieder ans Ohr. »Sag mal, du bist ja wirklich nie zu Hause, Schatz!« Es war die Stimme ihrer Mutter Helen. Aber es klang nicht nach Vorwurf. Sondern bloß nach reiner, mütterlicher Besorgnis. »Schläfst du etwa schon, Sarale …? Dann hoffe ich, dich nicht geweckt zu haben. Aber bitte vergiss nicht das Konzert morgen Abend. Papa freut sich schon so. Seitdem du die Karten gewonnen hast, ist das sein einziges Thema, stell dir vor!« Sara musste lächeln. »Und bitte sei ausnahmsweise pünktlich – du weißt ja, es ist eine Radioübertragung! Gute Nacht, mein Liebes!«, sagte ihre Mutter. »Ende der Nachricht. Sie haben keine weiteren Nachrichten«, sagte die computergenerierte Frauenstimme. Sara legte das Telefon wieder auf den Nachttisch. Das Konzert morgen! Nein, heute Abend, dachte sie, und du blöde Kuh hättest es bestimmt vergessen.

Es war das einzige Mal in ihrem Leben gewesen, dass Sara etwas gewonnen hatte. Zwei Konzertkarten waren auf ihre Tombolalose gefallen, die sie auf dem letzten Hauptstadtball der Berliner Polizeigewerkschaft gekauft hatte. Vera Schubert hatte die gesamte Abteilung unter Androhung von Sonderschichten und Streifendienst dazu verdonnert, an diesem bedeutsamen Ereignis teilzunehmen, das zur »Belebung der innerbetrieblichen Motivation« beitragen sollte.

Am Ende hatte es Sara richtig Spaß gemacht, auf dem glänzenden Parkett Foxtrott zu tanzen. Mit halber und mit ganzer Drehung. Und als sie dann später sogar noch einen Cha-Cha-Cha und einen Jive aus ihrem Tanzstunden-Gedächtnis hervorgekramt hatte, war ihr Team vor Ehrfurcht beinahe erstarrt, vor allem Vera Schubert. Nein, das hatten ihr die Kolleginnen und Kollegen nicht zugetraut. Allerdings war der Mann, mit dem Sara am häufigsten tanzte – irgend so ein smarter Bezirksamtsheini –, bloß ein guter Tänzer gewesen, der sie als Mann nicht interessiert hatte. So hatte es für ihre Kollegen wieder nichts zum Tuscheln gegeben, aber immerhin hatten sie Sara für ungefähr vier Wochen einen neuen Spitznamen verpasst: *Ballkönigin,* bis ihnen das zu langweilig geworden war.

Da Sara in einem bildungsbürgerlichen Elternhaus mit klassischer Musik, mit Jazz und Swing aufgewachsen war, hatte sie den Gewinn der Konzertkarten als Zeichen interpretiert. Als einen sanften Tritt in den Hintern, sich ihren Eltern mal wieder als liebende Tochter zu präsentieren und nicht wie üblich als Arbeitstier und erfolgreiche Ermittlerin, die es schon ein paarmal in die Lokalteile der Zeitungen geschafft hatte und in die *Abendschau* sowieso. Worauf Sara jedoch absolut keinen Wert legte.

Es war ein besonderes Konzert, zu dem sie ihre Eltern eingeladen hatte: Anlässlich des fünfzigsten Jahrestages der offiziellen Wiederaufnahme der deutsch-israelischen Beziehungen hatte sich das Israelische Kammerorchester aus Tel Aviv zu einem Auftritt im Konzerthaus am Gendarmenmarkt angesagt, das live in beiden Ländern übertragen werden sollte. Schon am nächsten Tag hatte Sara deshalb eine dritte Eintrittskarte dazugekauft. Das Konzert bot der Familie Stein eine gute Gelegenheit, sich ihrer Berliner Gemeinde wieder etwas anzunähern, ohne ihr dabei zu nahe zu kommen. Die Steins waren jüdischen Glaubens.

Drei

Anne Rodeck war pünktlich, obwohl sie wahrscheinlich noch weniger geschlafen hatte als Sara. Sie hupte aus Gewohnheit vor Alkans Döner-Imbiss, der schräg unter Saras Wohnung lag. Hier frühstückte Sara immer dann, wenn die Milch in ihrem Kühlschrank mal wieder sauer geworden war. Also ziemlich häufig. Noch öfter nahm sie hier jedoch das Abendessen ein. Alkans Döner-Imbiss war praktisch ihr zweites Wohnzimmer und der kräftige Anatolier beinahe schon so etwas wie ein guter Freund.

Er servierte ihr gerade ein amerikanisches Frühstück, allerdings mit scharfer türkischer Wurst statt gebratenem Bacon, als die Rechtsmedizin auf ihrem Mobiltelefon anrief: Es würde leider noch ein bisschen dauern. Sara verzog das Gesicht: »Ich weiß, dass ihr Pathologen auch nur Menschen seid, aber drückt trotzdem mal ein bisschen auf die Tube«, sagte sie, während sie Anne Rodeck zu sich hineinwinkte. Dann schnippte sie zu Alkan hinüber und deutete auf ihr leeres Teeglas. »Könnt ihr wenigstens schon was über die Tatwaffe sagen?«, fragte sie in den Hörer hinein. »Okay, ist gut. Bis dann!«

Dabei war gar nichts gut.

»Guten Morgen. Wir können gleich los«, sagte Anne Rodeck. Sie war in der Tür stehen geblieben. Ihre neue Haarfarbe, wachsblond, ließ sie noch blasser aussehen, als sie es sowieso schon war. Vielleicht liegt es aber auch an ihrem verkniffenen Mund, dachte Sara. Diesen dünnen Lippen, die so selten lächelten.

Sie schob sich ein Stück von der scharfen Wurst in der Mund. »Nun komm schon rein«, sagte sie kauend, »ich brauch noch eine Minute!« Sie merkte sofort, dass ihre Kollegin den Imbiss nur widerwillig betrat und wie auf heißen Kohlen vor Saras Tisch stehen blieb. »Setz dich doch«, sagte Sara und klopfte auf die Sitzfläche des freien Stuhls neben sich. Anne Rodeck nahm Platz.

»Wollen Sie vielleicht auch einen Tee?«, fragte Alkan, der Sara in diesem Moment nachschenkte.

»Nein. Nichts. Danke«, winkte Anne Rodeck ab.

Sara beschloss einmal mehr, sich einfach nicht zu ärgern und sich stattdessen ausgiebig über die perfekten Rühreier zu freuen. »Habt ihr denn gestern noch irgendwas Brauchbares gefunden?«, fragte sie dann.

Anne Rodeck schüttelte den Kopf. »Tatwaffe Fehlanzeige«, sagte sie und rutschte auf ihrem Stuhl hin und her.

»Wahrscheinlich ein Springmesser, meinen die Pathologen, aber viel mehr wissen sie noch nicht«, sagte Sara.

»Neben dem Auto des Opfers lag ein halb gerauchter Joint, und im Handschuhfach waren ein paar Pillen und ein bisschen Gras. Eine kleine Delle neben der Stoßstange. Mehr haben die bisher nicht gefunden. Ach ja: Ihr Handy fehlt.«

»Was heißt denn die?«, fragte Sara, die mal wieder viel zu schnell aß. »Die Kollegen? Und du?«

»Nachdem ich die Personalien aufgenommen hatte, bin ich zurück ins Präsidium. Du weißt doch, dass ich Außendienst nicht mag.«

Sara wischte sich den Mund ab. »Und ich mag keinen Schnupfen und habe ihn trotzdem manchmal.«

»Aber ich bin für die Recherche und das Archiv zuständig. Darin bin ich gut!«, sagte Anne Rodeck, vielleicht eine Spur zu aufgeregt.

Sara sah sie grinsend an. »Aber ich kapier dich trotzdem nicht.«

»Ich stell mich nun mal nicht dauernd raus in die Kälte, in den Gestank oder in den Regen. Und schon gar nicht alleine!« Sara reagierte nicht. Sie zwang sich, Anne Rodecks Gejammer zu ignorieren. »Kannst du dir überlegen!«, sagte Anne und verschränkte ihre Arme vor der Brust, trotzig wie ein ungezogenes kleines Mädchen.

»Ist ja schon gut, Anne, ist ja schon gut«, sagte Sara und schob sich den letzten Bissen Rührei in den Mund, »aber ich würde wirklich zu gerne mal wissen, was das soll … Warum du dich so gegen den Außendienst sperrst. Aber du willst ja nicht darüber reden.« Sie legte das Besteck auf den Teller, erhob sich, zog einen Zehner aus der Hosentasche ihrer Jeans und legte ihn auf Alkans Tresen. »Stimmt so, Alkan. War wie immer alles super!« Sie wandte sich an Anne Rodeck, die auf ihrem Stuhl klebte. »Was ist? Wollen wir jetzt fahren?«

Als sie im Wagen saßen und sich anschnallten, fragte Anne Rodeck: »Du hast sie sterben sehen?«

»Ja«, sagte Sara, ohne sie dabei anzusehen.

Anne Rodeck wusste, dass es jetzt besser war, den Mund zu halten.

Hauptkommissar Maximilian Böck kämpfte einmal mehr mit der Technik im Konferenzraum, als Sara und Anne in der Polizeidirektion 5 eintrafen. Das gesamte Team saß bereits erwartungsvoll um den Tisch herum. Die Jalousien waren heruntergelassen, aber Böck bekam die Verbindung zwischen dem Beamer und dem Laptop einfach nicht zustande.

»Morgen, Kollegen!«, sagte Sara.

Ihr Gruß wurde murmelnd erwidert.

»Lass mich mal bitte ran, Max«, sagte Anne Rodeck, die sein Gewürge mit der Technik nicht mit ansehen konnte. Böck machte ihr dankbar Platz und rückte einen Stuhl weiter. Dreißig Sekunden später erschien ein flimmerndes Standbild auf der Leinwand. »Wir können dann«, sagte Anne Rodeck und startete die digitale Aufzeichnung.

»Ich habe gedacht, wir sehen uns als Erstes mal das Opfer und ihren Freund an«, sagte Böck, »insgesamt sind sechs Kameras im *Tie.Club* installiert – mit dieser Einstellung hier sieht man die Bühne am besten.«

Die Aufnahmen waren zwar recht scharf, aber auch ziemlich dunkel, weil die rotierenden Scheinwerfer an der Decke das Objektiv der Überwachungskamera alle paar Augenblicke überforderten. Sara stand mit verschränkten Armen neben der Tür. »Könntest du ein bisschen mehr auf Tamar und Khalid verdichten, Anne?«, fragte sie. »Auch wenn das Bild dadurch grobkörniger wird.«

»Sicher«, sagte Anne Rodeck, hämmerte auf der Tastatur des Laptops herum, und wenige Augenblicke später bekam das Team einen engeren Bildausschnitt zu sehen.

»Sehr gut. Lass es genau so laufen, Anne«, sagte Sara. »Von wann stammen diese Aufnahmen?«

»Von heute Nacht«, sagte Maximilian Böck, der so aussah, als hätte er im Büro übernachtet. Was wohl auch der Realität entsprach.

»Entschuldigung, ich meinte natürlich die Uhrzeit«, korrigierte Sara ihre Bitte. »Kannst du die Bilder auf kurz vor halb eins vorspulen?«

»Aber immer«, sagte Anne Rodeck, die wieder in ihrem Element war und regelrecht aufblühte. Dann neigte sie zur Selbstgefälligkeit. Ein paar Bilder später konnten die Mordermittler Tamar und Khalid in Aktion sehen. »Es ist jetzt 0.24

Uhr«, sagte Anne Rodeck, »also die letzten Minuten vor der Pause.« Alle Teammitglieder beugten sich gespannt vor. Tamar Levi wirbelte hinter den Plattenspielern auf dem Pult herum, einen Kopfhörer mit der linken Hand lässig ans Ohr gepresst. Ihre rechte Hand hatte sie zur Faust geballt und schwang sie im Takt der Musik. Khalid reichte ihr eine Platte, aber Tamar ignorierte ihn und beugte sich tief über die Plattenteller hinunter zu den Tanzenden. Sara erkannte vor allem Männer, die ihrer DJane zujubelten, während Khalid neben ihr verharrte wie ein steifes Brett.

»Hübsch«, meinte Böck, und es war allen Anwesenden klar, dass er Tamar Levis Ausschnitt meinte. Bevor die Sache mit Sara gelaufen war, hätte er vermutlich »dicke Dinger« gesagt.

Auf der Leinwand schnellte Tamar Levi wieder hoch, zog Khalid zu sich heran und steckte ihm die Zunge für ein paar Sekunden in den Hals, was die Tanzenden mit Applaus und Gejohle belohnten. Danach schubste sie ihn jedoch wieder weg, zauberte ein Mobiltelefon aus ihrer Gesäßtasche, trat seitlich hinter dem Mischpult hervor und begann, ihre männlichen Fans vom Rand der Bühne aus zu fotografieren. Sie bückte sich dabei noch tiefer herunter, anstatt in die Hocke zu gehen.

»Sie zeigt offenbar wirklich gern, was sie hat«, sagte Anne Rodeck halblaut. Sara konnte ihrer Beobachtung nicht widersprechen. Der Davidstern auf Tamar Levis Brust war jedoch aufgrund der Bildqualität nur zu erahnen.

»Und Khalid Rahmar findet das nicht gerade toll, was seine Freundin da für eine Show abzieht«, sagte Böck. »Was meint ihr?«

Richtig beobachtet, pflichtete Sara ihm im Stillen bei. Sie fand es komisch, diese wilden Szenen ohne Ton zu betrachten, aber noch merkwürdiger kam es ihr vor, die letzten paar Minuten eines jungen Lebens zu begleiten. Als sich diese Szenen abspielten, hatte sie sich gerade dazu entschieden, ihre abendliche Laufrunde über den Hinterhof abzukürzen.

Dann war es Zeit für die Pause. Sie sahen, wie Khalid eine CD einlegte und mit Tamar die Bühne verließ. Er stolperte wie ein Hündchen hinter ihr her. Im Bild war nur noch die Bühne mit dem verwaisten Pult.

»Hier mal anhalten«, sagte Sara. Das Bild gefror auf der Leinwand. »Und?«, fragte sie in die Runde.

»Erst küssen sie sich«, sagte Böck, »dann lässt sie ihn einfach stehen, sie geilt die Kerle auf und beachtet ihn dann nicht mehr. Also, wenn die nicht ein Problem miteinander haben, dann weiß ich nicht.«

»Es wäre gut, wenn du im Lauf des heutigen Tages auch alle anderen Aufnahmen in diesem engen Zeitfenster checken würdest, Max – vielleicht sehen wir ja noch mehr von den beiden.«

»Das habe ich noch nicht geschafft!«, sagte Böck.

»Das weiß ich doch! Ich wollte dich auch nicht hetzen.« Sara drückte auf einen Schalter, und die Verdunkelung glitt nach oben. Als es heller wurde, betrat Vera Schubert den Konferenzraum und wünschte allseits einen guten Morgen. Sie hielt eine Mappe in der Hand.

»Oh! Frau Kriminaldirektorin!«, sagte Sara. Es klang ein wenig überrascht.

»Hier, das habe ich Ihnen mitgebracht – der Bericht der Gerichtsmedizin. Kam gerade per Boten«, sagte Vera Schubert, drückte Sara die Mappe in die Hand und nahm auf einem freien Stuhl Platz.

»Doch so schnell.« Sara schlug die Mappe auf und ging damit zur Pinnwand, die neben der heruntergelassenen Leinwand an der Wand befestigt war. »Danke, Frau Schubert.« Alle sahen jetzt ihre Teamleiterin an. »Dann mal ohne große Vorbereitung«, sagte Sara, legte die geöffnete Mappe vor sich auf den Tisch, entnahm ihr das Kurzprotokoll und reichte es Anne Rodeck. Dann pinnte sie rasch die mitgelieferten Fotos mit bunten Stecknadeln an die Wand.

Da war sie wieder: Die quirlige, lebenshungrige Tamar Levi, in Farbe, aus allen möglichen Perspektiven. Doch auf den Bildern war sie blass, entstellt und tot. Sara zählte insgesamt sieben Tattoos auf dem Oberkörper, das auffälligste und größte war der Davidstern. Acht hässliche Stichwunden kamen dazu – und eine grob zugenähte, senkrechte Wunde vom Hals hinunter bis zur Scham.

Anne Rodeck begann, aus dem Obduktionsbericht zu zitieren: »Tamar Levi, siebenundzwanzig Jahre, DJane oder Künstlerin, gebürtig in Haifa – also eine Israelin.« Sie übersprang die weiteren Angaben zur Person und zum Wohnort und las weiter. »Im Blut fanden sich geringe Mengen Alkohol und Spuren von THC. Nach Auffassung des Gerichtsmediziners handelt es sich eindeutig um ein Tötungsdelikt. Als Tatwaffe wird ein Messer angenommen, vermutlich ein Springmesser mit einer Klingenlänge von mindestens elf Zentimetern Länge und drei Zentimetern Breite mit gezackter Klinge. Die Stiche wurden mit großer Kraft ausgeführt. Es gibt keine Schnittverletzungen an den Armen, was darauf schließen lässt, dass das Opfer zu überrascht war, um sich zu wehren, beziehungsweise dass der oder die Täterin auf das Opfer eingestochen haben könnte, während es bereits am Boden lag. Aufgrund der Beschaffenheit der Wundränder muss die Klinge teilweise bis zum Heft in den Körper eingedrungen sein. Ein Stich in den Oberbauch perforierte die Aorta. Dadurch kam es zu starkem Blutverlust ... also innere Blutungen und so weiter ... Herzstillstand ... mehrere Wiederbelebungsversuche ... Der Tod trat nach Angaben der Charité um 3.21 Uhr ein.«

Sara ging zwei Schritte zurück und betrachtete die Fotowand. Einen Moment lang schwiegen alle. Dann wandte sie sich an das Team: »Tatort war der Hinterhof am *Tie.Club* in Berlin-Kreuzberg in der Skalitzer Straße. Die Tatzeit können wir dank glücklicher Umstände sehr stark eingrenzen. Die Videoaufzeichnung belegt bisher die Aussagen des Freundes des Opfers, Khalid Rahmar, sechsundzwanzig Jahre, gebürtiger Palästinenser mit deutschem Pass, wohnhaft in Berlin, dass das Opfer halb eins eine Zigarettenpause eingelegt hat, dazu nach draußen auf den Hof ging, wo sie dann bereits um 0.37 Uhr schwer verletzt aufgefunden wurde«, sagte Sara.

»Von einer Joggerin!«, sagte Böck schmunzelnd, aber niemand lachte.

»Ausgerechnet von mir, Frau Schubert«, warf Sara ein.

Vera Schubert sah sie erstaunt an. »Ach du meine Güte«, sagte die Kriminaldirektorin. »Und das Opfer hat einen palästinensischen Freund. Aber ein Raubmord wäre doch auch möglich? Oder ein Drogendelikt?«

»Ich weiß, was Sie jetzt denken, Frau Schubert«, sagte Sara. »Ein politisch motiviertes Verbrechen wäre zu diesem Zeitpunkt so ungefähr das Letzte.« Die Kriminaldirektorin nickte. »Aber für mich sieht es zurzeit tatsächlich eher nach einer Affekthandlung aus«, fuhr Sara fort. »Ihr Handy ist allerdings weg. Tamar Levis Tasche mit Geld und Papieren lagen dagegen im Club. Besonders interessant aber ist das aufgebrochene Auto des Opfers«, sagte Sara.

»Die KTU hat ein paar Gramm Marihuana sowie ein paar Pillen gefunden«, warf Anne ein, »vermutlich Amphetamin.«

»Und das Wort ›Mörderin‹ stand auf der Motorhaube«, ergänzte Sara.

»Mörderin?«, fragte Vera Schubert.

»Die KTU meint, es gibt keinen Hinweis darauf, dass sonst noch was fehlt«, sagte Anne Rodeck.

»Nur ihr Handy eben«, sagte Sara. »Ich habe es übrigens im Verlauf der Nacht und heute Morgen bereits ein paarmal angerufen. Es klingelte, aber es ging niemand dran. Jetzt ist die Leitung tot. Der Teilnehmer ist nicht mehr angemeldet.«

»Und eine Beziehungstat?«, fragte Böck in den Raum hinein. Er suchte den Blick von Vera Schubert. »Der Freund ist Palästinenser, und zwischen den beiden lief es offenbar nicht so gut.«

»Und deshalb schreibt er dann ›Mörderin‹ auf ihr Auto?«, grätschte Sara in Böcks Rede hinein.

»Wieso nicht? Es könnte sich ja dann doch um eine politisch motivierte Tat handeln. Wegen dem Nahostkonflikt!«

Genitiv, dachte Sara, Genitiv.

»Oder Khalid Rahmar täuscht bloß ein politisches Verbrechen vor«, fuhr Böck fort.

»Kann aber auch privat sein. Kann alles Mögliche sein! Für manche Menschen ist man ja schon ein Mörder, wenn man ein Ei isst«, sagte Sara. Es hörte sich ziemlich nach einer Kampfansage an.

Böck richtete sich auf. »Ich hab mich jedenfalls gestern im Umfeld des Clubs mal umgehört. Diese Tamar Levi war wohl so was wie ein Star in der Technoszene, aber sie galt auch als ’ne ziemliche Schlampe.«

Vera Schubert runzelte die Stirn.

»Heute sagt man ›Bitch‹, Max«, warf Anne Rodeck ein. »Aber im Prinzip stimmt das schon, was Max sagt. Tamar Levi hat vermutlich ziemlich wild in der Gegend herumgevögelt.« Vera Schubert blies hörbar den Atem aus. »Jedenfalls haben einige Zeugen – vor allem das Personal des Clubs – übereinstimmend ausgesagt, dass Khalid extrem eifersüchtig war und es deswegen zwischen den beiden ständig gekracht hat. Also ich sehe da ein ganz starkes Motiv. Ein klassischer Mord aus Eifersucht, meinetwegen auch Totschlag im Affekt.«

Vera Schubert blickte herüber zu Sara.

»Immerhin lauteten Tamar Levis letzte Worte zu Khalid *fuck off*«, sagte Sara, »und auch Ronit Levi hat mir erzählt, dass die beiden häufig miteinander im Clinch lagen. Khalid Rahmar soll Tamar Levi wohl auch öfter geohrfeigt haben …«

»Na bitte!«, sagte Böck.

»Aber mir ist das alles zu offensichtlich«, fuhr Sara fort. »Seine Reaktion, als er von ihrem Tod erfuhr, empfand ich als eindeutig.«

»Als eindeutig was?«, fragte Böck.

»Als Täter müsste er jedenfalls ein verdammt guter Schauspieler sein!«, blaffte Sara zurück.

»Gut. Danke«, sagte Vera Schubert und erstickte die aufkommende Diskussion im Keim. »Sie können sich sicherlich vorstellen, warum mir Ihr jüngster Fall besonders am Herzen liegt. Deshalb bin ich auch hier: Unsere Pressestelle hat mich heute Morgen darüber informiert, dass im Netz bereits mehrere Videos und Fotos vom Tatort kursieren. Irgendjemand hat sogar aus einem Fenster gefilmt, wie das Opfer in den Notarztwagen geschoben und behandelt wird. Gleichzeitig sind – nicht nur in den einschlägigen Netzwerken und Gruppen – die ersten Verschwörungstheorien aufgetaucht: Israelis gegen Palästinenser, Islamisten, der Dschihad, die Salafisten – Sie wissen schon.«

»Kann ich gut verstehen«, sagte Anne.

»Ach wirklich?«, lachte Böck auf. »Aber mal im Ernst: Haben wir gecheckt, ob Khalid Rahmar vielleicht in Syrien gewesen ist?«

Sara gähnte übertrieben. Die Routineanfrage beim Verfassungsschutz hatte nichts ergeben. »Dann wäre Khalid Rahmar vermutlich der erste radikale Islamist, der mit einer lebensfrohen Israelin zusammenlebt und Technomusik auflegt«, sagte sie.

»Sie sind doch auch Jüdin, Sara, oder?«, fragte die Kriminalrätin unvermittelt.

Auf einmal waren alle wach. Richteten ihre Blicke auf Sara. Maximilian Böck schien total verdattert. Sara ignorierte seinen verwunderten Blick – er hätte es ja eigentlich wissen können. Nein, Maximilian Böck hätte es wissen *müssen.*

»Ja, und? Denken Sie, ich bin nicht objektiv in diesem Fall?«, fragte Sara zurück.

»Na ja, es handelt sich schließlich um eine tote Israelin – und das mitten in Klein-Istanbul in einer ziemlich aufgeheizten politischen Lage. In Israel gehen doch zurzeit andauernd Palästinenser mit Messern auf Juden los.«

»In Israel vielleicht!«, rief Sara, vielleicht eine Spur zu laut. »Aber hier fangen wir gerade erst an zu ermitteln. Und dabei sollten wir einen klaren Kopf behalten!« Sara und Vera Schubert tauschten einen langen Blick. »Sie kennen mich doch, Frau Schubert …«

Die Kriminalrätin erhob sich und strich ihr anthrazitfarbenes Kostüm glatt. »Natürlich kenne ich Sie, Sara«, sagte sie, »Sie haben selbstverständlich recht.« Das war es, was Sara an ihrer Vorgesetzten mochte. Vera Schubert war keine falsche Schlange. Sie konnte austeilen, aber sie konnte auch einstecken, ohne ihre Souveränität zu verlieren.

Damit war die Morgenlage beendet. Das Team erhob sich geschlossen von den Stühlen. Sara zog ihre Jacke an. »Komm, Anne«, sagte sie, »wir müssen los!«

»Wohin?«, fragte Anne Rodeck erschrocken.

»Raus!«, sagte Sara. »Wir besuchen Khalid Rahmar und die Schwester des Opfers. Und bitte, Anne, keine Widerrede!«

Maximilian Böck hielt Sara an der Türe auf. »Wie jetzt, du bist jüdisch? Das wusste ich ja gar nicht.«

»Ich auch nicht. Echt jetzt?«, fragte Anne Rodeck. Fehlt nur noch, dass sie sagt: ›Sieht man ja gar nicht!‹, dachte Sara.

Sie zuckte mit den Schultern. »Ja, und?« Aber Maximilian Böck war jetzt mächtig sauer. Das konnte sie sehen.

»Du bist wirklich immer für ’ne Überraschung gut, Sara.«

»Und du eben nicht, Max«, sagte sie. Mit diesen Worten ließ sie ihn stehen. »Kommst du jetzt bitte, Anne?«

»Gehst du dann auch heimlich in die Synagoge?«, entgegnete ihre Kollegin, die sich mit dem Ausschalten der Technik demonstrativ Zeit ließ.

Sara drehte sich zu ihr um und stemmte die Hände in die Hüften. »Jetzt macht bitte alle mal halblang«, sagte sie.

Vier

Die beiden Kommissarinnen standen im begrünten Innenhof einer ehemaligen Werkzeugmaschinenfabrik an der Kynaststraße und bestaunten den provisorischen Altar aus Altmetall, den die Bewohner der Industrieruine, die eigentlich schon vor ein paar Jahren hätte abgerissen werden sollen, für Tamar Levi errichtet hatten. Ein großformatiges Foto der getöteten DJane war auf eine dünne Spanplatte aufgeklebt worden. Es wurde eingerahmt von Wind- und Grablichtern, jeder Menge Blumen und ein paar leeren Wodkaflaschen. Außerdem pappte dort noch ein kleines Schwarz-Weiß-Foto eines Hundes auf einem stilisierten Kreuz, aber noch bevor Sara sich darüber wundern konnte, vibrierte ihr Mobiltelefon. Maximilian Böck war dran, um ihr zu schildern, was von einer weiteren Kamera am hinteren Ausgang des *Tie.Clubs* aufgezeichnet worden war.

»Es sind insgesamt nur ein paar Sekunden«, sagte Böck, »aber ich finde, die haben es in sich.«

»Mach es doch bitte nicht immer so spannend«, sagte Sara.

»Tschuldigung, Sara. Also, als die beiden von der Bühne runter sind, kommen sie etwa zwanzig Sekunden später gemeinsam vor der Notausgangstür an. Das ist ein ziemlich enger Flur, der zu den Privaträumen und den Toiletten führt. Sie sind alleine. Tamar Levi dreht sich zu Khalid Rahmar um, zieht ihn an sich heran, sie küssen sich, dann will er offenbar mehr, aber sie schiebt ihn plötzlich wieder weg, schreit ihn an, er schreit zurück, und schließlich knallt er ihr eine.«

»Aha. Und weiter?«, fragte Sara. Das stimmte schon mal mit Ronit Levis Beschreibung der Streitkultur des ungleichen Paares überein.

»Aber im selben Moment zieht Tamar ihn wieder an sich ran und streicht ihm tröstend übers Haar. Verstehst du das? Die kriegt eine geballert und bedankt sich quasi noch dafür.«

»Nö«, sagte Sara, »noch nicht. Und wie endet das Ganze?«

»Khalid Rahmar reißt sich von ihr los, schubst sie weg, öffnet den Notausgang und geht raus in den Hinterhof. Tamar geht ihm sofort hinterher, wobei sie wild gestikulierend auf ihn einredet. Dann fällt die Tür zu. Mehr Bilder haben wir leider nicht.«

»Danke, Max. Das ist ziemlich brauchbares Material«, sagte Sara. Khalid Rahmar war also nicht zum Vordereingang hinausgegangen, um seine Zigarette zu rauchen. Warum hatte er gelogen? Sara bedachte Anne Rodeck mit einem Nicken.

»Ach, Moment noch, Sara«, sagte Böck, »wegen deines Kampfsportlers …«

»Du meinst den Muskelmann – den Gaffer mit der Kippa?«

»Ja. Nicht mal dreißig Sekunden nachdem die beiden durch die Notausgangstür raus auf den Hof sind, taucht ein Mann auf, auf den deine Beschreibung zutreffen könnte. Jedenfalls trug er eine Kippa, schwarz-weiß kariert. Und er hatte einen Vollbart.«

»Sehr gut«, sagte Sara wie zu sich selbst.

»Aber er geht nicht raus, sondern bleibt nur kurz stehen und kehrt dann wohl wieder in den Club zurück. Oder er geht pinkeln, was weiß ich.« Böck schwieg.

Das war wiederum keine gute Nachricht. Weder für sie selbst und schon gar nicht für Khalid Rahmar. »Okay. Nochmals danke! Ich werd mir die Aufnahmen später bestimmt auch ansehen«, sagte Sara in die plötzliche Stille hinein und beendete das Gespräch.

»Was gibt's Neues?«, erkundigte sich Anne Rodeck.

»Dass es sich bei Khalid und Tamar um ein explosives Pärchen handelt. Nur ein paar Minuten vor der Tat haben die beiden sich offenbar ziemlich gefetzt, bevor sie kurz hintereinander auf den Hof raus sind. Das jedenfalls belegen die Bilder einer zweiten Überwachungskamera über dem Notausgang.«

»Und ihre letzten Worte an ihn im Notarztwagen lauteten ›*fuck off*‹«, sagte Anne Rodeck nachdenklich. »Vielleicht hat er ja doch nicht alleine vor dem Club geraucht, sondern …«

»Sieht im Moment ganz danach aus«, sagte Sara, »leider. Wollen wir?«

Oben im verdunkelten Loft roch es nach Marihuana. Die Bewohner der WG hatten die schmutzigen Fenster mit schwarzem Molton verhängt. Ein paar Teelichter spendeten diffuses Licht. Die Einrichtung bestand zwar überwiegend aus Sperrmüll, doch die ausrangierten Flugzeugsitze und Kinosessel waren andererseits auch wieder ziemlich originell. Auf einem grauenhaften violetten Kacheltisch mit hellem Buchenholzfurnier stapelten sich leere Pizzakartons. Sara zählte mindestens ein halbes Dutzend überquellender Aschenbecher. Auf dem Boden standen leere oder halb volle Flaschen herum. Aber das Studio- und Musikequipment war offenbar vom Allerfeinsten, das erkannte selbst Sara, die sich nicht gerade für besonders technikaffin hielt.

Khalid Rahmar war allein. Er saß auf einem großen Kissen auf dem Boden, einen halb gerauchten, dünnen Joint in der Hand, mit der anderen hielt er eine Wodkaflasche am Hals gepackt und starrte auf die weiß getünchte Wand vor sich, auf der Tamar während eines Liveauftritts zu sehen war. Es schien sich um einen Open-Air-Gig zu handeln. Vielleicht sogar um den beim Sónar-Festival in Barcelona. Die Bässe aus den mannshohen Aktivboxen ließen den groben Holzboden des Lofts erzittern.

»Khalid? Herr Rahmar!«, rief Sara. »Könnten Sie bitte mal ein wenig leiser machen?« Er ist ein hübscher Junge mit ausdrucksstarken Augen. Und auch der Dreitagebart steht ihm, dachte sie.

Khalid wandte sich langsam um. Als er Sara erkannte, griff er wie in Zeitlupe zu einer Fernbedienung und fror das Bild des Beamers mit einem Daumendruck ein. Im selben Moment brach auch die Musik ab. Dafür konnte Sara Ronit Levis Stimme aus dem Nebenraum hören, die offenbar mit Israel telefonierte – zumindest sprach sie Hebräisch. In Khalids Augen standen Tränen. Er nahm einen Schluck Wodka. Sara ging auf ihn zu und hockte sich neben ihn. Anne Rodeck blieb in der Tür zum Loft stehen.

»Ich würde mit Ihnen gerne noch mal über heute Nacht reden. Schaffen Sie das, Khalid?« Er nickte und schloss die Augen. »Es war also Pause, und Tamar ging raus auf den Hinterhof, eine Zigarette rauchen. Aber wo waren Sie, Khalid? Sie haben mir gestern erzählt, Sie seien vorne rausgegangen, die Bilder der Überwachungskamera belegen aber genau das Gegenteil«, sagte Sara, die sich zu einem Frontalangriff entschieden hatte. »Sie sind hinten zum Notausgang raus auf den Hof gegangen.«

»Das sagte ich Ihnen doch schon. Ich wollte zum Kanal, eine rauchen. Und nein, es hat mich niemand gesehen«, sagte Khalid. Seine Zunge war schwer. Völlig zugedröhnt, vermutete Sara.

»Noch einmal: Sie sagten, Sie seien vorne raus, aber tatsächlich sind Sie hinten raus – und Tamar ist dann hinter Ihnen her. Hat sie Sie beschimpft?«

»Weiß ich nicht mehr.« Khalid blies seine Wangen auf.

»Auf den Bildern sieht man, dass Sie sich heftig gestritten haben!«

»Wir haben uns nicht gestritten.«

»Sie haben ihr aber eine Ohrfeige gegeben, Khalid!«

Khalid seufzte. »Das war doch ganz normal.«

»Das war ganz normal?« Sara glaubte, sich verhört zu haben.

»Nein, ich meine doch nicht die Ohrfeige. Sondern Tamar … Sie war eben so …«

»Impulsiv?«, fragte Sara. »So wie Sie?«

»So was in der Art, ja.« Khalid zog am Joint.

Sara blickte sich zu Anne Rodeck um, aber die machte keine Anstalten einzugreifen. Sara verzog genervt das Gesicht, weil sie alleine weitermachen musste. Mal wieder.

»Wenn Sie Tamar eine Ohrfeige verpassen, ist das also ganz normal?«

»Meistens lief es ja andersrum.« Khalid lächelte traurig.

»Aber diesmal nicht. Gestern haben Sie ihr eine geknallt.«

»Sie verstehen das einfach nicht«, sagte er.

»Ehrlich gesagt, nein«, sagte Sara.

»Wenn es zu viel wurde, bin ich ihr normalerweise aus dem Weg gegangen – und dann hat sie sich irgendwann auch wieder beruhigt.«

»Wenn *was* zu viel wurde? Erklären Sie mir das bitte!«

Khalid blickte sie trotzig an. »Ich bin kein Psychiater. Aber wenn Sie mich so fragen, dann war Tamar in gewisser Weise gestört. Nicht gefährlich, aber sie war gestört.«

»Persönlichkeitsgestört? Meinen Sie Borderline?«

»Würde ich sagen, ja. Manchmal war es schlimm, manchmal war es ganz schlimm. Dann rastete sie aus, wegen nichts. Dann wurde sie aggressiv und hat mich provoziert bis zum Gehtnichtmehr. Verstehen Sie?«

»Und Sie dachten, Schlagen hilft?«, fragte Sara konsterniert.

»Darüber hat sie doch nur gelacht«, sagte er. Er blickte Sara an. »Ich habe sie nicht umgebracht. Ich habe sie geliebt, verdammt noch mal!« Khalid Rahmar brachte seinen Joint zum Glühen. Er nahm einen tiefen Zug, behielt den Rauch lange in den Lungen. Sara ließ ihm die Zeit. »Wenn ich sie nicht geliebt hätte, hätte ich mir das doch alles gar nicht gefallen lassen.«

»Aber auf diesem Video hat sie nicht besonders fröhlich gewirkt.« Khalid Rahmar schwieg. Sara räusperte sich. »Okay. Nun zur zweiten Geschichte, die ich ebenfalls noch nicht kapiere: Auf Tamars Auto war ein Graffiti: ›Mörderin‹.«

Khalid Rahmar sah sie trotzig an. »Auch darüber hätte Tamar nur gelacht.«

»Waren Sie das? Haben Sie das Graffiti geschrieben?«

»Ich dachte, Graffiti sprüht man. Nennen Sie mir einen Grund, warum ich das hätte schreiben sollen!«

Sara erhob sich. Ihre Knie knackten. »Oder waren es vielleicht Neonazis?«

»Gibt ja noch mehr Leute, die die Juden hassen«, antwortete Khalid achselzuckend.

»Ja. Palästinenser zum Beispiel.«

»Blödsinn. Das war bei Tamar und mir kein Thema.«

»Aber es hat öfter Streit gegeben zwischen Ihnen und Tamar«, insistierte Sara.

»Ich habe Ihnen das schon zu erklären versucht. Tamar hatte öfter mal diese Anfälle. Wer sagt denn überhaupt, dass wir uns dauernd gestritten haben?«

»Eigentlich alle Leute aus Ihrem Umfeld, die wir bisher befragt haben. Und Tamars Schwester«, sagte Sara und deutete mit dem Kinn zur offenen Tür des Nebenraums, in dem Ronit Levi nach wie vor telefonierte.

»Natürlich. Dann ist ja alles klar!«, sagte Khalid.

»Was ist klar, Khalid?« Sara beugte sich vor. »Dass es gestern Abend Streit zwischen Ihnen und Tamar gegeben hat? Dass Sie eben *nicht* vorne raus an den Kanal gegangen sind, um eine zu rauchen, sondern hinten raus, über den Hinterhof – und dass Tamar Ihnen dorthin folgte, obwohl oder gerade weil Sie ihr eine Ohrfeige verpasst hatten? Was ist dann passiert – draußen auf dem Hof? Mir ist das nämlich noch gar nicht klar.«

»So machen die das immer. Wenn einer von ihnen stirbt, sind wir es gewesen«, sagte Khalid ruhig, erhob sich mühsam von seinem Futon und trat den Joint achtlos auf dem Boden aus.

»Sie haben aber kein Alibi, Herr Rahmar!« Sara zeigte mit dem ausgestreckten Zeigefinger auf seine Brust. »Und Sie haben bisher alles Menschenmögliche getan, um sich selbst zu belasten – zum Hauptverdächtigen zu machen.«

Sara musterte ihn streng. Er wich keinen Zentimeter zurück, obwohl er seine Tränen nicht mehr zurückhalten konnte. Sara ließ ihn weinen. So wie in der verhängnisvollen Nacht im Krankenhaus. Khalid schluchzte laut auf. Dann rief er: »Ich habe sie doch geliebt! Ich habe Tamar geliebt!« Fast wäre er Sara wieder um den Hals gefallen, aber sie wehrte ihn ab.

»Wer sind Sie bitte?«, hörte sie in diesem Moment Anne Rodeck fragen. Khalid und Sara drehten sich gleichzeitig um zu einer kleinen, zierlichen Frau mittleren Alters, die jetzt neben Anne Rodeck stand. Sie trug ein Kopftuch.

»Ich bin seine Mutter. Ayesha Rahmar.« Die Palästinenserin sprach mit einem deutlich hörbaren Akzent. Sie betrachtete ein paar Augenblicke lang das eingefrorene Bild von Tamar an der Wand. Dann gab sie sich einen Ruck, ging auf ihren weinenden Sohn zu und nahm ihn in die Arme. Sein Kopf sank auf ihre Schulter. »Khalid«, sagte sie leise, »dein Vater und ich – wir sind immer für dich da.«

»Ich dachte, ihr wollt mich nie wiedersehen. Woher weißt du es überhaupt?«, fragte Khalid. Er wischte sich mit dem Handrücken die Tränen aus dem Gesicht.

»Es ist in den Nachrichten«, sagte Ayesha Rahmar zögernd.

Khalid löste sich aus der Umarmung. Er zog hörbar die Nase hoch, versuchte, sich zu sammeln, und zeigte auf die beiden Kommissarinnen. »Die beiden sind von Polizei, Mama.« Dann wandte er sich an Sara. »Meine Mutter, Ayesha.«

»Er war es nicht«, sagte Khalids Mutter zu Sara.

»Wie kommen Sie darauf, dass wir Ihren Sohn verdächtigen?«, fragte Sara.

»Das haben Sie doch eben selbst gesagt, dass Khalid Ihr Hauptverdächtiger ist. Aber er war es nicht!« Ayesha Rahmar zeigte auf das eingefrorene Bild des Beamers. Auf Tamar. »Diese Frau da … diese Frau ist selber schuld!«

Sara tauschte einen kurzen Blick mit Anne, die nach wie vor seltsam unbeteiligt wirkte. »Herr Rahmar, bitte tun Sie sich und mir den Gefallen und bleiben bis auf Weiteres erst mal in Berlin, ja?« Khalid sah sie verständnislos an. »Sie verstehen mich doch, oder?«, fragte Sara, »Sie müssen sich zu unserer Verfügung halten.« Er nickte mechanisch. Sara hörte, wie Ronit Levi im Nebenraum ihr Telefonat beendete. »Kommst du bitte mal mit?«, fragte sie in Richtung ihrer Kollegin und ging dann, ohne Anne Rodecks Antwort abzuwarten, an Khalid und seiner Mutter vorbei in den Nebenraum, wo Ronit Levi mit rot geweinten Augen auf dem Boden vor einem Bett hockte. Als sie Sara erblickte, schnellte sie sofort hoch.

»Meine Schwester muss sofort nach Elon Moreh überführt werden!«, rief sie. »Ich habe eben meinen Eltern berichten müssen, was passiert ist!«

Anne Rodeck blieb erneut im Türrahmen stehen. »Guten Tag, Frau Levi«, sagte Sara in sachlichem Ton, »das ist meine Kollegin Anne Rodeck. Was meinen Sie mit ›sofort nach Elon Moreh überführen‹?«

»Wir müssen meine Schwester dort spätestens morgen beerdigen – so verlangt es unsere Religion!« Ronit Levi erhob sich vom Boden.

Sara nickte. »Ich weiß. Aber das wird wohl leider nicht möglich sein. Wir haben gerade erst mit unseren Ermittlungen begonnen. Ich nehme an, das ist in Israel genauso.« Ronit Levi ließ die Schultern hängen. Sara legte ihr eine Hand auf den Oberarm. »Es tut mir wirklich leid, Frau Levi!« Sie hatte absichtlich nicht erwähnt, dass Tamar Levis Leichnam vermutlich noch genauer obduziert werden musste.

»Wäre sie bloß nie hierhergekommen! Wäre sie doch bloß nicht davongerannt! Aber Tamar – sie hatte sich von Hashem abgewandt.« Ronit Levi setzte sich aufs Bett und vergrub das Gesicht in ihren Händen.

»Das heißt auch ›Gott‹«, sagte Sara zu ihrer Kollegin, um sie ein bisschen zu provozieren.

»Weiß ich!«, sagte Anne Rodeck trotzig.

Sara konzentrierte sich wieder auf Ronit Levi, die lautlos vor sich hin schluchzte. Jedes Wort wäre nun zu viel. Eine Befragung hätte überhaupt keinen Sinn.

»Wiedersehen, Frau Levi«, sagte Sara. »Aber Sie halten sich bitte ebenfalls noch zu unserer Verfügung, ja?« Es wunderte sie nicht, dass Tamar Levis Schwester nicht antwortete. Und auch Ayesha und Khalid Rahmar schwiegen, als die beiden Kommissarinnen das Loft verließen.

Khalid hatte wieder auf seinem Kissen Platz genommen und drehte sich einen weiteren Joint. Seine Mutter ignorierte es. »Sie ist unser Unglück. Möge Gott uns gnädig sein«, sagte sie.

»Wie? Was meinst du?«, fragte Khalid.

»Er hat euch doch gesehen, Khalid!« Ayesha Rahmar rang die Hände gen Himmel.

Khalid leckte die Gummierung des Zigarettenpapiers an und rollte den Joint fertig. »Wer hat was gesehen?«

»Dein Vater. Er hat gesehen, wie du mit Tamar auf den Hinterhof gekommen bist!«

»Was? Ihr wart da? Ihr wart im Club?« Khalid blickte seine Mutter erstaunt an.

»Ja«, nickte Ayesha Rahmar, »wir waren da. Wegen dem Geld!«

Khalids Hände begannen zu zittern. Er legte den Joint in einem Aschenbecher ab, erhob sich langsam und baute sich vor seiner Mutter auf.

»Ja, wir waren da. Wegen dem Geld«, sagte Ayesha Rahmar eingeschüchtert.

Khalid blickte sie fassungslos an. »Geh! Hau ab! Verschwinde!«, sagte er. Tonlos.

»Aber sie ist doch unser Unglück! Warum hast du das getan?«

»Was habe ich denn getan?«

»Sie umgebracht.« Ayesha Rahmars Stimme war ein Flüstern.

»Wie kommst du denn darauf?« Khalid Rahmar trat einen Schritt vor. »Wie kommst du bloß darauf?«, fragte er zornig. Und dann schrie er: »Wie kommst du eigentlich darauf, dass ich Tamar umgebracht haben könnte, Mutter? Ich habe doch nicht einmal ein Messer!«

Ayesha Rahmar wich zwei Schritte vor ihm zurück. »Dein Vater! Er hat sie gefunden. Und er hat auch beobachtet, wie du mit Tamar den Club verlassen hast.« Khalid schaute sie entsetzt an. »Wir waren doch da – wegen dem Geld!«

Er packte seine Mutter an den Schultern. »Geh jetzt, bitte! Hau ab! Verschwinde!«, sagte er erneut, jetzt laut und bestimmt. Er schob sie in Richtung Ausgang. Ayesha Rahmar wehrte sich nicht.

Unten im Wagen bekam Anne Rodeck eine volle Breitseite. »Hör mal, Anne«, sagte Sara, »du musst auch ab und zu mal die eine oder andere Frage stellen. Dafür arbeitet man in einem

Team: damit zwei Leute denken und möglichst keine Frage vergessen wird. Es nützt uns echt gar nix, wenn du wie ein angeschossenes Kaninchen verschüchtert in der Ecke stehst.«

»Aber ich hab dir schon hundert Mal gesagt, dass ich nicht …«

Sara unterbrach Anne Rodecks Erklärungsversuch rüde. »Jetzt hör doch endlich mal auf mit diesem Scheiß! Mein Gott, du bist schließlich Polizistin!« Sie legte ihren Kopf in den Nacken und seufzte. Die meisten ihrer Kollegen wären froh, rauszukommen, anstatt im Innendienst zu versauern. Am Schreibtisch. »Ich möchte endlich wissen, was in dir vorgeht. Als Kollegin, meinetwegen auch als deine Vorgesetzte – aber auch als deine Freundin. Mensch, so kann das doch nicht weitergehen!«

»Wieso haben wir Khalid eigentlich nicht vorläufig festgenommen?«, entgegnete Anne Rodeck. »Er hat schließlich gelogen, wenn Max sich nicht verguckt hat. Tamar Levi soll ja nach seiner Ohrfeige nicht gelacht haben wie sonst.«

Sara hätte schreien können. Aber mit Lautstärke würde sie den Panzer, den sich Anne Rodeck umgeschnallt hatte, auch nicht durchbrechen können. Deshalb atmete sie tief durch und sagte: »Genau an dieser Stelle hätte ich dich vorhin brauchen können.« Wieder keine Reaktion. »Aber das ist mir alles irgendwie zu glatt.«

»Vielleicht handelt es sich auch bloß um eine wenig durchdachte Schutzbehauptung von ihm, dass es seiner Freundin nichts ausgemacht hat, wenn er sie schlug«, sagte Anne Rodeck.

»Glaube ich nicht. Ich war gestern stundenlang mit ihm zusammen und habe mit ihm geredet. Es deutet einfach nichts darauf hin, dass er der Täter ist. Außerdem habe ich keine Blutspuren an ihm oder seiner Kleidung gesehen. Es waren schließlich acht heftige Stiche. Und dass er sich in der Zwischenzeit nicht umgezogen haben konnte, beweisen die Bilder

der Überwachungskameras. Er hatte die ganze Zeit dasselbe T-Shirt an.«

Anne Rodeck nickte. »Und was jetzt?«

»Sieh doch mal da drüben!«, sagte Sara und deutete mit dem Zeigefinger durch die Windschutzscheibe. Sie konnten beobachten, wie Ayesha Rahmar eilig den Gebäudekomplex verließ, den Traueraltar im Hof dabei jedoch keines Blickes würdigte, in ihr Auto einstieg und losfuhr, ohne sich anzuschnallen. Sie ließ die Kupplung zu schnell kommen, und als sie Vollgas gab, drehten die Reifen des Mercedes-Kombi durch.

Sara hatte plötzlich ein Déjà-vu. Sie versuchte, sich an die Silhouette des Wagens zu erinnern, der in der Nacht zuvor mit quietschenden Reifen vom Tatort weggefahren war. Die Ähnlichkeit war frappierend. Aber von diesem älteren C-Klasse-Modell fuhren noch immer Millionen auf den Straßen herum, und überhaupt sahen die meisten Mittelklassewagen irgendwie gleich aus. »So, Anne, du recherchierst die Familie Rahmar. Ich will wissen, wer sie sind, woher sie kommen, wo sie wohnen, wovon sie leben, wie viele Familienmitglieder es noch gibt … Und dann kannst du dich immer noch um die Abfrage nach Vorstrafen und Kontobewegungen kümmern. Vorher setzt du mich noch im Büro ab. Bitte.«

Anne Rodeck traute sich nicht, Sara zu widersprechen.

Nach einer langweiligen Teamleiter-Konferenz und einem noch freudloseren Mittagessen in der Kantine entschied sich Sara, etwas von dem Papierkram aufzuarbeiten, der in den vergangenen Tagen auf ihrem Schreibtisch liegen geblieben war. Es war zwar lästige Routinearbeit, die es ihr jedoch ermöglichte, aus den noch reichlich bruchstückhaften Ermittlungsergebnissen im Fall Levi verschiedene Hypothesen zu konstruieren. Khalid Rahmar war für sie als Täter von Anfang an nicht infrage gekommen, auch wenn bis zu diesem Zeitpunkt im Prinzip alles für ihn sprach. Oder gegen ihn, je nachdem, aus welcher Richtung man den Sachverhalt betrachten wollte. Er mochte vielleicht auf den ersten Blick aufbrausend wirken, aber ihr Bauchgefühl, das sie bisher äußerst selten getrogen hatte, signalisierte ihr, dass Khalid viel eher ein Weißer Ritter war, ein Kümmerer, der sich von der sprunghaften, anstrengenden Liebe seines Lebens lieber demütigen ließ, als sie zu verlieren. Das Verhalten Tamar Levis – auch wenn Sara sie nur kurz auf den Kameraaufzeichnungen hatte sehen können – ließ vermuten, dass es sich bei ihr tatsächlich um eine Frau mit einer Persönlichkeitsstörung handeln konnte. Eine Borderlinerin vermutlich, manipulativ, extrem, die Seele der anderen raubend. Aber das war natürlich reine Spekulation und keinesfalls seriös, doch immerhin denkbar. Trotzdem wollte Sara diese Überlegungen erst einmal für sich behalten und legte sie in einer ihrer virtuellen Schubladen ab.

Denken, kombinieren, noch mal nachdenken und abwägen. Indizien und Intuition immer wieder gegeneinander aufrechnen und ein drittes Mal nachdenken. Oder ein viertes Mal. Das war ihre Art zu arbeiten. Eine zugegebenermaßen manchmal etwas eigenbrötlerische Art, die es den Kolleginnen und Kollegen nicht selten schwer machte, ihr zu folgen. Sara galt als introvertiert, als Einzelgängerin, doch wenn man ihr in den Lagebesprechungen zuhörte, war man immer auf dem neuesten Stand der Ermittlungen. Ihrer Ermittlungen. *Wenn* man zuhörte. Wer zuhören kann, liegt vorn. Das hatte schon ihr Vater immer gesagt.

Mangelnde Kommunikation konnte man der Hauptkommissarin Sara Stein jedenfalls nicht vorwerfen. Höchstens, dass sie schneller kombinierte und Zusammenhänge häufig eher erkannte als die meisten anderen in der Polizeidirektion 5, Abteilung Kapitalverbrechen. Darüber hinaus schaffte sie es immer wieder, hartnäckig leugnenden Verdächtigen das ersehnte Geständnis zu entlocken. Dann konnte sie zur Schauspielerin werden. Auch die härtesten Kerle ließen sich von der zart gebauten, verständnisvoll wirkenden jungen Frau einseifen, die so treuherzig dreinschauen konnte wie ein Golden Retriever vor einem leeren Fressnapf. Sie merkten gar nicht, wie sie im vermeintlichen Geplänkel auf einmal ins Stolpern kamen, sich dann immer heftiger in Widersprüche verstrickten und schließlich regelrecht froh waren, wenn sie der fremden Polizistin gegenüber ihr Gewissen erleichtern konnten, in dem sie schließlich zugaben: *Ja, ich war's.*

Vera Schubert, die Saras Vernehmungen häufig über den Monitor mitverfolgte, war der festen Meinung, dass es Sara auf unerklärliche Weise gelang, in die Menschen hineinsehen zu können und mit nahezu hundertprozentiger Zielsicherheit ihren wunden Punkt zu treffen.

Auch im Privatleben war Sara ähnlich zielstrebig. Wenn sie einkaufen ging, war sie eine Frau der schnellen Entscheidungen. Sie wusste immer ganz genau, was sie wollte, und wenn das Entsprechende nicht vorhanden war, dann ging sie einfach aus dem Laden wieder hinaus, ohne sich von wohlmeinenden Verkäuferinnen oder Verkäufern zu einer Alternative überreden zu lassen – und versuchte ihr Glück in einem anderen Geschäft.

Sara schielte auf ihre Armbanduhr: halb fünf. Anne Rodeck war inzwischen überfällig. Längst überfällig. Sie streckte sich in ihrem Stuhl. Machte ein paar Dehnübungen gegen den verspannten Nacken. Plötzlich spürte sie zwei Hände auf ihren Schultern. Vertraute Hände, die sofort begannen, sie zu massieren.

»Wo ist eigentlich Anne?«, fragte Sara.

»Sie ist gerade mit der Schubert zum Untersuchungsrichter, wegen der Kontoabfragen, und dann wird sie wohl direkt nach Hause gehen. Die hat da draußen echt Angst, Sara. Sie ist fix und fertig.«

»Aber das ist doch absurd, Max«, sagte Sara. »Ich hatte sie doch nur darum gebeten, ein paar Informationen über die Rahmars einzuholen.«

Maximilian Böck massierte seelenruhig weiter. »Vielleicht fragst du sie das mal, warum sie so ist, wie sie ist – wenn ihr euch besser kennt. Vielleicht erzählt sie es dir.«

»Warum erzählst du es mir nicht einfach?«, fragte Sara.

»Nenn es meinetwegen Loyalität. Auf jeden Fall arbeitet sie draußen schlechter – und ich drinnen.«

Seine kräftigen Daumen wanderten an Saras Wirbelsäule entlang. »Das konntest du immer gut, Max«, sagte Sara.

»Was?«, fragte Böck geschmeichelt.

»Rumschleimen, damit möglichst genau das passiert, was dir passt.« Sie wartete, bis seine Hände wieder auf ihre Schultern gewandert waren, hielt kurz seine rechte Hand fest, die mit dem Ehering, und schüttelte sie dann ab wie eine lästige Fliege.

»Tja. So ist das eben«, sagte Böck und stellte sein Verwöhnprogramm ein.

»Rosilein passt auch viel besser zu dir«, sagte Sara, erhob sich vom Stuhl und streckte sich.

»Höre ich da etwa ein leises Bedauern?«, fragte Böck.

»Ooch, Max, also wirklich!« Sara sah ihn scheel von der Seite an, holte unter dem Schreibtisch ihren Cityrucksack hervor und schnallte ihn auf den Rücken.

»Sollest auch mal heiraten. Ist 'ne krasse Erfahrung.« Maximilian Böck grinste.

Sara blickte erneut auf ihre Uhr. »Mensch, ich bin schon zu spät!«, rief sie. »Wie ist es, hast du die Videos alle gesichtet?« Böck sah unschlüssig drein. »Dann schau sie dir bitte zu Ende an. Und zwar von *allen* Kameras!« Böck zog einen Flunsch, Sara nickte mit gespieltem Bedauern. »So wie es aussieht, dauert das für dich wohl noch die halbe Nacht ...« Er stöhnte auf. »Muss die Rosi halt warten!«, sagte Sara und rauschte an ihrem Stellvertreter vorbei hinaus aus dem Büro.

Fünf

Es gehörte zu Saras theoretischen Prinzipien, möglichst pünktlich zu erscheinen. Zumindest gerade noch rechtzeitig. Aber an diesem Abend – natürlich *ausgerechnet* an diesem Abend – half ihr nicht einmal die angeborene Entscheidungsfreudigkeit. Denn es ging um die hochwichtige Frage: *Was ziehe ich an?* Ein Kleid selbstverständlich, aber welches? Um dann festzustellen, dass sie zu ihrer Wahl – dem roten, dessen Saum ihre Knie umschmeichelte – keine passenden Strümpfe besaß. Schlimmer noch: dass die einzigen passenden (roten) Strümpfe eine Laufmasche hatten. Und je näher der Konzertbeginn rückte, desto schneller bewegten sich die Sekundenzeiger ihrer Uhr. Schließlich verzichtete sie auf Strümpfe, obwohl sie ihre Beine dafür etwas zu blass fand. Aber im blauen Kleid – und in der schwarzen Abendrobe erst recht – hatte sie sich unwohl gefühlt.

Dieses innerliche Geschacher ums richtige Outfit war jedoch nur der Beginn einer Verkettung unglücklicher Ereignisse gewesen. Weiter ging es mit einem plötzlichen Sommergewitter, an das sich nahtlos ein Zugausfall der S-Bahn *wegen eines Polizeieinsatzes* anschloss, was vermutlich auf einen Suizidversuch hindeutete, gefolgt von der Schwierigkeit, auf die Schnelle ein Taxi zu kriegen, und schließlich der Unfähigkeit des Fahrers, den Berliner Feierabendverkehr bei einsetzender Dunkelheit und nassen Straßen mit Schleichwegen zu überlisten. Es war exakt fünf nach acht, als sie vor den verschlossenen Türen des Konzertsaals stand.

»Tut mir leid«, sagte der Platzanweiser, »ich darf Sie erst nach der Pause reinlassen. Die Übertragung hat bereits begonnen.« Er zeigte auf das Rotlicht neben der Tür: *Aufnahme.* Aus dem Kammermusiksaal drangen die Klänge des dritten Liedes aus Schuberts *Winterreise* gedämpft an ihr Ohr: *Gefror'ne Tropfen fallen.*

»Und wenn ich Sie ganz lieb bitte?«, fragte Sara, die sich über sich selbst ärgerte. »Ich bin auch ganz leise!«

Der Platzanweiser schüttelte den Kopf. »Sie können da jetzt wirklich nicht mehr rein! Ich sagte Ihnen doch: Die Aufnahme läuft.«

Sara öffnete seufzend ihr Abendhandtäschchen. »Dann eben so«, sagte sie, zog ihren Dienstausweis heraus und hielt ihn dem Ordner vor die Nase. »Wir observieren hier. Israel. Verschärfte Sicherheitsbestimmungen, Paris – muss ich noch mehr sagen? Das verstehen Sie doch, oder?« Sara wollte jetzt um keinen Preis in der Haut des armen Kerls stecken. Aber für einen der seltenen gemeinsamen Abende mit ihren Eltern durften auch Unschuldige geopfert werden. Sie musterte ihn scharf. Der Ordner trat zögernd zur Seite und drückte die Klinke der gepolsterten Saaltür langsam hinunter. Er wartete, bis der letzte Ton verklungen war. Dann öffnete er ihr die Tür. »Ich bin auch ganz leise!«, flüsterte Sara und schlüpfte an ihm vorbei in den Konzertsaal. Der Platzanweiser stand kurz vor einem Infarkt.

Reihe 4, Mitte, Platz 14 bis 17. Eigentlich fantastische Plätze, aber jetzt waren sie das letzte Glied in der Kette unglücklicher Ereignisse. *Ich such im Schnee vergebens,* tönte es aus dem Mund des Baritons, während Sara sich unter der vornehm gemurmelten und gehüstelten Empörung des Publikums so rasch, aber auch so vorsichtig wie möglich durch die Sitzreihe schob. Diese kurze Unruhe passte dramaturgisch zwar hervorragend zur aufwühlenden, düsteren *Winterreise,* aber auf diesen Auftritt hätte Sara lieber verzichtet. Sie merkte, dass der Pianist sie beobachtete. Bestimmt war er pikiert über ihre Unverfrorenheit, doch als sie endlich ihren Platz erreicht hatte und ihm unverblümt ins Gesicht starrte, sah sie ein verschmitztes Lächeln in seinem glatt rasierten Gesicht. Sara fielen seine wunderschönen dunklen Augen auf. Er war ein jungenhafter Typ, die Frisur fast ein wenig brav. Der Sessel neben ihrem Vater Leo war frei geblieben, weil Sara vergessen hatte, die vierte Konzertkarte abzustoßen. Als sie ihn begrüßte, schmückten hektische rote Flecken ihren Hals. »Sorry, Paps!«, wisperte sie. Ihr Vater drückte ihr leicht die Hand und konzentrierte sich sofort wieder auf die Musik.

Helen Stein verschloss ihre Lippen mit dem Zeigefinger und zischte: »Pst!«

Sara machte sich in ihrem Sessel so klein wie möglich und versuchte, sich zu beruhigen und sich so rasch wie möglich auf die Musik einzulassen. Auf die beiden israelischen Musiker oben auf der Bühne, von denen ihr der Pianist wirklich ausnehmend gut gefiel. Und sogar zunehmend besser. Er schaute immer wieder auf, warf einen Blick auf den Sänger, aber auch in den Saal. Und je länger die *Winterreise* dauerte, desto mehr beschlich Sara das unbestimmte Gefühl, dass dieser jungenhafte Mann am Flügel jede Möglichkeit nutzte, um sie in Augenschein zu nehmen. Einmal drehte sie sich sogar irritiert um, ob er vielleicht jemanden hinter ihr meinte. Als sich ihre Blicke daraufhin wieder trafen, lächelte er sie an. Es schien zu bedeuten: *Ich habe dich angesehen. Ja, genau dich!*

Sara wurde langsam nervös. Sie langte nach dem Programmheft, das ihre Mutter auf dem Schoß hielt. David Shapiro, achtunddreißig, aus Tel Aviv. Dirigent und Pianist. Der bislang jüngste Chef des Israelischen Kammerorchesters. Musikpreise pflasterten seinen erstaunlich kurzen, aber erfolgreichen Karriereweg, der ihn bereits an die New Yorker Met, in die Tokio Suntory Hall, das Zénith in Paris, die Royal Albert Hall in London und das Oriental Arts Center in Schanghai geführt hatte. *Fliegt der Schnee mir ins Gesicht … Will kein Gott auf Erden sein, sind wir selber Götter!* Lied 22. Schuberts *Winterreise* würde bald zu Ende gehen. Sara erwischte sich bei dem Gedanken, dass sie sich eine Zugabe wünschte. Am liebsten ein Solo des Pianisten.

Es hatte keine Zugabe gegeben, sondern lediglich eine Pause, in der die Steins einen Sekt an der Bar getrunken und über Belanglosigkeiten geredet hatten. Unter anderem darüber, dass Sara viel zu viel arbeiten würde. Danach war das gesamte Orchester aufgetreten, allerdings ohne David Shapiro, dafür aber mit einem Klarinetten-Duo, das den Saal eine gute Dreiviertelstunde lang mit mitreißender Klezmer-Musik unterhalten hatte.

Als die Steins einigermaßen beschwingt den Konzertsaal verließen und gemeinsam überlegten, in einer Bar am Lützowplatz noch einen Drink zu nehmen, entdeckte Saras Vater den israelischen Pianisten im Foyer. David Shapiro saß an einem Tisch und signierte CDs. »Habt ihr noch einen Moment Geduld?«, fragte Leo Stein. »Ich glaube, ich möchte mir diese *Winterreise* gönnen! Und ich möchte die Gelegenheit beim Schopf packen, Herrn Shapiro für seinen wunderbaren Auftritt zu danken.«

»Tun wir deinem Vater den Gefallen«, seufzte Helen Stein.

Sie warteten geduldig in der Schlange vor dem Tisch, bis sie an der Reihe waren. Als David Shapiro aufsah, schien er sich zu freuen, dass Sara vor ihm stand.

»Herr Shapiro, danke! Danke für Ihren Mut. Ich habe die *Winterreise* lange nicht mehr so aufrüttelnd gehört«, sagte Leo Stein.

»Düster und aufrüttelnd. So war sie ja auch von Schubert gemeint«, antwortete David Shapiro – auf Deutsch – und signierte die CD, ohne richtig hinzusehen. Denn seine Augen – seine *wunderschönen* Augen – hatten sich an Sara festgekrallt.

Helen Stein, der solche Dinge niemals entgingen, räusperte sich. Dann sagte sie, vielleicht etwas zu spitz: »Findest du nicht auch, Sara?«

Treffer, versenkt. »Hm, ja, schon«, murmelte Sara und spürte, dass sie rot wurde.

»Sara! Soso.« David Shapiro schien überrascht zu sein. »Kommen Sie eigentlich gern zu spät, Sara?«, fragte er, während er ihrem Vater die signierte CD in die Hand drückte. Aber es schwang nicht ein Hauch von Vorwurf in seiner Stimme mit. Nein, David Shapiro flirtete mit ihr.

Saras Gesichtsfarbe wechselte zu einem kräftigen Dunkelrot. »Entschuldigung! Ich hoffe, das hat Sie nicht aus dem Konzept gebracht«, sagte sie, fürchterlich verlegen.

»Ach, wissen Sie, ich werde manchmal ganz gern aus dem Konzept gebracht.« Der Pianist zwinkerte ihr freundlich zu.

Leo Stein merkte, dass die Leute in der Schlange hinter ihnen ungeduldig wurden. »Wir halten alle auf. Auf Wiedersehen, Maestro. Grüßen Sie mir Tel Aviv. Oder leben Sie dort nicht mehr?«

»Doch, doch. Auf Wiedersehen – und nochmals danke fürs Kompliment«, sagte David Shapiro.

Helen Stein hakte ihre Tochter unter. Sara leistete jedoch leichten Widerstand. Verdammt, was war bloß mit ihr los? Sie stolperte, weil sie sich lieber nach dem Israeli umdrehte, anstatt nach vorne zu schauen. »Was ist? Gefällt er dir?«, fragte ihre Mutter und grinste sie verschmitzt an.

»Mama!«, rief Sara halblaut mit gespielter Entrüstung, obwohl sie wusste, dass sie ihrer Mutter so gut wie nichts verheimlichen konnte. Und einen solchen unvermittelten Blitzeinschlag schon gar nicht. »Dieser David Shapiro spricht ja ein fantastisches Deutsch«, sagte ihre Mutter in beiläufigem Ton.

Sara reagierte nicht, sondern blieb stumm, aber sie sah, dass sich ihre Mutter offenbar prächtig amüsierte.

Was die Steins dann nicht so sehr freute, war der verwaiste Taxistand vor dem Konzerthaus. Sara schaltete ihr Mobiltelefon wieder ein. »Ich ruf uns ein Taxi«, sagte sie, aber sie kam nicht dazu, die eingespeicherte Nummer zu wählen. Ihr Handy vibrierte. Auf dem Display erschien der Name Anne.

»Entschuldige, Mama«, sagte sie, »eine Kollegin ruft gerade an. Es könnte wichtig sein.«

»Sag bloß, du musst jetzt noch arbeiten, Sara«, sagte ihre Mutter.

»Es könnte wichtig sein.« Sie wandte sich ab und nahm das Gespräch an. »Ja, Anne, was gibt's denn?«

»Du, der Fall Tamar Levi entwickelt sich vielleicht in eine ganz andere Richtung«, sagte Anne Rodeck, »ich habe einige Merkwürdigkeiten entdeckt. Es gibt ganz offensichtlich finanzielle Verstrickungen zwischen Tamar Levi und der Familie ihres Freundes Khalid.«

»Das sind ja tolle Neuigkeiten, Anne!«, sagte Sara und legte eine winzige Pause ein. »Aber kann das nicht vielleicht auch bis morgen warten?« Anne Rodeck antwortete nicht. Sara wusste, warum. »Anne, nun sei doch bitte nicht gleich eingeschnappt! Okay?« Wieder keine Antwort. Sara beschloss zu schwindeln. »Ich bin hier mitten in einem Konzertsaal, und es stehen ungefähr tausend Menschen um mich rum …«

»Ciao, Sara!«, sagte Anne Rodeck tonlos und legte auf.

»Auch ciao!«, sagte Sara angesäuert.

»Sieh doch mal, wer da kommt!«, sagte Helen Stein und zupfte Sara am Ärmel ihres roten Kleides.

David Shapiro stellte sich an den Taxistand. Er wirkte ein wenig müde. Als er jedoch die Steins erkannte, hellte sich seine Miene sofort auf. Er trat auf sie zu. Auffällig nahe an Sara heran.

»*Sie* fahren auch mit dem Taxi? Stellt Ihnen der Veranstalter etwa keine Limousine?«, fragte Sara, um irgendetwas zu fragen.

David Shapiro schüttelte den Kopf. Leo Stein nutzte die Gunst des Augenblicks: »Verzeihen Sie bitte, Herr Shapiro, aber ich bin auf der Suche nach Ihrer Einspielung des zweiten Klavierkonzerts von Brahms, das ich sehr liebe. Gibt es die noch, oder ist sie vergriffen?«

»Ich glaube, ja. Aber wenn Sie möchten, könnte ich Ihnen eine CD von der Plattenfirma schicken lassen«, entgegnete er, wobei sein Blick immer wieder hinüber zu Sara wanderte.

»Da würde sich mein Mann wahnsinnig freuen«, mischte sich Saras Mutter ein. »Ja, das wäre wirklich sehr nett von Ihnen!« Sie wandte sich an ihre Tochter. »Gib doch Herrn Shapiro am besten deine Visitenkarte – wir haben keine dabei.«

»Moment …«, sagte Saras Vater, aber ein Blick seiner Frau ließ ihn augenblicklich verstummen.

Sara war die ganze Situation unangenehm. Es war einfach zu offensichtlich, dass ihre Mutter, umtriebig, wie sie nun einmal war, die Regie in diesem boulevardesken Kupplerstück übernommen hatte. Andererseits fand Sara die ungefragte Einmischung in ihr Liebesleben durchaus amüsant. Nicht zuletzt war es ein Beweis für das vertrauensvolle und freundschaftliche Verhältnis, das sie mit ihrer Mutter pflegte. Gerade wenn es um die wirklich wichtigen Lebensfragen ging. Allerdings wurde es für Sara langsam Zeit, sich zu emanzipieren und mehr Einfluss auf ihr eigenes Drehbuch zu nehmen. Von Zeit zu Zeit dachte sie das. Sie kramte auffällig lange und umständlich in ihrer Handtasche herum. Bis sie das kleine Etui mit ihren Visitenkarten gefunden hatte.

David Shapiro schaute zweimal auf die Karte. »Sara Stein, Hauptkommissarin, Fachdirektion für Kapitalverbrechen, Polizeidirektion 5. Muss ich jetzt Angst haben?«

»Nicht, wenn Sie unschuldig sind«, sagte Sara, jetzt schon viel selbstsicherer.

David Shapiro steckte die Visitenkarte ein. Er lächelte. Er lächelte ein umwerfendes Lächeln. Leider kam in diesem Moment ein Taxi. Saras Vater streckte dem Musiker seine rechte Hand entgegen. »Leo Stein. Meine Frau Helen, meine Tochter Sara. Es hat uns sehr gefreut, Herr Shapiro.«

David Shapiro schüttelte ihm die Hand. »Ebenfalls!«, sagte er, »aber bitte, nehmen Sie doch das Taxi! Sie warten schon länger als ich.«

»Kommt gar nicht infrage«, sagte Leo Stein.

»Ich *bitte* darum!«, insistierte der Pianist.

Saras Mutter breitete in gespielter Verzweiflung die Arme aus. »Sarale! Sag doch dem Herrn bitte, dass er den Wagen nehmen soll.«

Sara verschränkte die Arme vor der Brust. »Sie haben meine Mutter gehört, Herr Shapiro. Wagen Sie es nicht, ihr zu widersprechen!«

»Sarale?«, fragte David Shapiro verwundert. Er betonte ihren Vornamen korrekt auf der ersten Silbe.

»Ja«, sagte Sara schlicht und deutete auf den Taxifahrer, der schon unruhig wurde. »Ihr Taxi wartet.«

»Ja, scheint so.« David Shapiro öffnete die hintere Tür. »Kann ich Sie denn nicht wenigstens irgendwo absetzen?« Sara schüttelte den Kopf und streckte ihre Hand aus. »Na dann …«, sagte er, nahm ihre Hand, trat jedoch plötzlich einen Schritt vor, beugte sich zu ihr hinunter und gab ihr einen flüchtigen Kuss auf die Wange. »Schalom, Sara. *Laila tov!*«, sagte er und stieg ein.

»Ebenfalls gute Nacht, David«, sagte Sara.

David Shapiro nickte den Steins noch einmal zu, als das Taxi abfuhr. Sara schaute ihm versunken hinterher. Die Rücklichter des Taxis waren längst verschwunden, aber sie starrte noch immer in die Nacht hinaus. »Er hat doch was, oder etwa nicht?«, meinte sie.

»Ich kann dich gut verstehen«, sagte ihre Mutter, »in deinem Alter …«

»Aber damit eins gleich klar ist: Du gehst mir nicht in dieses tragische Land!«, sagte ihr Vater. Sein Gesicht war ernst.

Sara lächelte nur. Sie war gespannt. Jetzt war er am Zug, dieser David Shapiro. Nein, dachte sie, es gibt keine Zufälle. Irgendjemand musste gewollt haben, dass ihr Zuspätkommen einmal genau das Richtige war. So etwas wie eine himmlische Macht zum Beispiel, obwohl sie das für gewöhnlich als Hokuspokus erachtete.

Die Steins verzichteten auf den gemeinsamen Drink. Es hätte ja sowieso nur ein Thema gegeben – und worüber jetzt noch reden, wo doch schon alles gesagt war. Zumindest andeutungsweise. Helen Stein war außerdem viel zu klug, um zu insistieren. Sie wusste, wann Sara alleine mit sich und ihren Gedanken sein wollte. Das hatte sie schon immer spüren können, schon als Sara noch klein gewesen war.

Eine knappe halbe Stunde später enterte Sara ihr zweites Wohnzimmer, Alkans Döner-Imbiss, wobei sie sich einmal mehr darüber wunderte, über was für eine ungeheure Konstitution der Anatolier verfügte. Er war schon seit mindestens sechs Uhr früh auf den Beinen, und jetzt war es bereits kurz vor dreiundzwanzig Uhr. Sie bestellte ein Glas Raki. Alkan setzte sich zu ihr, stellte zwei Gläser auf den Tisch und schenkte großzügig ein.

»Na, Sara«, fragte er, »Feierabend?«

»Na, Alkan?«, antwortete Sara, »etwa auch schon Feierabend?«

Sie stießen an. Er musterte sie kurz. »Du siehst glücklich aus. Wieder jemanden verhaftet?«

»Schön wär's!« Sara nahm einen weiteren Schluck und lehnte sich entspannt auf ihrem Stuhl zurück. »Ich war mit meinen Eltern in einem Konzert. Mal was anderes sehen und hören tut gut.«

Alkan langte nach der Fernbedienung auf dem Tresen. Der Fernseher hing über der Eingangstür an der Wand. »Guck mal – das läuft schon den ganzen Tag!« Er machte den Ton lauter. Ein Schriftzug lief über den Bildschirm: *Der Tod der schönen Israelin – war es politischer Mord?*

»Mach bitte leiser«, sagte Sara, »ich kann diesen Mist nicht hören. Die spinnen doch!«

»Ist aber überall in den Nachrichten!«, sagte Alkan. »Ist das etwa dein Fall?«

Sara nickte, griff nach ihrem Raki und trank das Glas in einem Zug aus. »Die Schubert wird jetzt 'ne Menge Druck haben«, murmelte sie.

»Wer?«

»Meine Chefin«, sagte Sara.

Alkan nickte. »Jaja, ich weiß, wie das ist mit dem Druck …« Er wischte mit dem Handrücken ein paar imaginäre Krümel vom Tisch.

»Ach so?«, wunderte sich Sara.

»Ich bin auch Chef«, sagte Alkan.

»Na, dann«, sagte Sara, schenkte sich noch ein halbes Glas ein, erhob es und prostete ihm zu.

Sechs

Sara hatte bis etwa zwei Uhr früh das Internet nach David Shapiro durchforstet. Sie hatte ihn regelrecht *gestalkt*. Dabei war sie sich vorgekommen wie ein Backfisch, der sich in den coolsten Jungen vom Schulhof verknallt hatte. Die typischen Begleiterscheinungen ihrer oberflächlichen Recherche – das Kribbeln, die kleinen Schauer, die tanzenden Schmetterlinge im Bauch, all diese furchtbar kitschigen Klischees eben – hatte sie ziemlich genossen. Und überhaupt ging es ihr keineswegs darum, nach der gründlich vermasselten Geschichte mit Maximilian Böck fortan ein enthaltsames Leben zu führen. Aber sie hatte sich auch geschworen, niemals wieder einen Kompromiss einzugehen. Ganz oder gar nicht, Sekt oder Selters, Tod oder Leutnant: Auch diese Klischees stimmten, und Sara wollte sich zukünftig daran halten. Denn sie war ja schließlich *kein* Backfisch mehr. Sara stellte sich nackt vor den Spiegel. Sie empfand sich selbst als ein bisschen zu sehnig. Und ihr Busen, der hätte eine Winzigkeit größer sein dürfen. Andererseits sagte ihre Mutter Helen immer: »Sei froh, Kind, dann hängt nichts im Alter«, und in diesen Dingen vertraute Sara ihrer Mutter blind.

Als sie an diesem Morgen, dem zweiten Tag im Fall Levi, ihr Fahrrad vor der Polizeidirektion 5 in der Friedrichstraße abstellte, fiel ihr ein schicker BMW auf, der mit eingeschalteten Warnblinkern in zweiter Reihe parkte. Drinnen hatte sich offenbar ein Pärchen mittleren Alters in den Haaren. Die Frau redete aufgeregt auf den Mann ein, der mit ausdruckslosem Gesicht nach vorn durch die Windschutzscheibe starrte. Erst als die Frau ausstieg und die Beifahrertür heftiger als nötig zuschlug, während der Wagen bereits anfuhr, erkannte Sara in der Frau ihre Chefin. Vera Schubert blickte dem BMW hinterher. Sie schien fassungslos zu sein. Sie schloss die Augen und atmete ein paarmal tief durch. In einem solchen Zustand hatte Sara die stets beherrschte Kriminaldirektorin noch nie gesehen. Als Vera Schubert die Augen wieder aufschlug, kreuzten sich ihre Blicke. Sara war peinlich berührt. Sie hob verlegen eine Hand zum Gruß. Der Kriminaldirektorin gelang es, blitzschnell ein Lächeln aufzusetzen und Sara freundlich zuzunicken. Dann verschwand sie eilig in der Dienststelle, während Sara so tat, als müsste sie die Gangschaltung ihres Fahrrads überprüfen. Doch sie hatte genau gesehen, dass ihre Chefin geweint hatte.

Vera Schubert erschien auch nicht zur morgendlichen Lagebesprechung.

»Kaffee, die Damen?«, flötete Maximilian Böck und tänzelte mit einer Thermoskanne und mehreren Pappbechern in den Konferenzraum. »Wie immer? Milch und Zucker?« Normalerweise hasste Sara diesen allmorgendlichen Auftritt, aber heute ließ sie seinen Versuch, Sympathien zu gewinnen, unkommentiert. Was Anne Rodeck sofort auffiel.

»Was guckst du denn so?«, fragte Sara, während sie sich einen Kaffee einschenkte.

»Weil du ausnahmsweise mal aussiehst wie ein verschrecktes Kaninchen – in das ein Blitz eingeschlagen hat.« Anne Rodeck tauschte einen wissenden Blick mit Maximilian Böck.

Aha. Schon wieder *Treffer, versenkt.* Jetzt bloß nicht an David Shapiro denken. Keinen blöden Spruch machen, sich einfach nichts anmerken lassen, sondern ergebnisorientierte Ermittlungsarbeit einfordern. Vom ganzen Team, im Besonderen von Anne Rodeck. »Was hast du über die Familie Rahmar herausgefunden, Anne?«

Das Gemurmel am Konferenztisch erstarb. Anne Rodeck schlug ihren Notizblock auf. »Familie Rahmar, bisher nichts Auffälliges, keine Vorstrafen, sie betreiben in der Sebastianstraße ein kleines Restaurant, eher ein Café.«

Das ist ja quasi um die Ecke, dachte Sara.

»Nach Aussage des zuständigen KOB sind die wohl alle ganz nett und friedlich …«

»Sorry, Anne, aber so solltest du wirklich nicht reden«, fuhr Sara dazwischen.

»Entschuldigung!« Anne Rodeck lief rot an. »Ich mein das ja nicht so, das weißt du doch …«

»Mach dann einfach weiter, bitte!«, sagte Sara.

»Es sind jedenfalls gläubige Muslime, gemäßigt, eine große Familie. Khalid ist der älteste Sohn, er wohnt aber bereits seit anderthalb Jahren nicht mehr bei seinen Eltern. Er hätte den Laden später mal übernehmen sollen, aber jetzt macht er wohl nur noch Musik. Der Vater – Tarik Rahmar – soll ihn angeblich verstoßen haben. Sagt der KOB.«

Sara fand es bemerkenswert, was ein Kontaktbereichsbeamter so alles wissen konnte. »Wegen der Musik?«, fragte sie. »Oder hast du deinen KOB auch gefragt, ob Khalid schon mal mit Tamar Levi bei seinen Eltern aufgekreuzt ist?«

Anne Rodeck blätterte in ihrem Notizbuch. »Ich weiß nur, dass man den Vater möglichst nicht auf seinen Sohn ansprechen sollte. Aber jetzt kommt der Clou!« Anne Rodeck sah erwartungsvoll in die Runde.

»Mach hin«, sagte Sara, »wir haben heute noch ein bisschen was zu tun.«

»Tschuldigung!« Anne Rodeck errötete wieder. »Also, die Rahmars stecken – oder steckten – offenbar in Geldschwierigkeiten. Aber dann kam Tamar Levi vor gut einem Jahr nach Berlin, hat hier ein Konto eröffnet und gleich zehntausend in bar eingezahlt. Drei Tage später hat sie noch einmal achttausend eingezahlt – ich nehme mal an wegen des Geldwäschegesetzes. Diese achtzehntausend Euro blieben nach Auskunft der Bank unangetastet, bis sie das Geld vor sechs Wochen an Khalid überwiesen hat, der es dann an seinen Vater Tarik transferiert hat.«

»Bei Geld hören die Glaubensunterschiede auf. Sehr interessant«, sagte Maximilian Böck, aber niemand ging auf seine Bemerkung ein. »Und woher hatte sie das Geld?«

»Verzeihung! Tamar Levi galt in der Elektropop-Szene als Geheimtipp«, schaltete sich ungefragt ein junger Mann ein. Alle Augen richteten sich auf Jobst Hiller, den Praktikanten von der Polizeischule draußen in Falkensee. Er war erst eine Woche zuvor zum Team gestoßen.

»Ja und?«, fragte Böck unfreundlich.

»Moment mal!«, sagte Sara und wandte sich an den Praktikanten, »erzähl mal. Was hast du herausgefunden?«

»Dass Tamar Levi im vergangenen Jahr auf einigen großen Festivals aufgelegt hat. Die Gagen sind jedenfalls nicht schlecht. Im *Tie.Club* hat sie zweitausendfünfhundert Euro pro Abend bekommen – regelmäßig, zweimal im Monat.«

»Also hat sie die Kohle offenbar nicht geklaut«, sagte Böck. Es klang gehässig.

»Wolltest du vielleicht was sagen, Max?« Sara sah ihn zornig an. Maximilian Böck tat so, als hätte er ihre Frage nicht gehört. »Danke, Herr Hiller – solche Randinformationen können manchmal ungeheuer wichtig sein«, sagte Sara. »Aber wem erzähle ich das.« Sie blickte in die Runde. »Sonst noch was,

Kollegen?«, fragte sie. »Okay, dann los. Super Arbeit, übrigens, Anne. Klasse. Vielen Dank!«

»Sekunde! Ich hole nur schnell meine Jacke«, sagte Böck.

»Träum weiter!«, antwortete Sara und deutete mit dem ausgestreckten Zeigefinger auf Anne Rodeck, die augenblicklich ihre Schultern hängen ließ und einen Flunsch zog.

Auf dem Weg nach draußen mussten Sara und Anne Rodeck am Büro von Vera Schubert vorbei. Die Kriminaldirektorin winkte die beiden Ermittlerinnen zu sich hinein. Ihre Chefin schien noch immer aufgewühlt zu sein. Beim Streit vorhin im Auto war es also ums Eingemachte gegangen. »Ich habe eben mit der Presseabteilung gesprochen, Sara. Morgen soll in irgendeinem Nachrichtenmagazin eine Story über Tamar Levis Dienstzeit in der israelischen Armee erscheinen«, sagte Vera Schubert, um einen sachlichen Tonfall bemüht. Aber dass ihre Stimme zitterte, konnte man nicht überhören.

»Damit konstruiert die Journaille einen politischen Hintergrund, den ich zurzeit nicht sehe«, sagte Sara.

»Ich hoffe, Sie liegen richtig mit Ihrer Einschätzung. Wir müssen aber auf jeden Fall Tempo machen.«

»Anne Rodeck hat eine Geldspur entdeckt zwischen dem Mordopfer Tamar Levi und dem Vater unseres Verdächtigen, Tarik Rahmar«, sagte Sara mit einem Seitenblick auf ihre Kollegin.

»Ging es vielleicht um Drogen?«, fragte die Direktorin.

»Könnte sein. Oder um Waffen oder Terrorismus oder Geldwäsche«, sagte Anne Rodeck.

»Na nun!«, sagte Vera Schubert und nahm ein Telefongespräch entgegen. »Ja, bitte, Schubert?« Sie hörte dem Anrufer ein paar Sekunden lang zu. Dann sagte sie: »Entschuldige, Peter, es geht jetzt wirklich nicht, außerdem …« Die Direktorin unterbrach sich, schickte einen flehenden Blick zu Sara und

Anne Rodeck, wandte beiden Frauen dann den Rücken zu und trat ans Fenster.

»Los, komm!«, sagte Sara zu Anne Rodeck.

Beim Verlassen des Büros konnten sie gerade noch hören, wie Vera Schuberts Stimme brüchig wurde. »Du hast doch schon alles gesagt. Was willst du denn jetzt noch von mir?«

»Auweia«, sagte Anne Rodeck, »die hat wohl Zoff mit ihrem Mann.«

»Scheint so«, sagte Sara. »Soll es ja öfter geben.«

Zum *Café Beirut* war es nur ein Katzensprung. Ayesha Rahmar, die an einem Tisch am Fenster saß und mit sorgenvollem Gesicht das Kassenbuch auf Vordermann brachte, sah von den frustrierenden Zahlenkolonnen auf, als der dunkelblaue BMW vor dem Café hielt. »Die Polizei ist da!«, sagte sie zu ihrem Mann, der hinterm Tresen die Kaffeemaschine reinigte.

»Woher weißt du das?«

»Ich kenne die beiden Frauen. Ich war gestern bei Khalid, als sie ihn befragt haben.«

»Du warst bei unserem Sohn? Wieso denn das?«, fragte ihr Mann.

»Weil wir ihn doch jetzt nicht im Stich lassen können!«

Tarik Rahmar schwieg betroffen. Ayesha Rahmar nahm all ihren Mut zusammen. »Du warst nicht klug, Tarik. Und es ist eine Sünde!«, sagte sie.

Ihr Mann senkte den Kopf. »Ich weiß«, sagte er kraftlos. »Aber Tamar war eine Mörderin. Sie hatte es verdient! … Warum steigen die denn nicht aus?«

»Sie unterhalten sich«, sagte Ayesha Rahmar und sah noch einmal genauer hin. »Nein, ich glaube, sie streiten sich.«

Anne Rodeck weigerte sich mal wieder, auszusteigen und mitzukommen. Sara wurde zornig. Sie war kurz vor dem Platzen.

Sie kapierte einfach nicht, was ihre Kollegin dazu bewog, sich einerseits so stur zu stellen, andererseits aber auch keinen plausiblen Grund für ihre konsequente Verweigerungshaltung zu nennen. »Aber die persönliche Befragung von Zeugen gehört nun mal zu deinem Job«, sagte Sara sanft, wenn auch nur mühsam beherrscht.

»Zu *meinem* Job? *Meine* Arbeitsplatzbeschreibung sind die Recherche und die Pflege des Archivs!«, sagte Anne Rodeck. »Und ich will nun mal nicht zu denen ins Café. Und auch nicht in deren Wohnung. Du hast selbst gesagt, vor Ort sei ich dir keine Hilfe. Max würde dich viel effektiver unterstützen!«

»Willst du nicht vielleicht endlich mal mit mir darüber reden? Über den wahren Grund für deine Angst?«

»Nein! Will ich nicht.«

Sara kratzte sich am Kopf, stieg dann aus und schmetterte wütend die Fahrertür zu. Jetzt hätte sie ihren Boxsack gebraucht. Anne Rodeck wartete sogar hinterlistig, bis Sara sich noch einmal nach ihr umdrehte, um dann provozierend die Knöpfe hinunterzudrücken. Entweder sie hat tatsächlich irgendein Trauma, oder sie ist einfach bloß hysterisch, dachte Sara. Sie atmete tief durch und klopfte dann an die verglaste Eingangstür des Cafés. Tarik Rahmar öffnete fast im selben Augenblick. »Wir haben noch geschlossen«, sagte er tadelnd. Er war fast einen Kopf kleiner als Sara. Sie konnte mühelos auf seinen schütteren Haarkranz hinuntersehen.

»Ich bin kein Gast. Herr Rahmar?« Sie zückte ihren Dienstausweis. »Sara Stein, Mordkommission«, sagte sie. »Kann ich reinkommen?«

»Ja, ich bin Tarik Rahmar.« Der Palästinenser trat servil zur Seite, ließ Sara eintreten und verschloss danach sorgfältig die Eingangstür, über der ein silbrig glänzendes Glockenspiel bimmelte.

»Guten Tag, Frau Rahmar«, begrüßte sie Khalids Mutter, die wie angenagelt auf ihrem Platz am Fenster saß.

»Darf ich Ihnen etwas zu trinken anbieten? Vielleicht einen *guten* arabischen Kaffee?«, fragte ihr Mann.

»Nein, danke!«, sagte Sara und schaute sich um. Das kleine Café gefiel ihr auf Anhieb. Es besaß gerade mal acht Tische, dafür aber viel arabisches Kunsthandwerk an den Wänden. Und es war sauber und aufgeräumt, ja, äußerst gepflegt.

»Wollen wir uns nicht setzen?«, fragte Tarik Rahmar und sah seine Frau an. »Sie haben ja meine Frau Ayesha bereits gestern kennengelernt«, fügte der Palästinenser hinzu.

Ayesha Rahmar machte eine einladende Handbewegung. Sara nahm ihr gegenüber Platz. Sie wunderte sich, dass Tarik Rahmar zurück hinter seinen Tresen schlurfte, entschied sich jedoch, sitzen zu bleiben. Vielleicht musste er sich ja nur an irgendetwas festhalten. Bewaffnet war er sicher nicht. Sara drehte sich zu ihm um und sagte: »Herr Rahmar, Sie wissen inzwischen, was passiert ist. Wir würden gern ein paar Dinge in Erfahrung bringen …«

»Mein Sohn ist kein Mörder!«, unterbrach er sie scharf.

»Das behauptet auch niemand. Aber ich würde gern von Ihnen wissen, ob Sie Tamar Levi kannten – das Mordopfer.«

»Nein, ich habe diese Frau nie getroffen«, sagte der Gastronom.

»Nie? Ihr Sohn und Tamar Levi waren aber nicht erst seit gestern ein Paar«, sagte Sara.

»Wir haben sie nie zu Gesicht bekommen«, sagte Khalids Vater.

»Wie standen Sie denn zu der Beziehung Ihres Sohnes mit einer Israelin?«

Tarik Rahmar zuckte mit den Schultern. »Damit hatte ich keine Probleme. Khalid ist erwachsen. Er kann tun, was er will.

Soweit ich weiß, war es ihre Entscheidung, sich nicht bei uns blicken zu lassen.« Khalids Mutter senkte den Kopf. Sara musterte Tarik Rahmar prüfend. »Meine Frau und ich missbilligen vielleicht seine Lebensweise, aber wir lieben Khalid und wünschen ihm nur das Beste.«

»Es hat also darüber nie Streit gegeben? Khalid erzählte aber, Sie würden ihn nicht mehr sehen wollen, dass Sie ihn verstoßen hätten. Das haben inzwischen auch andere Befragte bestätigt.«

Tarik Rahmar kam hinter dem Tresen hervor und ging auf Sara zu. »Habe ich nicht auch das Recht zu lernen?«, fragte er. »Natürlich waren wir am Anfang nicht gerade erfreut über diese Beziehung. Aber wir leben hier in Deutschland! Wir waren Flüchtlinge, wir sind immer noch dankbar, wir haben uns angepasst, *alhamdu lillah!*«

»Und doch haben Sie Frau Levi nie getroffen«, sagte Sara.

Tarik Rahmar blieb vor Sara stehen. »Nein!«, sagte er und stellte ihr eine kleine Tasse Mokka auf den Tisch. Sie hatte ihn zwar nicht bestellt, doch der Kaffee duftete köstlich.

»Wie kommt es dann aber, dass achtzehntausend Euro von Frau Levis Konto über das Konto Ihres Sohnes auf Ihr Konto überwiesen wurden?« Sara genoss die Stille, die augenblicklich eingekehrt war. Sie trank ganz ruhig einen Schluck Kaffee, verbrannte sich die Zunge, konnte den Schmerz aber hinunterschlucken, denn sie bemerkte, dass Khalids Mutter die Lippen aufeinanderpresste und ihren Mann fragend ansah. Auch Tarik Rahmar war plötzlich sehr nervös geworden.

»Das Geld war von Khalid«, antwortete der Cafébesitzer schließlich.

Sara schüttelte den Kopf. »War es nicht! Es stammte von Tamar Levi. Es gibt zwei Einzahlungsbelege sowie die dazugehörigen Banküberweisungen.«

»Das kann ich kaum glauben«, sagte Tarik Rahmar. »Aber wenn es so war, dann war es eben so. Wenn Khalid klug genug gewesen ist, einer Israelin Geld aus der Tasche zu ziehen, dann ist das ja keine Straftat, oder? Warum fragen Sie überhaupt? Ermitteln Sie gegen meinen Sohn?«

»Wir verfolgen einfach nur alle Spuren, sonst gar nichts«, antwortete Sara ruhig. »Wozu benötigten Sie überhaupt das Geld, Herr Rahmar?«

»Was ich damit mache, geht Sie nichts an. Ich habe es jedenfalls nicht gestohlen.«

»Wir hatten ein schlechtes Jahr, Frau ...«, schaltete sich Ayesha Rahmar ein.

»Stein!«, sagte Sara.

»... Frau Stein. Khalid hat uns ausgeholfen. Wenn Sie wollen, zeige ich Ihnen unsere Buchhaltung.« Keine Frage, dachte Sara, Ayesha Rahmar hat den Ernst der Lage erkannt und versucht jetzt, kooperativ zu sein und zu vermitteln.

»Haben Sie noch irgendwelche Fragen?«, wollte Tarik Rahmar wissen. »Wir hätten nämlich zu tun!« Sein Ton wurde zunehmend pampig.

»Ja, ich habe noch eine letzte Frage – reine Routine«, sagte Sara, ohne ihren Blick von Khalids Mutter abzuwenden. »Wo waren Sie beide vorgestern Abend zwischen Mitternacht und ein Uhr früh?«

Tarik Rahmar breitete lächelnd seine Arme aus und sah seine Frau an. Ayesha Rahmar nickte. Dann bot er Sara einen weiteren *guten arabischen Kaffee* an. Alles klar, dachte Sara. Das typische Alibi. »Das nächste Mal vielleicht!«, sagte sie und erhob sich. »Ihr Kaffee ist wirklich gut.« Sie trank den letzten Schluck im Stehen.

»Das nächste Mal?«, fragte Tarik Rahmar erstaunt.

»Ja, Herr Rahmar. Das nächste Mal. Ganz bestimmt.« Er sollte ruhig ins Grübeln kommen. So leicht wollte sich Sara nicht abbügeln lassen.

Der rundliche Mann hielt ihr die Tür auf. Er verbeugte sich, als sie das Café verließ.

Anne Rodeck ließ die Seitenscheibe hinunter. »Na, was ist? Hunger?«, fragte Sara.

Ihre Kollegin schien überrascht. Sie machte das Autofenster zu und stieg aus. »Nach was ist dir denn, Sara?«, fragte sie verunsichert, da sie mit allem gerechnet hatte – aber nicht mit einer freundlichen Chefin, die ihr vorschlug, gemeinsam zu Mittag zu essen.

»Heute mal fleischlos? Dahinten am Oranienplatz kenne ich einen netten veganen Imbiss.« Sie wusste, dass Anne Rodeck seit ein paar Monaten auf diesem Ernährungstrip war, den sie vermutlich als eine Art Religion erachtete. Es war ihr Versuch, näher an ihre Kollegin heranzukommen. Sara vermied es, sich nach den Rahmars umzudrehen. Sicher würden die beiden sie beobachten.

»Klingt gut«, sagte Anne Rodeck. »Übrigens, die starren uns hinterher.«

»Weiß ich«, sagte Sara und verriegelte den Dienstwagen. »Ich guck einfach nicht hin.« Sie mussten ein paar Autos passieren lassen, bevor sie die Straße überqueren konnten. »Tarik Rahmar lügt. Er hatte sich vorbereitet. Er verbirgt was«, sagte sie.

»Von hier draußen sahen die beiden ganz schön angespannt aus, als du mit ihnen geredet hast. Also von der Körpersprache her, meine ich. Und die haben sich dauernd angestarrt und wissende Blicke getauscht.«

»Ach nee!«, feixte Sara. »Du bist ja doch voll dabei.«

»Na ja«, fuhr die Kommissarin fort, »sie könnten zum Beispiel ihren Sohn decken wollen.«

»Möglich ist das«, sagte Sara. »Nein, es ist sogar sehr wahrscheinlich«, korrigierte sie sich.

»Und vielleicht ist die Lösung des Falles ja auch ganz einfach: Ein paar Leute im Club haben mir schließlich brühwarm erzählt, dass Tamar neben Khalid wohl auch ein paar andere Typen am Start hatte.«

»Khalid hat uns aber versichert, dass er sie geliebt habe«, wandte Sara ein. »Und für mich hatte er in diesem Moment sehr glaubhaft gewirkt. Auf dich nicht?«

»Schon. Aber irgendwann hat er ihre Rumpoussiererei trotzdem nicht mehr ausgehalten, ist ausgeflippt und hat zugestochen.«

»Weil ja alle arabischen Männer so impulsiv sind?«

»Ich mein ja nur«, sagte Anne Rodeck. »Eifersucht ist doch schon seit Urzeiten ein starkes Motiv, vor allem, wenn sie auch noch berechtigt ist.«

»Wir werden Khalid gleich nach dem Essen besuchen«, sagte Sara, »einverstanden?«

»Ja, das sollten wir«, sagte Anne Rodeck.

Sieben

»Ich werde dich am besten gar nicht erst fragen, ob du mit nach oben kommst«, sagte Sara, als sie eine Stunde später vor dem alten Industriegebäude hielten. Anne Rodeck hatte zwar noch immer nicht ausgepackt, aber Sara hatte sich dafür entschieden, sie nicht weiter zu drängen. Aus Khalids Loft drang laute Musik. In einer angrenzenden Halle, die ebenfalls zum Komplex gehörte, ratterte ein Presslufthammer. Der kleine Altar für die tote Tamar Levi war über Nacht größer geworden. Sara zählte im Vorbeigehen mindestens ein Dutzend leerer Wodkaflaschen und Grablichter mehr.

»Ich werde mich mit dem Wagen vor die Einfahrt stellen«, sagte Anne Rodeck, »danke, Sara!«

»Was bauen die hier eigentlich?« Sara deutete auf zwei Bauarbeiter, die eine Schubkarre mit Zement durch eine stählerne Schiebetür in die Halle schoben.

»Ich glaube, dieser Komplex soll zu einem Kunst- und Kulturzentrum ausgebaut werden«, sagte Anne. »Mit öffentlichen Mitteln. Das hab ich jedenfalls mal gelesen.« Die Schiebetür glitt quietschend zu.

»Interessant«, sagte Sara und stieg aus. Von oben rechts dröhnte Techno, von unten links der Presslufthammer. Was für ein Höllenlärm, dachte sie, als sie das Treppenhaus betrat, in dem sich bestimmt zwanzig junge Leute auf der schmalen Eisentreppe drängelten. Und ein Mann, der irgendwie nicht ins Bild passte. Als er an ihr vorbeiging, sah sie die Kippa. Grob gestrickt, schwarz-weiß kariert.

»He, Sie!«, rief Sara. Der Mann drehte sich zu ihr um. »Ja, Sie. Entschuldigung! Könnten Sie bitte …«

Der Mann rannte sofort los. Er stieß zwei Jugendliche rücksichtslos zur Seite und nahm die letzten drei Stufen in einem Satz. Sara machte auf dem Absatz kehrt und nahm die Verfolgung auf.

Einen Moment später stand sie im verwaisten Innenhof. Der Israeli – es musste sich um einen Israeli handeln – war wie vom Erdboden verschluckt. Dabei hatte der Hof nur eine Einfahrt. Doch es gab viele Türen. Sara lugte vorsichtig um die Ecke. Anne hatte wie versprochen den Dienstwagen in der Einfahrt geparkt, lehnte am Kühlergrill und fuchtelte aufgeregt mit den Armen.

»Wo ist er hin?«, schrie Sara.

»Da rein!«, schrie Anne Rodeck zurück und deutete auf die Schiebetür, hinter der die beiden Bauarbeiter verschwunden waren. Sie war einen Spaltbreit geöffnet. Sara winkte Anne Rodeck heran, aber die schien wie gelähmt zu sein. Sara schüttelte den Kopf, ging langsam auf die Schiebetür zu, öffnete sie und schlüpfte ins Gebäude hinein. Der Presslufthammer machte einen Höllenlärm.

Auf dem Hallenboden waren Baumaterialien aufgeschichtet. Zementsäcke, T-Träger, Holzbalken und mehrere Paletten mit Rigipsplatten. Die Luft war staubig. Es roch nach altem Eisen und Zement. Eine rostige Stahltreppe führte in die erste Etage. Dort oben ratterte ein Bohrhammer. Sara überlegte gerade, ihre Pistole zu ziehen, als sie hinter sich einen Luftzug spürte. Einen Schatten. Instinktiv duckte sie sich zur Seite und rollte sich ab. So traf sie die Holzlatte nicht voll am Hinterkopf, sondern streifte ihn nur. Den Schmerz spürte sie nicht. Aus den Augenwinkeln heraus sah sie zwei Beine. Sie setzte im Liegen zu einem Tritt an und erwischte das rechte Bein genau in Höhe der Kniekehle. Der Mann stieß einen Schmerzensschrei aus, schlug der Länge nach hin, stieß einen Fluch aus, aber er stand blitzschnell wieder auf. Und sah sich nun Sara gegenüber, die ebenfalls auf die Beine gekommen war und ihn furchtlos ansah. Er schien zu überlegen. Drei große Schritte und er hätte sie packen können. »Polizei«, sagte Sara ruhig. »Lassen Sie das, bitte. Bleiben Sie ruhig. Ich will nur mit Ihnen reden!« Der Ausgang befand sich hinter ihr. »Verstehen Sie, was ich gesagt habe?« Der Mann reagierte nicht. Dann bewegte er sich langsam auf sie zu. Vorsichtig schob er einen Fuß vor den anderen und fixierte sie lauernd. »Bleiben Sie stehen!«, rief Sara. Sie wich zurück. Ihre rechte Hand glitt hinunter zum Schnellzugholster. Doch der Mann sprang ohne Vorwarnung auf sie zu und setzte zu einem Handkantenschlag gegen ihren Hals an. Das ist ein Profi, schoss es Sara durch den Kopf, als sie seine Schlaghand mit dem Unterarm abblockte, sich wegduckte und dann versuchte, ihn mit einem hohen Tritt an den Kopf zu treffen. Aber das hatte er kommen sehen und wehrte Saras Bein mit seinen Unterarmen ab. Jetzt standen sie sich in Karate-Kampfhaltung gegenüber. Es war ein ungleiches Duell, der Mann war beinahe zwei Köpfe größer als Sara und weitaus kräftiger. Aber Sara, die bloß aus Faulheit noch nicht zur Schwarzgurt-Prüfung angetreten war, war extrem schnell. Sie ließ ihn kommen, wich seinem ungestümen Angriff aus und feuerte mehrere Schläge auf seine Leber und den Magen ab. Es fühlte sich an, als würde sie eine Betonwand bearbeiten, und tatsächlich steckte er ihre Schläge ungerührt weg. Sara musste zurückweichen. Denn wenn er sie erst einmal geklammert hatte, würden ihre Chancen gleich null sein. »Du bist wirklich ein Profi«, sagte Sara und riss ihre Pistole aus dem Holster. Es war eine einzige, geschmeidige Bewegung: ziehen, entsichern, zielen – aber dann zögerte sie. Schließlich war ihr Gegner unbewaffnet. Das Messer, das er aus dem linken Ärmel gezogen hatte, hatte sie nicht gesehen. Ein Stilett. Er nutzte ihr Zögern aus, sprang erneut auf sie zu. Ihr rechter Arm flog nach oben, die Pistole glitt ihr aus der Hand, fiel auf den Boden, und Sara spürte, wie ihr die scharfe Klinge in den Arm schnitt. Es tat nicht einmal weh, aber ihre Reflexe setzten aus, denn im nächsten Moment holte er sie mit einem Fußfeger von den Beinen. Sara lag quer in der Luft, schlug hart auf und blieb benommen liegen. Sie hörte noch, wie die Schiebetür aufgestoßen wurde, hörte den spitzen Schrei einer Frau, dann war es mit einem Mal still.

Ein paar Augenblicke später tauchten die beiden Bauarbeiter am Fuß der Stahltreppe auf. Von der wüsten Schlägerei hatten sie wegen des Bohrhammers offenbar nichts mitbekommen. Sara schlug die Augen auf, versuchte, sich zu orientieren und dann aufzustehen. Die beiden Arbeiter sahen konsterniert dabei zu, wie sie sich stöhnend aufrappelte und es gerade mal schaffte, sich auf den Boden zu setzen. Sie gingen vorsichtig auf sie zu. Sara langte nach ihrer Pistole. Die Bauarbeiter verharrten auf der Stelle und starrten sie erschrocken an. »Keine Angst«, sagte Sara, »ich bin Polizistin.« Sie steckte die Waffe ins Holster.

»Frollein«, sagte der eine Arbeiter, »Sie bluten ja. An Ihrem rechten Arm.«

Sara sah sich die Wunde an. Sie war nicht besonders tief und höchstens fünf Zentimeter lang. Aber jetzt tat es verflucht weh. Sie streckte ihre linke Hand aus. »Könntet ihr mir vielleicht mal hochhelfen?«

Anne Rodecks Stirn hatte Bekanntschaft mit dem eisernen Griff der Schiebetür gemacht, die der Unbekannte genau in dem Augenblick aufgerissen hatte, als sie in gebückter Haltung, mit gezogener Dienstwaffe die Halle betreten wollte. Es hatte sie einiges an Überwindung gekostet. Der Mann hatte sie jedoch überhaupt nicht beachtet, sondern war einfach weggerannt, aus der Einfahrt hinaus auf die Straße. Dabei hatte er den Außenspiegel des Dienstwagens auf der Beifahrerseite abgerissen. Als Anne Rodeck die Halle betrat, saß Sara bereits auf ein paar Zementsäcken. Sie sah ziemlich ramponiert aus, ihr Gesicht war dreckverschmiert, die Kleidung staubig. Sie presste die linke Hand mit einem Papiertaschentuch auf ihren verletzten Unterarm, aber das Blut sickerte schon durch.

»Großartig. Richtig toll«, sagte Sara, als sie Anne Rodeck erblickte. Das blutige Papiertaschentuch klebte auf ihrem Unterarm.

»Sollen wir Ihnen nicht besser 'nen Krankenwagen rufen?«, fragte einer der beiden Bauarbeiter. Sie hatten sich noch nicht einen Zentimeter von der Stelle bewegt.

Sara schüttelte den Kopf.

»Bin gleich wieder da«, sagte Anne Rodeck, die trotz ihres Brummschädels die Situation erfasste. »Bleib sitzen! Ich hole Verbandszeug.«

Eine Minute später kehrte sie mit dem Autoverbandskasten zurück. Sara hielt ihr den rechten Arm hin.

Anne Rodeck öffnete mit der Verbandsschere ein steriles Wundpäckchen. »Ein glatter, sauberer Schnitt würde ich sagen und zum Glück nicht besonders tief. Vielleicht muss das nicht mal genäht werden.« Sie gab Sara das Wundpäckchen. »Aber ich bin natürlich kein Arzt. Hier, leg das auf die Wunde und schön draufdrücken«, sagte sie, während sie eine breite, selbstklebende Mullbinde aus der Zellophanhülle fummelte. Sara presste wie befohlen das Wundpäckchen auf ihren Unterarm.

Die beiden Bauarbeiter trauten sich nun doch näher heran. »Sollten wir nicht wenigstens die Polizei verständigen?«, fragte der eine.

»Hab ich Ihnen das nicht eben schon gesagt: Wir sind die Polizei«, sagte Sara, »vielen Dank. Meine Kollegin regelt das schon.«

»Wenn Sie meinen …«

»Ja, das meine ich«, nickte Sara.

»Haben Sie denn dem Schwein wenigstens auch was eingeschenkt?«, fragte der andere Bauarbeiter mitfühlend.

Sara verzog ihr Gesicht zu einem gequälten Lächeln. »Schon. Hat aber offensichtlich nicht gereicht«, sagte sie.

»Trotzdem, Respekt!«, sagte der Bauarbeiter und verschränkte seine mächtigen Arme vor der Brust.

»Siehste, genau das meine ich«, sagte Anne Rodeck. »Jetzt weißt du, warum ich nicht rausgehen will.«

Sara seufzte. »Noch ein Wort und du läufst in Zukunft nur noch Streife«, sagte sie. Es war ihr ein Rätsel, dass Anne Rodeck ausgerechnet in einem derart dramatischen Moment nicht nur erstaunlich kühl und gelassen blieb, sondern auch eine erstklassige, geschickte Krankenschwester abgab. Der Verband saß weder zu locker noch zu fest.

»Sehr witzig«, meinte Anne Rodeck.

»Also … Wenn wir nichts für Sie tun können …«, sagte der eine Bauarbeiter.

»Danke! Sie sehen ja, meine Kollegin hat alles im Griff«, sagte Sara. Die beiden Männer nickten und verschwanden rasch wieder in der oberen Etage.

Anne Rodeck klebte zur Sicherheit einen Leukoplaststreifen auf den Verband. Der Presslufthammer setzte wieder ein.

»Der Typ war übrigens am Tatort in der Nacht. Ich habe ihn dort gesehen«, sagte Sara. »Komm, lass uns gehen.«

»*Der* Typ? Bist du sicher?«

»Sieh dir doch die Aufnahmen aus dem Club an, wenn du mir nicht glaubst.« Im nächsten Augenblick ärgerte Sara sich darüber, dass sie Anne Rodeck so rüde angeblafft hatte. Das hatte sie gerade jetzt wirklich nicht verdient. Sara räusperte sich und sah auf den Verband hinunter. »Tschuldigung, Anne, war nicht so gemeint. Lass uns nach oben gehen«, sagte sie und erhob sich.

Anne Rodeck zog ein Dreieckstuch aus dem Verbandskasten. Sie hielt Sara das Tuch entgegen. »Wisch dir mal den Dreck aus dem Gesicht.«

»Okay«, sagte Sara und musterte sie kritisch. »Deine Stirn, Anne, ich glaube, du kriegst da eine ganz schöne Beule.«

»Halb so wild«, sagte Anne Rodeck und befühlte mit den Fingern vorsichtig die Schwellung, »mit Beulen kenn ich mich leider verdammt gut aus.« Sie begann, den Verbandskasten zusammenzupacken.

»Jetzt hast du die Chance, mir was zu erzählen, Anne«, sagte Sara. »Ich möchte dich verstehen, statt dich dauernd anzublaffen.«

Anne Rodeck hielt in der Bewegung inne und sah sie an. »Okay. Also, es war während einer Observation, noch in Erfurt. Da wurde Rauschgift von einem kurdischen Familienclan in vier Restaurants umgeschlagen. Es war uns schließlich gelungen, einen verdeckten Ermittler einzuschleusen, aber wir hatten natürlich keine Ahnung, dass ausgerechnet ein Kollege in die Sache verstrickt war …«

»Ach du Scheiße!«, sagte Sara leise.

»Ich war da noch ein Sandsack, ein junges Küken. Und ich habe mich auch ganz genau an die Anweisungen des Einsatzleiters gehalten. ›Beobachten und Meldung machen‹, das hatten sie mir eingetrichtert, und nichts anderes habe ich gemacht. Wir saßen in einem Zivilfahrzeug, als sie unseren V-Mann auf einem Autobahnrastplatz exekutiert haben. Und plötzlich zerplatzte die Seitenscheibe, und mein Kollege auf dem Fahrersitz sackte zusammen. Ich habe mich instinktiv aus dem Auto fallen lassen …«

»Bist du getroffen worden?«, fragte Sara.

»Nein. Jedenfalls nicht von einer Kugel. Aber sie hatten uns in eine Falle gelockt. Draußen warteten bereits zwei maskierte Männer, und dann ging es erst richtig los … Wenn du verstehst, was ich meine.«

»Stopp. Du musst nicht mehr weiterreden, Anne.« Sara hatte auf einmal ein schlechtes Gewissen. »Tut mir leid.«

»Aber ich habe überlebt«, sagte Anne Rodeck und zog ihr T-Shirt hoch. Sara zählte vier wulstige Narben. »Später, während des Prozesses, stellte sich dann heraus, dass ich das unserem Verräter zu verdanken hatte. Das ersparte ihm lebenslänglich, aber ich habe seitdem trotzdem nur noch eine Niere.« Anne Rodeck ließ die Narben wieder unter ihrem T-Shirt verschwinden.

»Hast du professionelle Hilfe?«, fragte Sara.

»Klar. Aber der Psychologe meint auch, das könnte noch dauern. Ein klassisches Trauma eben. Schöne Scheiße.«

»Ja. Echt schöne Scheiße.« Sara befühlte ihren Verband. »Gut gemacht, Schwester«, sagte sie. Anne Rodeck lächelte. »Tut mir wirklich leid, Anne.«

»Jetzt weiß du es. Ansonsten wissen es nur die Schubert und Max.«

»Ich habe Max schon ein paarmal deswegen gelöchert«, gestand Sara. »Aber er hat dichtgehalten. Und die Schubert auch.«

»Gut so«, sagte Anne Rodeck und fuhr fort, den Verbandskasten zu packen.

»Ich hätte es trotzdem gerne gewusst. Das hätte uns beiden sicherlich einiges erspart.«

Anne Rodeck zuckte mit den Schultern. »Ist halt so.«

Sara atmete tief ein und aus. »Okay«, sagte sie. Dann schaute sie sich noch einmal in der Halle um. Vor ein paar Minuten hätte sie beinahe aus nächster Nähe auf einen Menschen geschossen. Doch warum hatte sie in diesem Moment größter Gefahr für ihr eigenes Leben nicht schneller und kompromissloser reagiert? Die Pistole gezogen und einfach abgedrückt? Sie war davon überzeugt, dass der Messerstecher eine militärische Ausbildung hatte und Nahkampferfahrung besaß. Er hätte sie mühelos abstechen können, doch stattdessen hatte er sie nur leicht verletzt – und das offenbar mit voller Absicht. Plötzlich fiel ihr Blick auf ein kleines Stück Papier, das auf dem Boden lag. Genau an der Stelle, wo sie gerade noch miteinander gekämpft hatten. Das Papier war quadratisch und die Ränder gewellt. Offenbar war es ein Foto. Ein Passfoto. Sara hob es ächzend auf und drehte es um.

»Was hast du gefunden?«, fragte Anne Rodeck, klappte den Verbandskasten zu und kam neugierig näher.

Sara betrachtete das Foto und hielt es dann Anne hin. »Wenn das mal ein Zufall ist«, sagte sie.

»Oha!«, sagte Anne Rodeck. »Das ist ja Tamar Levi!«

Anne Rodecks wundersame Wandlung von einer ängstlichen, beinahe schon panischen Frau in eine selbstständig handelnde Ermittlerin war aus Saras Sicht mehr als erfreulich. Denn nachdem Anne Rodeck den Verbandskasten zurück in den Kofferraum gelegt hatte, war sie ganz selbstverständlich mit ihr nach oben in Khalid Rahmars von Menschen überfülltes Loft gegangen, hatte dafür gesorgt, dass Sara auf einem der ausrangierten Flugzeugsitze Platz nehmen konnte, und ihr in dem Tohuwabohu etwas zu trinken organisiert. Sara hatte die Flasche Mineralwasser bedächtig geleert, während Anne Rodeck die Lage sondierte und dabei sogar mit einigen der jungen Leute redete. Die sich allerdings nicht für sie zu interessieren schienen. Irgendeine Stimme sagte halblaut »Bullenfotze«. Es roch nach Marihuana, viel stärker noch als bei ihrem ersten Besuch, und die Musik war ohrenbetäubend. Alles in allem war es nicht gerade der Ort, an dem man sich von einer Prügelei und ihren Folgen erholen konnte.

Anne Rodeck kehrte nach ihrem kurzen Rundgang zu Sara zurück. Sie beugte sich hinunter, dicht an ihr Ohr. »Also, das ist hier wohl so eine Art Gedenkfeier für Tamar«, sagte sie.

»Und wo steckt Khalid?«, fragte Sara.

»Das weiß keiner. Einer will ihn jedoch heute Morgen am Kotti gesehen haben, wie er die Plakate abgerissen hat, die Tamar Levi ankündigten – mit bloßen Händen. Wir können ihn ja für morgen vorladen.«

»Und Ronit, die Schwester?«

Anne verzog das Gesicht. »Keine Ahnung. So weit bin ich noch nicht.«

»Ist schon gut«, sagte Sara und quälte sich aus dem Sitz. »Lass uns gemeinsam nachsehen.«

Sie drängelten sich durch die Menge zu Ronits Zimmer. Die Tür war geschlossen. Sara verzichtete darauf, anzuklopfen – das Geräusch hätte sowieso niemand hören können. Sie öffnete die Tür einen Spalt und lugte in den Raum hinein. Tamar Levis Schwester stand mit dem Rücken zur Tür, ein Gebetstuch um die Schultern, vor sich mehrere brennende Kerzen, deren Flammen durch den plötzlichen Luftstrom flackerten. Ronit hatte den Kopf gesenkt und offensichtlich gebetet. Jetzt wandte sie sich um. Die beiden Polizistinnen betraten das Zimmer, und Sara schloss die Tür. Hier war die Musik zwar noch immer laut, aber zumindest erträglich. »Tut mir leid, dass wir einfach so bei Ihnen eindringen«, sagte Sara.

Ronit Levi fummelte sich zwei Ohropax aus den Ohren. Sie hatte sich nicht einmal erschreckt, sondern bedachte sie mit einem salbungsvollen Blick. »Das ist kein Problem, Frau Stein. Sind Sie gekommen, um mir zu sagen, dass ich Tamar jetzt mitnehmen kann?« Ihrem Tonfall nach zu urteilen ging sie genau davon aus.

Sara ignorierte die Frage. Ronit Levis Arroganz ging ihr mächtig gegen den Strich. »Hier hat sich vorhin ein Mann aufgehalten. Groß, ungefähr dreißig, muskulös, rötliche Haare – und er trug einen militärischen Parka und eine schwarz-weiß karierte Kippa. War der bei Ihnen, Frau Levi?«, fragte sie.

Die Israelin streifte den Gebetsschal von ihren Schultern ab. »Nein. Ich kenne hier niemanden, außer Khalid«, sagte sie bedächtig, während sie den Schal sorgfältig zusammenfaltete.

»Bitte denken Sie nach, Frau Levi«, insistierte Sara.

»Vielleicht war es ein Freund meiner Schwester.« Ronit Levi legte den Schal aufs Bett und drehte ihrem Besuch den Rücken zu. Sara merkte, dass sie zu weinen begann. Aber das war wenigstens ehrlich.

»Sie haben für Ihre Schwester gebetet?«

Ronit Levi nickte. »Und für …« Ihre Stimme brach ab.

»Für wen noch?«

Ronit Levi schwieg. Sara bedeutete Anne Rodeck mit einer Handbewegung, abzuwarten. Nichts zu sagen. »Warum verhaften Sie nicht endlich Khalid?«, rief die Isreali und wandte sich entschlossen an Sara.

»Sie scheinen sich ja sehr sicher zu sein, dass er es war«, erwiderte Sara schroff.

»Sonst würde ich es doch nicht sagen!« Tamar Levis Schwester senkte den Kopf.

»Haben Sie denn Beweise für Ihren Verdacht? Haben Sie irgendetwas gesehen?«, fragte Anne Rodeck unvermittelt.

Sara warf ihr einen anerkennenden Blick zu. Dann ging sie auf Ronit Levi zu und berührte sie sanft an der Schulter. »Ronit, was könnte denn zwischen Khalid und Ihrer Schwester vorgefallen sein?«, fragte sie leise. Ronit Levi schüttelte den Kopf. Sara bemerkte, dass eine Träne auf den Boden tropfte. »Verschweigt Khalid etwas?

Tamar Levis Schwester atmete schwer. »Tamar … Sie war schwanger, doch sie wollte das Kind nicht. Sie hat es abgetrieben. Ich habe deshalb auch für das ungeborene Kind gebetet!«

»Schwanger von Khalid?«, fragte Anne Rodeck. Ronit Levi schwieg.

»Wann war die Abtreibung?«, wollte Sara wissen.

»Etwa eine Woche, bevor sie …«, schluchzte die Israelin.

»Wer ist Tamars Gynäkologe?«

»Das weiß ich nicht. Bitte, Frau Stein. Tamar hat das alles allein gemacht, so wie immer.«

»Und Khalid … War er gegen die Abtreibung?«, fragte Anne Rodeck.

Tamar Levis Schwester sah Sara fest ins Gesicht. »Er tut immer so, als ob er kein Moslem sei. Aber er ist einer!« Ihre Stimme war jetzt wieder fest.

»Ihre Bemerkung verstehe ich jetzt nicht so ganz«, erwiderte Sara. »Wollte Khalid das Kind, oder wollte er das Kind nicht? Mir hat er jedenfalls gesagt, dass er Ihre Schwester geliebt hat – und ich glaube ihm das sogar …«

Ronit Levi senkte ihren Kopf und wandte beiden Kommissarinnen den Rücken zu.

Anne Rodeck deutete so unauffällig wie möglich mit dem Kinn zur Tür. Sara zwinkerte ihr ebenso unauffällig zu. Sie waren sich einig: Eine weitere Befragung würde nichts bringen.

Sara wandte sich noch einmal an Ronit Levi. »Danke, dass Sie Zeit für uns hatten«, sagte sie. »Und ich werde mich gleich noch mal mit der Staatsanwaltschaft kurzschließen – wegen der Freigabe. Einverstanden?«

Ronit Levi nickte stumm.

Acht

»Sie lügt. Sie kennt den Mann mit der Kippa«, sagte Sara, als sie wieder draußen auf dem Innenhof standen.

»Aber wie die Pathologie Tamar Levis Abtreibung übersehen konnte«, wunderte sich Anne Rodeck.

»Die hatten nicht viel Zeit. Ich hab ganz schön Druck gemacht«, sagte Sara, obwohl sie wusste, dass dies keine Entschuldigung sein konnte.

»Da siehste mal: Druck!«, sagte Anne Rodeck, aber Sara reagierte nicht auf ihre spitze Bemerkung. Viel mehr interessierte sie sich für eine junge Frau, die vor dem provisorischen Traueraltar für Tamar Levi kauerte. Sie war ihr schon vorhin auf der Treppe zum Loft aufgefallen. Sie gehörte offenbar der *Gothic-Szene* an, denn sie war von oben bis unten schwarz gekleidet und außerdem dunkel geschminkt. Sie trug schwere Springerstiefel und einen weiten, bodenlangen Mantel, der ihr mindestens drei Nummern zu groß war. Sara schätzte sie auf höchstens achtzehn. Und sie war dünn, schrecklich dünn.

»Die Abtreibung, da hätten wir ein weiteres Motiv. Und Khalid ist nirgends zu finden. Bestimmt ist er abgehauen. Warum schreiben wir ihn jetzt nicht zur Fahndung aus?«, fragte Anne Rodeck.

»Du immer gleich mit deiner Fahndung«, sagte Sara tonlos.

»Da geht wenigstens alles seinen geordneten Gang!«

»Sind aber auch alles Steuergelder«, sagte Sara.

»Lieber einmal zu viel als einmal zu wenig!«, wandte Anne Rodeck in tadelndem Ton ein.

»Die Schöneberger Sängerknaben werden irgendwann ein Lied auf dich singen: Lieber einmal zu viel als einmal zu wenig!«, blaffte Sara und ging hinüber zu der schwarz gekleideten Jammergestalt. »Sag mal, fühlst du dich nicht wohl?«, fragte sie. Die Antwort des Mädchens war ein verzweifeltes Schluchzen. Sara hockte sich neben sie. »Mensch«, fragte sie, »was ist denn?« Tamar Levi musste ja unglaublich beliebt gewesen sein.

»Tamar ist tot, und die Wichser da oben machen auf Party. Tamar war so cool. Sie war meine beste Freundin«, sagte das Mädchen.

»Steh mal auf«, sagte Sara und reichte ihr die unverletzte linke Hand. Das Mädchen zog sich mühsam hoch. »Wie heißt du denn?«

»Jenny«, sagte sie. Sie schwankte. »Mir ist total schwindlig!«

Sara musterte sie kritisch. »Du bist aber nicht vollgepengt?«

Das Mädchen schüttelte den Kopf. »Ich nehm keine Drogen.«

»Und seit wann hast du nichts mehr gegessen?«

»Weiß nicht …«

»Hör mal zu. Ich heiße Sara. Ich bin Polizistin. Und ich bringe dich jetzt nach Hause.«

»Nein, das will ich nicht«, sagte das Mädchen, wich vor Sara zurück – und fiel dabei fast um.

»Doch, das machen wir jetzt!«, sagte Sara. »Wie heißt du denn weiter?«

»Jenny Petzoldt.«

»Und wie alt bist du?«

»Siebzehn.«

Anne Rodeck wusste: Wenn Sara sich etwas in den Kopf gesetzt hatte, dann ließ sie sich durch nichts und niemanden aufhalten. Also machte sie das Spielchen mit und verkniff sich eine Bemerkung. Sie verfrachteten das *Gothic-Girl* – gegen ihren erlahmenden Widerstand – in den Dienstwagen und hielten auf dem Weg nach Friedrichshain, wo Jenny Petzoldt nach eigenen Angaben in der Dolziger Straße in einer Wohngemeinschaft wohnte, noch rasch vor einem türkischen Supermarkt, wo Sara ein Brot, Butter, Wurst und Käse kaufte. Und ein Glas Nutella.

Dann schickte sie Anne Rodeck zurück ins Büro. Sara würde sich später ein Taxi nehmen und nachkommen.

Sie betraten das heruntergekommene Mietshaus. »Wir wohnen im dritten«, sagte Jenny Petzoldt. Sie klang mürrisch. Sara kannte diesen Gesichtsausdruck. Er signalisierte: Ich bin dagegen, scheißegal gegen was, aber auf jeden Fall dagegen. Doch Saras Intuition sagte ihr, dass diese spindeldürre Rotzgöre irgendetwas mit der ganzen Geschichte zu tun hatte. Garantiert. Dass sie auf irgendeine Weise involviert war.

Die Wohnung war ein einziger Saustall. Überall lag Dreckwäsche verstreut, standen volle Aschenbecher herum, und aus aufgeplatzten Plastiktüten verteilte sich Müll. In der Küche standen schmutzige Gläser, verkrustetes Geschirr und ein wahres Flaschenmeer. Der Dielenboden wies zahllose Brandlöcher auf. Er knarrte. Jenny ließ sich in der Küche auf einen Stuhl sinken. Total kraftlos.

»Mit wie vielen Leuten wohnt ihr denn hier?«, fragte Sara. Sie räumte die Spüle leer und wusch einen Teller und ein Messer mit kaltem Wasser notdürftig ab. Es stank nach vergammeltem Fleisch. Und nach Hundefutter.

»Wir sind vier. Manchmal aber auch sechs oder sieben.« Das junge Mädchen sah auf einmal entsetzlich verhärmt aus. Die Tränen hatten ihr dunkles Make-up verschmiert. Eine

Statistenrolle in einem Zombie-Film wäre ihr jetzt auch ohne Maske sicher gewesen.

Sara nahm ihr gegenüber am Küchentisch Platz und begann, zwei Brote zu schmieren und abwechselnd mit Käse- und Wurstscheiben zu belegen.

»Das brauchen Sie echt nicht zu machen«, sagte Jenny. »Ich kann Bullen nämlich nicht ab!« Aber ihr Widerstand war eher lahm.

»Wer kann die schon ab«, sagte Sara lächelnd und hielt ihr das Brot entgegen. »Jetzt iss erst mal! Dann geht es dir gleich besser.«

Jenny Petzoldt nahm ihr das Brot schließlich aus der Hand und biss ab. »Verhaften Sie mich sonst, oder was?«, fragte sie mit vollem Mund.

Sara verzog keine Miene. Sie begann, zwei weitere Scheiben Brot mit Rinderschinken zu belegen. »Du«, sagte sie dann in beiläufigem Ton, »ich habe leider nicht den ganzen Tag Zeit. Sag mir doch mal, woher du Tamar kennst und was du mir so über sie erzählen kannst.«

»Ich arbeite manchmal als Aushilfe in der Tanke an der Skalitzer Straße«, sagte Jenny Petzoldt.

»In der Aral?«

»Mmmh. Gegenüber von diesem VW-Heini.« Jenny schlang den letzten Bissen ihres Brotes hinunter. Sara bemerkte, dass sie Schmutzränder unter den Fingernägeln hatte. »Da hat Tamar immer getankt und ihren Tabak geholt.«

Sara reichte ihr das Schinkenbrot. »Und du warst ein Fan von ihr?«

»Nee, das ist nicht meine Musik, was sie aufgelegt hat. Aber sie war ja irgendwie ein Star.«

»Und dieser Star war also deine beste Freundin? Das hast du doch gesagt.«

Jenny besah sich das Schinkenbrot. »Beste Freundin ist vielleicht übertrieben. Aber ich singe ja auch und so … Und Tamar hatte Kontakte in die Szene.«

»Verstehe. Warst du denn öfters in der Fabriketage? Bei Khalid und Tamar?«

»Nee, eigentlich nur selten«, sagte Jenny und biss in das Brot. Ihr Gesicht hatte wieder ein bisschen Farbe bekommen.

»Du weißt also nicht, was da lief zwischen Khalid und Tamar?« Sara lehnte sich entspannt nach hinten.

Jenny Petzoldt sah sie feindselig an. »Khalid? Dieser Arsch hat mich ständig gedisst. Außerdem hatten die beiden die ganze Zeit Krach. Der war voll eifersüchtig, weil Tamar viel mehr Fans hatte als er.«

Sara nickte. Sie wartete, bis Jenny Petzoldt auch das zweite Brot verschlungen hatte. »Willst du noch eins?«, fragte sie.

»Nee, lieber nicht. Sonst muss ich wahrscheinlich kotzen. Aber … vielen Dank«, rutschte es ihr dann heraus.

»Ist schon okay«, sagte Sara und lächelte. »Vielleicht könntest du mir ja auch einen Gefallen tun. Wenn du irgendwas über diese Sache hörst im Kiez, kommst du zu mir. Du kannst mich auch anrufen. Hier ist meine Karte.«

Jenny Petzoldt blickte verächtlich auf die Visitenkarte herab, die ihr Sara auf den Küchentisch gelegt hatte. »Ich bin doch kein Spitzel!«, empörte sie sich.

»Aber du willst doch auch wissen, wer deine beste Freundin umgebracht hat?«

»Ach, fuck!«, rief das Mädchen und trat gegen den Küchentisch. Das Geschirr schepperte.

»Kannst du dir ja noch überlegen«, sagte Sara und erhob sich. »Ich geh dann mal.«

Sie stieg über den Unrat hinweg und ging zur Haustür. Jenny Petzoldt blieb auf ihrem Stuhl sitzen. Neben der Haustür stand ein kleiner Hundekorb, darin lag eine Leine. »Wo ist denn dein Hund?«, fragte sie.

»Ist nicht meiner. Der war von meiner Vormieterin«, rief Jenny Petzoldt aus der Küche.

Sara überlegte einen Moment lang, aber dann entschloss sie sich zu gehen. Und sich weitere Fragen für später aufzuheben.

Unten auf der Straße bestellte sie über ihre Taxi-App einen Wagen. Dann rief sie Anne Rodeck in der Polizeidirektion an. »Hör mal, Anne, ich habe es mir anders überlegt«, sagte sie. »Schreibst du bitte Khalid Rahmar doch zur Fahndung aus? Am besten sofort. Ich komme dann gleich rein.«

»Ach nee«, sagte Anne Rodeck, aber da hatte Sara schon aufgelegt. Denn in diesem Moment hatte sie eine weitere interessante Entdeckung gemacht: Schräg gegenüber dem Mietshaus, in dem Jenny Petzoldt wohnte, befand sich eine größere Wiese. Es handelte sich um einen eingezäunten Hundeübungsplatz, auf dem ein paar Hundehalter gerade versuchten, ihren Vierbeinern Manieren beizubringen. Sara überquerte die Straße, stellte sich an den Zaun und schaute ihnen zu. Auf einmal hatte sie das Gefühl, dass sie beobachtet wurde. Sie wandte sich um und sah im dritten Stock die Umrisse einer Frau am Fenster, die sich sofort zurückzog. Sara hatte keinen Zweifel, dass es sich um Jenny Petzoldt gehandelt hatte. Im selben Moment fiel ihr der merkwürdige Traueraltar ein. Vor ihrem geistigen Auge tauchte das Foto eines kleinen, schwarz-weißen Hundes auf, das auf ein kleines Holzkreuz gepappt war. Es hatte zwischen den leeren Wodkaflaschen, Kerzen und Grablichtern wie ein Fremdkörper gewirkt. Sara wusste jetzt, was sie die ganze Zeit gestört hatte.

Neun

Den Rahmars waren zwei Dinge schon immer heilig gewesen: der Prophet und die Familie. Sie waren gläubige Muslime. Tarik und seine Frau beteten, so wie es ihnen der Koran vorschrieb, fünfmal am Tag. Und die Familie war ein Schutzraum, der ihren Mitgliedern mehr als nur Halt bot – besonders jetzt, weit weg von ihrer ursprünglichen Heimat Beirut, aus der die Rahmars wegen des libanesischen Bürgerkriegs geflüchtet waren. Für Khalid, der in Deutschland geboren worden war und bereits zur zweiten Einwanderergeneration gehörte, hatte dagegen beides an Bedeutung verloren. Vor allem Tarik Rahmar hielt das für unverzeihlich. Er glaubte, als Vater versagt zu haben. Sein Sohn war kurz vor der Volljährigkeit zum letzten Mal in der Moschee gewesen, danach hatte er sich dem Propheten verweigert. Dieser Bruch mit der traditionellen Lebensweise hatte den Vater so sehr verletzt, dass er Khalid wenig später in einem ungeheuren Anfall von Wut verstoßen hatte. Tarik Rahmar glaubte auch längst nicht mehr daran, dass er die Geschicke des Familienbetriebs in absehbarer Zeit in Khalids Hände legen könnte.

Khalid wiederum besaß nach dem Mord an Tamar nichts, was ihm Trost oder zumindest ein wenig Halt geben konnte. Bis auf etwa hundert Gramm Marihuana und eine beeindruckende

Tablettenkollektion in allen Farben und Wirkungsweisen. Von Ronit konnte er am allerwenigsten erwarten, und seine Freundinnen, Freunde und Bekannten aus der Szene waren ihm mit ihrem Getue bisher eigentlich bloß auf die Nerven gegangen. Er saß zugedröhnt auf seinem Bett, zog sich eine Shishaladung rein und sah sich auf seinem Laptop immer wieder die kleinen Filmchen von Tamar an, die er mit seinem iPhone aufgenommen hatte. Draußen wurde es langsam dunkel. Tamar rekelte sich auf ihrem Bett, lächelte ihn an, fuhr sich mit der Zungenspitze verführerisch über die Lippen. Wie schön sie gewesen war. Seine Göttin. Die Liebe seines Lebens. »Weißt du was«, sagte Tamar zu ihm, »ich will ein Kind von dir!«

Da war er wieder. Ihr Blick. Dieser unwiderstehliche Blick, den Tamar ihm auch noch in den letzten Minuten ihres Lebens geschenkt hatte, im Club vor der Notausgangstür. Als sie beschlossen hatte, seine aufwallende Eifersucht abzukühlen. Genau im richtigen Augenblick, kurz bevor er einmal mehr total ausflippen würde und den zweiten Teil ihres Auftritts vermasseln könnte. Khalid wusste natürlich längst, dass sie ihn in der Hand hatte. Dass er das Wachs war, das ihre Hände und ihr Mund binnen weniger Sekunden zum Schmelzen bringen konnten. Dass Tamar ihn manipulierte, so wie sie eigentlich alles und jeden in ihrem Umfeld manipulierte.

Aber dieses Mal war es anders gewesen. Dieses Mal war sie zu weit gegangen. Sie hatte ihn geohrfeigt, als er nach kurzem Zögern ihren Verführungskünsten erlegen war. Als er seine Hand auf ihren Venushügel gepresst hatte, während sie seinen Schwanz durch seine Hose hindurch massierte und es für einen kurzen Moment lang so ausgesehen hatte, als würde sie es auf einen Quickie im Stehen anlegen. Plötzlich hatte sie ihn jedoch zurückgestoßen und ausgelacht. Und dann erst hatte er ihr eine geknallt. Den Schlag hatte sie jedoch regungslos hingenommen, um ihn schon im nächsten Augenblick wieder an sich heranzuziehen und ihn zu einem wilden Kuss zu drängen. »Komm!«, hatte sie gesagt, »hör nicht auf!«

Aber Khalid hatte aufgehört. Hatte sich von ihr losgerissen, hatte sie angewidert zurückgestoßen und war hinaus auf den Hinterhof geflüchtet, dann weiter auf die Skalitzer Straße, um klar im Kopf zu werden. Obwohl er ja *wusste,* dass dies im Prinzip ein hoffnungsloses Unterfangen war. Denn er war ihr Gefangener. An Tamars Seite würde er sehenden Auges in seinen eigenen Untergang treiben. Das sagte ihm sein Verstand. Doch ohne sie wollte er nicht leben. Und er konnte es auch nicht. Das jedenfalls meinte sein Herz.

»Ich will ein Kind von dir!«, sagte Tamar erneut und strahlte ihn an. Khalid fror das Bild ein. Er tastete nach einem Plastikbeutel, der seinen Pillenvorrat enthielt, und warf sich drei Stück auf einmal in den Mund. Spülte mit Wodka nach und ließ sich auf den Rücken fallen. Dann starrte er auf die Deckenbalken und wartete, dass die Benzodiazepine Wirkung zeigten. Und wenn er alle auf einmal nehmen würde? Denn eigentlich wollte er am liebsten sterben. Um Tamar wiederzusehen. Er rollte sich auf die Seite, krümmte sich zusammen, vergrub den Kopf in seinem Kissen und begann, lautlos in den Stoff hineinzuweinen.

»Da ist ja der Messerstecher!«, sagte Anne Rodeck und stoppte die Aufnahme. »Er war in der Tatnacht tatsächlich im Club! Du hattest recht!«

»Sag ich doch!« Sara nickte grimmig. Sie befühlte den Verband an ihrem rechten Unterarm, den sie dem Unbekannten zu verdanken hatte – vielmehr seinem Messer. Sie tippte mit dem Zeigefinger auf den Flachbildschirm, genau auf seine Kippa. »Und heute Nachmittag hat er Ronit Levi besucht. Da wette ich drauf, und diese Wette würde ich garantiert nicht verlieren. Aber dich krieg ich noch!«

»Ich kopier sein Bild mal raus«, sagte Anne Rodeck, »und das lassen wir dann durch die Gesichtserkennung laufen.«

Sara erhob sich. »Genau so machen wir das.« Sie unterdrückte ein Gähnen und reckte sich.

Maximilian Böck kam um die Ecke. »Die Schubert hat für morgen eine Pressekonferenz anberaumt. Du sollst da auch hin, soll ich dir ausrichten«, sagte er.

»Ich werd da aber nichts sagen«, meinte Sara.

»Wie, du willst nichts sagen?«, fragte Anne Rodeck. Sie zog den Ausdruck aus dem Drucker und reichte ihn Sara.

Sara schaute sich das Foto an. »Nein, *ich* werde da nichts sagen.« Sie wandte sich an Max. »Ist Vera Schubert noch da?«

Maximilian Böck nickte. »Okay, dann werde ich mal mit ihr reden.«

Der Clan der Rahmars hatte sich nach dem Freitagsgebet in Tarik Rahmars Wohnung über dem Café zum Essen versammelt. Es war ein wenig eng, aber das Familienoberhaupt hatte schon immer großen Wert auf eine Trennung von Beruf und Privatsphäre gelegt. Deshalb fanden solche Treffen niemals in seinem Café statt.

Die Stimmung war gedrückt. Alle Anwesenden wussten inzwischen von der Katastrophe, die über ihre Familie hereingebrochen war – schließlich wurde nach Khalid nun öffentlich gefahndet. Er stand seit einigen Stunden offiziell unter »dem dringenden Tatverdacht, die israelische Staatsbürgerin Tamar Levi mit mehreren Messerstichen getötet zu haben«. Sogar das Fernsehen strahlte in den Nachrichten sein Foto aus, und immer wieder wurde die Frage nach einem politisch motivierten Verbrechen gestellt. Nach einem Attentat. Ayesha Rahmar hielt es irgendwann nicht mehr aus. Sie stand abrupt vom Tisch auf, trat ans Fenster und starrte mit tränenverhangenen Augen hinaus in die Nacht, so als würde sie Ausschau halten. Ausschau nach ihrem verlorenen Sohn.

»Warum weint Tante Ayesha?«, fragte Abdel, der siebenjährige Neffe von Tarik Rahmar.

»Weil es manchmal Unglück gibt im Leben«, sagte Tarik Rahmar leise.

»Warum kommt Onkel Khalid nicht mehr?«

Ayesha Rahmar wandte sich um. Sie wollte dem Kleinen seine Frage beantworten, aber der warnende Blick ihres Mannes ließ sie innehalten. Als sie wieder aus dem Fenster schaute, erstarrte sie. Ihr Mann wusste sofort, warum. Er erhob sich, stürmte aus dem Wohnzimmer, hastete das Treppenhaus hinunter und betrat sein Café durch den Hintereingang im Hausflur.

Eine Minute später schloss Tarik Rahmar die Eingangstür seines Cafés auf. »Du kommst nach Hause?«, fragte er zur Begrüßung. Khalid schwieg. »Komm, mein Sohn«, sagte sein Vater und breitete die Arme aus. Aber Khalid blieb, wo er war. Am Bordstein. In sicherer Entfernung. »Khalid, ich mache mir wirklich große Sorgen um dich«, sagte Tarik Rahmar.

»Und ich mache mir Sorgen um dich«, sagte Khalid verächtlich.

»Ich werde meinen Sohn immer beschützen!«

»Ach ja? Warum hast du das getan? Hast du es getan, weil …« Khalids Stimme versagte ihren Dienst.

»Habe ich *was* getan?«, fragte Tarik Rahmar. Er klang hilflos.

Khalid sagte kein Wort. Nach ein paar Sekunden wandte er sich ab, steckte die Hände in die Taschen seines Sweaters und ging rasch davon.

»Wo gehst du denn hin? Bleib doch hier! Ich liebe dich!«, rief sein Vater.

Aber Khalid beschleunigte seine Schritte und verschwand im Dunkel der Nacht.

Dass Vera Schubert mit etwas zu kämpfen hatte, war nicht zu übersehen. Die Polizeidirektorin, eine hochgewachsene Frau, die normalerweise eine undurchdringliche Autorität ausstrahlte, wirkte verletzlich und angreifbar. »Ich finde, wir haben schon recht viel, wenn ich mir Ihren Zwischenbericht anschaue«, sagte sie. »Es deutet zumindest vieles darauf hin, dass Sie mit einer Beziehungstat richtigliegen. Aber es war dennoch eine gute Entscheidung, die Fahndung nach diesem Khalid Rahmar rauszugeben.«

»Nur aus ermittlungstaktischen Gründen«, wandte Sara ein. »Es ist ein neuer Verdächtiger aufgetaucht …« Sara warf einen Blick auf ihren Verband. »Leider kennen wir seine Identität nicht – noch nicht –, aber es handelt sich möglicherweise um einen Israeli.«

»Der offenbar mit einem Messer umgehen kann«, sagte die Direktorin. »Das war knapp, Frau Stein. Sie hätten zum Arzt gehen sollen.«

Sara hob die Schultern. »Es ist nur ein Kratzer. Etwas unangenehm, aber es lässt sich aushalten. Und ich bin heilfroh, dass ich nicht geschossen habe.«

Vera Schubert sah Sara prüfend an. Dann blickte sie wieder auf den Bildschirm. »Sie schreiben hier von … Eifersucht, einem Schwangerschaftsabbruch, und dass Khalid Rahmar kein Alibi hat. Übrigens, dass die Pathologie die Abtreibung übersehen hat, wird Folgen haben!«

»Das ist vermutlich meine Schuld«, sagte Sara, »ich habe den Kollegen zu viel Druck gemacht.«

»Das darf trotzdem nicht passieren. Aber wie dem auch sei, morgen früh auf der Pressekonferenz können wir schon mal klarstellen, dass wir keinen politischen Hintergrund vermuten. Dann werden sich die Gemüter hoffentlich beruhigen.«

Sara wiegte den Kopf hin und her. Voreilige Schlüsse waren einfach nicht ihr Ding. Und Pressekonferenzen sowieso nicht. Vera Schubert wusste das. Die Kriminaldirektorin erhob sich und stützte sich dabei mit beiden Armen auf ihren Schreibtisch. »Nein, ich will nichts hören«, sagte sie, »das gehört zu Ihrem Job. Und Sie wissen selbst, dass Sie gut darin sind. Sie können in Ihrer Abteilung machen, was Sie wollen – meinetwegen auch mit verheirateten Männern flirten oder die Kolleginnen und Kollegen zwischen Innendienst und Außendienst rumschubsen. Da mische ich mich nicht ein. Aber auf die Pressekonferenz morgen kommen Sie mit!«

»Ist ja gut, Frau Schubert«, sagte Sara und hob beschwichtigend die Hände.

»Nein, es ist nicht gut! Es ist gar nicht gut! Es ist alles …« Vera Schubert ließ sich zurück in ihren Chefsessel fallen. Für einen Moment schloss sie die Augen. Sara war verlegen, dass sie diesen Ausbruch miterleben musste. »Tut mir leid, Sara. Ich stehe im Moment total neben mir.« Sara erwiderte ihren Blick schweigend. »Es ist nur so … Zwölf Jahre Ehe und auf einmal bricht alles weg, und ich kann vermutlich ganz von vorne anfangen.«

Erleichtert registrierte Sara in diesem Moment ein Klopfen an der Bürotür. Maximilian Böck steckte den Kopf herein. »Entschuldigen Sie bitte, Frau Schubert«, sagte er und wandte sich an Sara. »Hier ist Besuch für dich, aus Israel. Ein Herr Shapiro …«

»Ach was!« Saras Puls beschleunigte sich fühlbar. Jetzt nur nicht rot werden, dachte sie. Und schön cool bleiben. »Tut mir wirklich leid für Sie, Frau Schubert«, sagte sie dann. »Aber würden Sie mich entschuldigen? Es könnte wichtig sein …«

»Natürlich. Bis morgen früh dann, Frau Stein.«

Sara verließ das Büro. Und da stand er auch schon. Auf dem Flur. David. An die Wand gelehnt, aber keineswegs wie ein schüchterner Schuljunge. »Was machen Sie denn hier?«, fragte sie.

David hielt eine CD hoch. »Ich habe die CD für Ihren Vater.«

Maximilian Böck war auf dem Flur stehen geblieben und äugte neugierig zu ihnen hinüber. Sara hielt es jedoch für besser, die beiden Männer einander nicht vorzustellen. Mit einer energischen Bewegung ihres Kinns bedeutete sie ihrem Stellvertreter, dass seine Anwesenheit nicht erwünscht war. Böck kapierte sofort und trollte sich. Wenn auch widerstrebend, das konnte sie ihm ansehen. Dann berührte Sara David Shapiro am Arm. »Kommen Sie, hier stehen wir so auf dem Präsentierteller.« Sie bogen um die Ecke und standen vor den Aufzügen. »Also noch mal, was machen Sie hier?«, fragte Sara.

»Die CD«, sagte der Musiker, »und außerdem bekenne ich mich schuldig.« David Shapiro lächelte.

Dieses umwerfende Lächeln, dachte Sara. »Was haben wir denn verbrochen, Herr Dirigent?«

»David«, sagte er.

»Sara«, entgegnete sie.

David nahm ihre linke Hand und zog Sara ein Stückchen zu sich heran. »Glaubst du an Liebe auf den ersten Blick?«, fragte er.

»Da bräuchte ich Beweise«, sagte sie herausfordernd. Sie bewunderte seinen Mut.

»Die liefere ich dir, wenn du mit mir essen gehst.«

»Okay«, sagte Sara.

»Wie? Einfach okay?«

»Hab ich doch gesagt. Ich hol rasch meine Sachen – und dann müssen wir nur noch besprechen, wer von uns beiden fährt.«

David hatte sich abstrampeln müssen, während Sara hinter ihm auf dem Gepäckträger ihres Fahrrads versuchte, nicht hinunterzufallen. Sie hatte ihn zu Alkan dirigiert, weil David sich »etwas typisch Berlinerisches« gewünscht hatte.

»Berlinerischer geht es wirklich nicht«, sagte Sara und biss von ihrem Döner ab, während David eher skeptisch davon probierte. »Hier, versuch's mal mit scharfer Sauce«, sagte sie und reichte ihm eine rote Kunststoffflasche.

»Nicht schlecht«, sagte er, »aber wirklich sehr scharf!« Sara spürte, dass er eher aus Höflichkeit an seinem Döner herumknabberte. Aber da musste er jetzt eben durch.

David sah sich unauffällig in Alkans Laden um. Hinten am Spielautomaten lärmten ein paar Halbwüchsige. Sie trugen auffällige Hip-Hop-Klamotten, extrem weit geschnitten und bunt bedruckt.

»Das ist Murads Gang«, sagte Sara, ohne hinzusehen. »Junge Türken. Sie sind harmlos, machen aber gern auf dicke Hose.«

»Und du bist hier geboren?«

»Nicht hier, sondern in einem Krankenhaus. Aufgewachsen bin ich im Grunewald. Du siehst, ick bin 'ne waschechte Berlinerin, wa?«

»Bist du in der Gemeinde?«, fragte David.

»Nö. Ist nicht so mein Ding.«

»Ist nicht so ihr Ding!« David Shapiro grinste sie frech an.

Sara wischte sich mit einer Papierserviette den Mund. »Mein Großvater war Kommunist, und meine Großmutter war Sportlehrerin.«

»Bestechende Logik«, sagte David.

»Und deine?«

»Großeltern oder Eltern?«

»Erst mal die Großeltern«, sagte Sara.

»Meine Großeltern sind aus Aachen nach Amerika ausgewandert, allerdings schon bevor Hitler an die Macht gekommen war. Dort haben sie ihren Namen geändert. Von Schumann zu Shapiro.«

»Stimmt«, sagte Sara kauend, »Shapiro hört sich irgendwie amerikanisch an.«

»Und nach der Gründung Israels sind sie Anfang der Fünfzigerjahre tatsächlich ins Gelobte Land gegangen. Sie waren … wie soll ich sagen … Also, sie nahmen den Talmud sehr ernst – wie meine Mutter übrigens auch.«

»Und dein Vater?«, fragte Sara.

»Mein Vater war ein Chamäleon, solange seine Schwiegereltern lebten. Eigentlich ist er Mathematiker. Er lebt für seine Zahlen. Und er isst für sein Leben gern deutsche Wurst.«

»Mein Vater ist Architekt. Und meine Mutter … nun, sie ist meine Mutter«, sagte Sara.

»Und wie hat deine Familie überlebt?«

»In England. Meine Großeltern väterlicherseits sind 1937 über Belgien und Frankreich nach England emigriert. Meine Mutter hat es dann ein Jahr später als kleines Mädchen mit einem der letzten Kindertransporte gerade noch geschafft.«

David schwieg betroffen.

»Meine Eltern haben sich erst fünfzehn Jahre nach dem Krieg in London kennengelernt. An der Universität, wo mein Vater studiert hat.«

»Und deine Eltern sind trotzdem zurück nach Deutschland?«, fragte David. »Hast du sie mal gefragt, warum?«

»Ja, und ich weiß noch ganz genau, was mein Vater gesagt hat: ›Wo man lebt und wo man gern lebt und wo man freiwillig lebt und vor allem sein Heim hat, das ist das Heimatland.‹«

David legte seinen Döner mit entschuldigender Miene auf den Teller zurück und tupfte sich mit der dünnen Papierserviette den Mund ab. »Wusstest du, dass zurzeit mehr Juden nach Deutschland einwandern als nach Israel?« sagte er. »Ich finde, das ist ein Zeichen.«

»Für was? Dass wir ihnen vergeben haben?«, fragte Sara.

»Ich glaube eher, es handelt sich um einen Paradigmenwechsel. Viele Juden sehen Deutschland inzwischen ganz allgemein als Ausland an – als ein normales, ja sogar befreundetes Land.«

»Ist wohl auch eine Generationenfrage«, meinte Sara. »Willst du noch einen Raki?«

»Dieser Schnaps schmeckt mir tatsächlich«, sagte David und lächelte, »jedenfalls mit viel Eis.«

»Weißt du, David, ich bin keine Superjüdin. Ich hoffe, das stört dich nicht.«

»Achtung«, sagte David, »hier kommt dein Beweis!« Er beugte sich rasch über den Bistrotisch und küsste sie auf den Mund. Sara schloss kurz die Augen. Murad und die anderen Jungs begannen zu feixen.

Sara drehte sich zu ihnen herum. »Jungs, hier herrschen immer noch die Kreuzberger Regeln!«, sagte sie streng.

»Du scheinst hier ja alles im Griff zu haben«, sagte David.

»Nein, nein, das ist wichtig. Wir haben im Kiez unsere Regeln, und wir halten uns an sie. Und eine davon besagt, dass sie ihren … dass sie sich gefälligst aus allem raushalten, was sie nichts angeht.« Sara trank einen Schluck Tee. Sie war sich nicht sicher, ob David ihre Erklärung wirklich verstanden hatte, und wechselte deshalb das Thema. »Was hast du denn in Berlin schon alles gesehen?«

»Noch nicht allzu viel. Vielleicht kannst du mir ja eine Liste machen, was du schön findest, was ich sehen sollte …«

»Da hätte ich eine Idee«, sagte Sara, setzte sich kerzengerade hin und strahlte ihn an.

»Ja?«, fragte David erstaunt.

Sara spürte, dass ihr warm wurde. »Ich wohne gleich da vorne …«, sagte sie. Und es war ihr vollkommen egal, dass sie rot wurde.

Zehn

Sara konnte sich an keinen einzigen ihrer One-Night-Stands erinnern, der so unfassbar gut gewesen war. Kaum dass die Wohnungstür sich hinter ihnen geschlossen hatte, waren sie regelrecht übereinander hergefallen. Vom Flur bis zum Bett waren es zwar nur ein Dutzend Schritte, aber selbst auf diesem kurzen Weg hatten sie es geschafft, sich all ihrer Kleidung zu entledigen. Und jetzt, nachdem Sara zweimal – oder waren es dreimal? – gekommen war, ließ sie ihn gewähren. Nun war David dran. Er sollte es genießen. Sie rollte sich von ihm herunter, legte sich auf den Rücken und winkelte ihre Beine an. »Ich will dich dabei sehen«, flüsterte sie, »ich will, dass du in mir kommst, dass du alles in mich reinspritzt … Liebling …«

David drang in sie ein. Er keuchte vor Erregung, aber er bewegte sich kontrolliert, fast schon ein wenig zu vorsichtig, und massierte sie sanft. David stöhnte auf. Sara schlang ihre Arme um seinen Hals, während er sich zitternd in ihr entlud. Dann sanken beide erschöpft aufs Bett. Sara strich über sein verschwitztes Haar. »Bleib noch in mir«, sagte sie leise.

Davids Kopf ruhte auf ihrer Brust. Er atmete schwer. So lagen sie ein paar Minuten lang. Von draußen drangen die

Geräusche der Nacht an ihr Ohr. Irgendwann sagte David: »Aber jetzt.« Er rollte sich auf den Rücken.

»Aua!«

David hatte sich aus Versehen auf ihren rechten Arm gelegt. »Sorry!«, rief er erschrocken und machte sofort ein Hohlkreuz, damit Sara ihren Arm unter ihm herausziehen konnte.

»Schon gut. Ist nur ein Kratzer. Von ’ner Klopperei.«

»Mit einem Gangster!«

»Jep. Aber er hat auch kräftig von mir bekommen.«

»Da bin ich sicher«, sagte David.

»Das sind eben so meine Wunden«, sagte Sara und musste plötzlich lachen.

David schmiegte sich an sie. Schnupperte an ihrem Haar, in ihrer Halsbeuge. »Du riechst gut«, sagte er.

»Ich rieche nach Sex«, korrigierte sie ihn.

»Ja, aber das riecht gut!«

Sie drehte sich ebenfalls auf die Seite, damit sie ihm in die Augen sehen konnte. Ganz still lagen sie da und schauten sich an. Sie lächelten und wurden wieder ernst. Und lächelten erneut. David beugte sich über sie und küsste sie zärtlich auf die Lippen, doch als er sich wieder hinlegen wollte, ergriff Sara die Initiative. Ihr Kuss war fordernd. Ihre linke Hand wanderte langsam nach unten in seinen Schritt. Sein Schwanz erwachte bereits bei ihrer ersten Berührung zu neuem Leben. Sie streichelte ihn zart, dann immer fester, während David damit begann, ihre Nippel zu liebkosen. »Das glaube ich jetzt nicht«, sagte Sara, als sich sein Schwanz binnen kurzer Zeit wieder aufgerichtet hatte.

David kniete sich neben sie aufs Bett, drehte sie wortlos auf den Bauch und spreizte ihre Beine.

Als David am frühen Morgen erwachte, lag er allein in ihrem Bett. Von irgendwoher drang ein metallisches Geräusch an sein

Ohr, gefolgt von einem mechanischen Pumpen. Er tippte auf eine Espressomaschine. Seine daheim in Tel Aviv machte ähnliche Geräusche. Er schälte sich aus den zerwühlten Laken, stand auf und tappte, nackt und barfüßig, wie er war, aus dem Schlafzimmer hinaus in den Flur. Sara saß – lediglich mit einem langen, weißen T-Shirt bekleidet – am Wohnzimmerfenster, eine Kaffeetasse in der Hand. Sie betrachtete Tamars Passfoto, das sie tags zuvor nach dem Kampf vom Boden aufgesammelt hatte. Um sie herum und auf der Fensterbank lagen weitere Fundstücke und Notizen zum Fall: ein paar Scherben aus dem Hinterhof, ein Foto des provisorischen Altars, eine vergrößerte Aufnahme des kleinen schwarzen Hundes sowie mehrere fotokopierte Schlagzeilen.

»Ist sie das?«, fragte David, als er neben sie trat.

Sara schaute ihn an, sah an ihm hinunter, und ihr gefiel, was sie sah. Sie nickte, erhob sich rasch und ging an David vorbei in die Küche. »Kaffee?«, rief sie.

»Was? Gern – am liebsten einen doppelten Espresso. Mit Zucker!«, rief David ihr nach und begann, sich in ihrem Wohnzimmer umzuschauen. Er mochte die unkonventionelle Einrichtung. Bunt zusammengewürfelte Möbel, ein Mix aus modernen und ein paar antiken Stücken. Die ebenfalls nach keinem erkennbaren Muster geordneten Bücher im Regal waren hauptsächlich Liebes- und Schicksalsromane.

Draußen in der Küche hantierte Sara mit der Espressomaschine. Das Mahlwerk der Maschine heulte auf. »Gott sei Dank hab ich noch genügend Kaffee!«, rief sie. David hörte, wie sie mehrere Schranktüren auf- und wieder zuklappte. Im Flur entdeckte er plötzlich seine Unterhose und beschloss, sie anzuziehen. Und vielleicht auch noch sein Hemd.

Als Sara mit zwei frischen Tassen Espresso das Wohnzimmer betrat, saß er auf der Couch und amüsierte sich mit einer

Schneekugel – einem Schneemann, der im weißen Gestöber das Brandenburger Tor bewachte.

»Schade eigentlich«, sagte Sara, als sie neben ihm auf der Couch Platz nahm.

»Was ist schade?«, fragte David, stellte die Schneekugel auf den Couchtisch und nahm ihr die zweite Espressotasse ab.

»Du hast offenbar deine Klamotten wiedergefunden«, sagte sie. »Vorsicht, der Espresso ist heiß!«

»Und stark!«, sagte David. »Espresso schmeckt nur heiß. Man muss ihn auf einem Luftpolster die Kehle heruntergleiten lassen. Dann verbrennt man sich nicht.«

»Aha«, sagte Sara und demonstrierte ihm, dass sie diesen Trick kannte. Danach bettete sie ihren Kopf an seine Schulter.

»Und jetzt?«, fragte David.

»Sag du es mir!«

David stellte seine Tasse auf den Tisch, legte einen Arm um Saras Schultern und streichelte sie.

»Heute ist *Rosh Chodesh*«, sagte Sara. »Obwohl man den Neumond gar nicht sieht, ist trotzdem alles neu.«

David nickte anerkennend. »Dafür, dass du keine Superjüdin bist, sprichst du aber ganz gut Hebräisch.«

»Das hab ich vorhin nachgeschlagen«, sagte sie.

»Für mich?« Er sah sie zärtlich an und küsste ihr Haar.

Sara kuschelte sich noch näher an ihn heran. Bis sie seinen Herzschlag spüren konnte. »Der Musiker und die Polizistin. Findest du das nicht ein bisschen *strange*?«

»Du denkst wohl, ich kann nicht knallhart sein?«

»Ach ja?«

»Dirigiere du mal Bruckners Neunte. Dann weißt du, was Schmerzen sind!«

»Och, du Armer!«, rief sie und warf sich plötzlich auf ihn. Sie kabbelten sich ein wenig, zupften und zerrten an sich herum, bis sich ihre Lippen zu einem langen, forschenden Kuss trafen.

Saras linke Hand verschwand unter seinem Hemd. Sie streichelte seine Brust. Dann erspürte sie etwas Ungewöhnliches. Sie hielt in der Bewegung inne.

»Eine Narbe«, sagte David. »Ein Andenken an meine Zeit beim Militär. Es ist übrigens nicht das einzige …«

»Du hast noch eine Narbe am Bein. Und da auf der Schulter. War es schlimm?«

»Was meinst du mit schlimm? Die Wunden oder die Umstände?«

»Beides wahrscheinlich. War eine blöde Frage. Entschuldige!«, sagte Sara.

»Nein, nein. Ich hatte während meines Wehrdienstes ein paar Kampfeinsätze«, sagte David schmallippig. »Aber darüber rede ich nicht mehr. Das ist vorbei – ganz weit weg.«

»Okay«, sagte Sara, »ich glaube, das kann ich verstehen.«

David nickte, obwohl er anderer Meinung war. *Kampfeinsätze:* Das kam der Wahrheit zwar nahe, aber zwischen einer Sondereinheit der Armee zur Terrorismusbekämpfung hinter den feindlichen Linien und einem normalen Kampfeinsatz lagen Welten.

Sara warf einen Blick auf ihre Schwarzwälder Kuckucksuhr und setzte sich auf. »Ich muss in nicht mal einer Stunde neben meiner Chefin auf einer Pressekonferenz sitzen.«

David Shapiro lächelte. »*Shit happens*«, sagte er. »Darf ich dich dann heute Abend vielleicht zum Essen einladen?«

»Weißt du denn, wo?«

»Auch ich habe nachgeschlagen. Das *Borchardts* scheint mir ganz nett zu sein.«

»Uiuiui – da hast du dir aber was vorgenommen«, sagte Sara. »Das ist ein piekfeiner Laden. Da gehen vor allem unsere Minister gern essen.«

»Umso besser«, sagte David. »Um acht?«

»Um acht«, sagte Sara.

Elf

Sara konnte nicht anders. Sie musste ununterbrochen an David denken. An seine Hände, seinen sinnlichen Mund, seinen … und an seinen unverschämten Charme, hinter dem er einen blitzgescheiten Verstand versteckte. Doch jetzt war sie dazu verdammt, sich zu beherrschen und eine ernste Miene aufzusetzen. Sich nur keine Blöße geben. Sie hasste diese öffentlichen Auftritte vor den Kameras der Fernsehteams und registrierte dankbar, wie routiniert Vera Schubert die Medienmeute in Schach hielt. Wenn Detailfragen zum Stand der Ermittlungen gestellt wurden, zog Sara sich auf die Ebene des allgemeinen Phrasengewäschs zurück. »Dazu kann ich Ihnen zum gegenwärtigen Stand der Ermittlungen leider nichts sagen.« Oder: »Haben Sie bitte Verständnis, dass derartige Informationen den derzeitigen Ermittlungsstand gefährden würden.« Oder schroff: »Das ist reine Spekulation. Kein Kommentar!«

Die Medienvertreter wurden immer unruhiger. Mit solch spärlichen Informationshäppchen konnten sie selbstverständlich nur unzufrieden sein. Offenbar hatte sich ein Großteil der Presse längst auf ein Szenario eingeschossen, bei dem der »Mörder der schönen Israelin« in der Salafistenszene zu finden war. »Ich kann mich an dieser Stelle wirklich nur wiederholen«, sagte

Sara. »Wir ermitteln im Fall Tamar Levi in alle Richtungen. Es gibt den bisherigen Erkenntnissen nach jedoch keine Hinweise auf eine politisch beziehungsweise religiös motivierte Tat.«

»Aber Sie haben doch den angeblichen Freund des Opfers, Khalid Rahmar, zur Fahndung ausgeschrieben«, rief eine Stimme, »und der Mann ist Palästinenser!«

»Das ›angeblich‹ können Sie streichen«, sagte Sara. »Es ist jedoch richtig, dass Herr Rahmar der Hauptverdächtige ist, es ist auch richtig, dass Herrn Rahmars Familie aus Beirut stammt. Herr Rahmar wurde allerdings in Berlin geboren und ist deutscher Staatsbürger. Wie schon gesagt, wir ermitteln ergebnisoffen in alle Richtungen, aber wir konzentrieren uns bei unseren Nachforschungen auf die Möglichkeit einer Beziehungstat. Und damit möchte ich Sie bitten, Ihre zum Teil haltlosen Spekulationen einzustellen.«

Im Konferenzraum brodelte es jetzt. Vera Schubert setzte ihr geschäftsmäßiges Lächeln auf. Professionelle Freundlichkeit, aber mit Distanz. »Meine Damen und Herren«, rief sie in den Konferenzraum, eine Spur lauter als nötig, »ich darf Sie doch bitten! Berlin ist eine Weltmetropole, in der sich auch die Brennpunkte der Welt widerspiegeln. Natürlich ist uns klar, dass der Fall Levi einen politischen Aspekt haben *könnte* – allein schon durch die israelische Staatsangehörigkeit des Opfers –, aber ich möchte noch einmal betonen, was Ihnen Hauptkommissarin Stein eben dargelegt hat: Alle bisherigen Erkenntnisse weisen klar in eine andere Richtung! Haben Sie vielen Dank, dass Sie gekommen sind. Für weitere Fragen stehen Ihnen unsere Pressesprecher zur Verfügung.«

Später, nachdem sie den Spießrutenlauf an den Kameras vorbei überstanden hatten und erschöpft in Vera Schuberts Dienstwagen saßen, schüttelte die Kriminaldirektorin den Kopf. »Sara, Sara!«, sagte sie. »Was haben Sie sich nur dabei gedacht.« Der Tadel in ihrer Stimme war unüberhörbar.

»Ich kann diese bescheuerten Verschwörungstheorien einfach nicht mehr hören. Alles nur Spekulation«, sagte Sara und schaute demonstrativ aus dem Seitenfenster.

»Aber so ist das nun mal, Frau Stein. Außerdem kann es die Presse nicht leiden, wenn man ihr vorschreibt, wie sie sich zu verhalten hat.« Nach einer kurzen Pause fuhr sie fort. »Wir haben unseren Standpunkt jedenfalls klargemacht, besser gesagt, *ich* habe ihn klargemacht. Bis auf den Schluss der Veranstaltung haben Sie mal wieder mit Zurückhaltung geglänzt.«

»Bei allem Respekt, Frau Schubert«, sagte Sara und sah ihr jetzt direkt ins Gesicht, »es ist doch scheißegal, wen wir als Mörder von Tamar Levi ermitteln werden. Wir werden ihn ganz bestimmt fassen, aber es wird immer irgendjemanden geben, dem das Ergebnis nicht passt. Es sollte besser kein Araber sein, ein Deutscher schon gar nicht, ein Israeli dagegen ginge vielleicht gerade noch durch. Da bleibt im Grunde nur ein Marsmensch, der dürfte politisch korrekt genug sein, um eine junge Frau in einem dunklen Hinterhof abzustechen.«

Vera Schubert ließ sich nicht gern über den Mund fahren. Aber auf einmal musste sie lachen. Doch die Heiterkeit verschwand blitzschnell aus ihrem Gesicht, als sie vor der Polizeidirektion in der Friedrichstraße hielten. »Ist das nicht Ihr Hauptverdächtiger? Khalid Rahmar? Das ist ja ein starkes Stück.« Auch Sara erschrak. Khalid saß auf einer steinernen Brüstung direkt vorm Haupteingang und rauchte. Es sah aus, als ob er ganz entspannt auf jemanden warten würde. Vera Schubert sprang aus dem Wagen und schrie zwei Polizisten an, die gerade aus der Direktion hinausgingen. »He, Sie! Nehmen Sie den Mann dort fest! Sofort!« Sie zeigte auf Khalid. Die beiden Streifenbeamten sahen Vera Schubert verwundert an.

Auch Sara stieg aus. Sie wollte verhindern, dass etwas Dummes geschah. »Khalid!«, rief sie, »warten Sie mal!« Zu Vera Schubert gewandt, sagte sie: »Ich kümmere mich um ihn. Kein

Problem. Ich bin hundertprozentig sicher, dass Herr Rahmar zu mir wollte.« Sie eilte auf Khalid zu und winkte ab. »Lasst mal eure Pistolen stecken, Kollegen, ich kümmere mich um Herrn Rahmar.« Khalid erhob sich. Er trat seine Zigarette auf dem Boden aus und machte keine Anstalten, wegzulaufen. »Du bist ja echt abgebrüht«, sagte Sara. »Du weißt, dass ich dich jetzt festnehmen muss? Nach dir wird seit gestern Abend gefahndet.« Das vertrauliche Duzen würde hoffentlich deeskalierend wirken. Sara griff nach den Handschellen an ihrem Gürtel.

Khalid streckte seine Hände vor. »Ich bin doch freiwillig gekommen. Ich will eine Aussage machen.«

Sara überlegte kurz. »Okay, dann verzichten wir auf Eisen und Handfesseln. Aber du machst keinen Scheiß! Ich vertraue dir, ich meine Ihnen, Khalid.«

»Nein«, sagte Khalid ernst, während er sie anstarrte, »ich mache keinen Scheiß. Versprochen!«

Avigdor Brenner war auf die Sekunde pünktlich. Er hatte seine Kippa abgenommen. Ronit Levi sah sich nach allen Seiten um und wies ihm dann unauffällig den Stuhl an ihrer Seite zu. Die Terrasse des Cafés war brechend voll. Im Prenzlauer Berg genoss man den Sonnenschein. »Was möchtest du trinken?«, fragte Ronit Levi.

»Nichts«, sagte er. Brenners Miene war düster.

»Doch. Du bestellst dir jetzt einen Kaffee. Irgendwas. Du darfst nicht auffallen. Die Polizei sucht dich in der ganzen Stadt! Sie war bei mir und hat Fragen gestellt.« Ronit Levi sprach hebräisch.

»Und was hast du denen erzählt?«

»Natürlich nichts. Dass ich nicht weiß, wer du bist. Aber sie haben mir kein Wort geglaubt. Du nimmst dir nachher gleich ein Taxi und fährst in dein Hotel zurück. Dann buch den nächsten Flug zurück nach Israel. Und bitte, Avid, vergiss

Tamar!« Ihre Worte zeigten Wirkung. Avigdor Brenner verzog schmerzerfüllt das Gesicht wie ein Boxer nach einem Tiefschlag.

Eine Kellnerin tauchte auf. »Darf ich Ihnen was zu trinken bringen?«

»Einen Kräutertee, wenn Sie haben«, sagte Ronit Levi. »Und du?«

Avigdor hob abwehrend die Hände, erhob sich abrupt und ging.

»Avigdor!«, rief Ronit Levi, »warte noch! Bitte!«

Er blieb stehen und schaute sie an. Ronit Levi konnte die Trauer in seinem Gesicht sehen. Aber auch den unbändigen Zorn. »Bitte! Geh nicht einfach so weg …«

Er schüttelte den Kopf. »Lass mich in Ruhe, Ronit«, rief er, »lass mich einfach. Wir sehen uns in Elon Moreh wieder.«

Die Gäste auf der Terrasse des Cafés wurden aufmerksam, obwohl sie kein Wort von dem verstanden, was sich das Pärchen zurief.

»Es bleibt dann also bei einem Kräutertee«, sagte Ronit zu der Kellnerin.

»Entschuldigung, war das eben Arabisch?«, fragte die junge Frau.

»Nein«, sagte Ronit Levi, mühsam beherrscht, »das war Hebräisch.«

Die Kellnerin nickte anerkennend. »Cool«, meinte sie und ging weiter zum nächsten Tisch, um eine weitere Bestellung aufzunehmen.

Khalid sah zwar aus, als ob er seit Tagen kaum geschlafen hatte – was sehr wahrscheinlich ist, dachte Sara –, aber er wirkte klar. Er hatte ihr zunächst in dürren Worten geschildert, was in der Tatnacht zwischen ihm und Tamar im *Tie.Club* abgelaufen war: ihre Flirterei mit dem Publikum, ihre Anmache und Zurückweisung in der Pause und die Ohrfeige, die er ihr verpasst hatte.

Daraufhin war er – entgegen seiner früheren Aussage – in den Hinterhof hinausgegangen, wo er sich eine Zigarette angezündet hatte. Als Tamar ihm gefolgt war, war er weiter auf die Straße gelaufen. Seine Einlassungen entsprachen fast wortgleich der Aussage, die er in der Tatnacht sowie am Tag danach Sara gegenüber gemacht hatte. Überdies wurde seine Version durch die Bilder der Überwachungskamera gestützt. Aber dann sagte Khalid plötzlich: »Er hat es getan.« Er räusperte sich leise. »Mein Vater hat Tamar getötet.«

»Niemand kann Sie zwingen, ein Familienmitglied zu belasten. Das wissen Sie?«, fragte Vera Schubert ruhig.

Khalid nickte. »Aber er war es. Er hat es mir gegenüber zugegeben. Gestern Nacht. Mehr habe ich nicht zu sagen. Kann ich jetzt rauchen?«

Vera Schubert und Sara tauschten einen Blick. »Ja«, sagte die Kriminaldirektorin. »Wollen Sie vielleicht etwas trinken?«

Khalid schüttelte den Kopf, dann überlegte er es sich anders. »Eine Cola vielleicht.«

»Okay«, sagte Vera Schubert. »Ich muss Sie trotzdem bitten, noch eine Weile bei uns zu bleiben.« Sie schaltete das digitale Aufnahmegerät ab.

»Ist mir klar«, sagte Khalid. Er fingerte eine Zigarette aus der Packung und steckte sie sich an.

Vera Schubert blickte Sara fragend an.

»Los, Khalid, geben Sie mir bitte Ihre Zigarette«, sagte Sara streng. »Rauchen ist hier nämlich verboten.« Sie trat vor ihn und streckte ihre Hand aus. Khalid Rahmar verzog sein Gesicht, aber er gehorchte und hielt ihr den Glimmstängel entgegen. Sara nahm die Zigarette mit spitzen Fingern, ging mit ihr zum Fenster, öffnete es und schnippte sie hinaus. »Sie können unten vor der Tür rauchen«, sagte sie, »aber nur in Begleitung. Kollege Hiller wird das übernehmen. Und dann warten Sie in meinem Büro … Dort kriegen Sie dann auch Ihre Cola, okay?«

Khalid Rahmar breitete resignierend die Hände aus, nickte und erhob sich von seinem Stuhl.

»So machen wir das, Frau Stein«, sagte die Kriminaldirektorin. »Rufen Sie dann bitte gleich Ihr Team zusammen?«

Ein paar Minuten später versammelten sich Saras Leute im Besprechungsraum, um das weitere Vorgehen abzustimmen, das eigentlich nur in der Festnahme von Tarik Rahmar münden konnte.

»Sollten wir dazu nicht besser das SEK anfordern?«, fragte Anne Rodeck. Ihre Stimme klang ängstlich.

»Bloß weil er Muslim ist? Ich glaube, das wird nicht nötig sein«, meinte Sara. »Wie sehen Sie das, Frau Schubert?«

Die Kriminaldirektorin schüttelte den Kopf. »Wir setzen auf den Überraschungseffekt. Aber für alle Fälle legen Sie bitte Ihre Westen an.«

»Sowieso«, sagte Anne Rodeck.

Vera Schubert hatte nicht einmal zwanzig Minuten gebraucht, um die beiden notwendigen richterlichen Unterlagen zu beschaffen – den rosafarbenen Haftbefehl und den weißen Durchsuchungsbeschluss. Weitere dreißig Minuten später stoppten drei Streifenwagen und ein ziviles Einsatzfahrzeug vor dem »Café Beirut«. Zwei Beamte in schusssicheren Westen postierten sich mit Maschinenpistolen neben dem Eingang. Tarik Rahmar öffnete Sara erstaunt die Tür. »Ich nehme Sie vorläufig fest, Herr Rahmar«, sagte Sara und hielt ihm den richterlichen Durchsuchungsbeschluss vor die Nase, »und außerdem müssen wir Ihr Café und Ihre Wohnung durchsuchen.«

Tarik Rahmar blickte sie gelassen an. »Was werfen Sie mir denn vor?«

Sara schaute sich um. Es befanden sich ausnahmslos arabisch aussehende Männer im Café. »Polizei, Hausdurchsuchung. Bitte bleiben Sie ruhig sitzen und behindern Sie unsere

Arbeit nicht«, sagte sie laut. Sie zählte vierzehn Gäste. Das hieß eine Menge Schreibarbeit für die Streifenbeamten. »Anne und Max? Ihr begleitet Herrn Rahmar und mich nach oben in seine Wohnung!«

»Das ist doch reine Schikane«, sagte Tarik Rahmar.

»Ich fürchte, nein«, sagte Sara leise. »Sie stehen unter dem dringenden Tatverdacht, Tamar Levi ermordet zu haben. Gehen Sie bitte vor!«

Als sie zu sechst die Wohnung betraten, brach Ayesha Rahmar in Tränen aus. Ihr Mann machte keine Anstalten, sie zu trösten. Er blieb wie versteinert im Flur stehen, bewacht von zwei uniformierten Polizisten, während Sara, Anne Rodeck und Maximilian Böck die Wohnung durchsuchten.

Sie wurden bereits nach wenigen Minuten fündig. Maximilian Böck entdeckte im Wäschetrockner ein frisch gewaschenes Hemd, auf dem sich ein bräunlicher Fleck befand. Als er Sara das Hemd präsentierte, schluchzte Ayesha Rahmar erneut auf. Anne Rodeck kam aus dem Schlafzimmer, in der Hand ein Mobiltelefon und ein Brecheisen. Hinter ihr tauchte der kleine Abdel im Türrahmen auf und schrie wie am Spieß. Khalids Vater machte plötzlich Anstalten zu fliehen. Im Nachhinein würde Sara sagen, dass es jedoch ein ziemlich halbherziger Versuch gewesen war. Er machte einen Schritt nach hinten, wollte sich dann umdrehen und die Treppe hinunterlaufen, doch die beiden Polizisten reagierten sofort, hielten ihn fest, drehten seine Arme auf den Rücken und pressten ihn in eine halb gebückte Stellung. Tarik Rahmar stöhnte auf, als sein Kopf gegen die Wand stieß, aber sein Widerstand war gebrochen.

»Handfessel«, sagte Sara.

Sekunden später umschloss ein weißer Kabelbinder die Handgelenke des Tatverdächtigen. Seine Frau schluchzte erneut laut auf. Sara ging zu ihm und drohte mit dem Zeigefinger. »Sie bleiben besser mal ganz ruhig, Herr Rahmar, bis das hier beendet ist, ja?«, sagte sie. Die beiden Beamten richteten ihn wieder auf. Tarik Rahmar nickte. »So ist es gut«, sagte Sara und wandte sich zu ihren Kollegen um.

»Der Kleine hat mit diesem Handy gespielt«, sagte Anne Rodeck, beinahe entschuldigend, »es hat einen Blutfleck auf der Rückseite. Er hat mir gezeigt, wo er es herhatte, und dort fand ich dann das hier.« Sie hielt das Brecheisen hoch.

»Ich würde sagen, es handelt sich vermutlich um Tamar Levis Mobiltelefon«, stellte Sara nüchtern fest.

»Und bei diesen Flecken könnte es sich um Blut handeln, Herr Rahmar«, sagte Maximilian Böck. »Ist das Ihr Hemd? Haben Sie es in der Tatnacht getragen?«

Tarik Rahmar senkte schweigend den Kopf.

Sara deutete auf den weinenden Abdel. »Können Sie sich bitte um den Jungen kümmern?«, sagte sie zu Ayesha Rahmar und wandte sich wieder an Khalids Vater. »Wir müssen diese Gegenstände beschlagnahmen. Es handelt sich dabei vermutlich um Beweismittel.« Sara wartete, bis Ayesha Rahmar den kleinen Abdel auf den Arm genommen hatte und mit ihm im Schlafzimmer verschwunden war. »Jetzt fehlt eigentlich nur noch die Tatwaffe, Herr Rahmar«, sagte Sara. »Sollen wir weitersuchen, oder sagen Sie uns der Einfachheit halber, wo Sie das Messer versteckt haben?«

Doch der Libanese schwieg. Er schien mit seinen Gedanken weit weg zu sein. Wie in Trance vermied er es, sie anzusehen. »Okay. Ich bringe dann Herrn Rahmar jetzt mit den Kollegen in die Direktion. Und ihr findet netterweise noch die Tatwaffe und bringt mir dann bitte alle Beweismittel in den Verhörraum«, sagte Sara.

Einige Minuten später sahen die Gäste des Cafés und ein paar Schaulustige auf der Straße interessiert dabei zu, wie Tarik Rahmar von Sara und einem Beamten in einen Streifenwagen gesetzt wurde. Sara stieg vorne ein, der zweite Beamte nahm neben Tarik Rahmar auf der Rückbank Platz. Eine Viertelstunde später wurde der neue Hauptverdächtige erkennungsdienstlich behandelt und danach in einen Verhörraum geführt. Sara wollte die bewährte Prozedur anwenden: Danach ließ man einen Tatverdächtigen erst einmal im Ungewissen. Man ließ ihn schmoren. Das erleichterte in vielen Fällen das nachfolgende Verhör. Was dann nicht selten mit einem Geständnis begann.

Doch bei Tarik Rahmar verfehlte Saras Taktik ihre Wirkung. Er hatte auch nach drei Stunden noch nichts zu sagen. Und das, obwohl Sara und Maximilian Böck ihm nun schon eine Stunde lang gegenübersaßen. Schweigend. Zwischen ihnen, auf dem Tisch, lagen die drei Beweisstücke, sorgfältig in Klarsichtbeutel verpackt. Ein Messer jedoch fehlte.

»Ich kann auch schweigen, Herr Rahmar. Wir können zusammen schweigen – bis die Kühe nach Hause kommen.«

»Guter Spruch. Könnte von mir sein!«, lachte Maximilian Böck. Auch das gehörte zu ihrem Standard-Verhörprogramm. Wie im Fernsehkrimi spielten sie *Good Guy, Bad Guy*. Sie hatten sich vor dem Betreten des Verhörraums darauf verständigt, dass Sara den Part der bösen Polizistin übernehmen sollte.

»Nach der ersten Schnellanalyse handelt es sich bei den Flecken in Ihrem Hemd um Blutflecken. Zurzeit gleichen unsere Experten diese Spuren mit der DNA von Tamar Levi ab«, sagte Böck mit bedauerndem Unterton.

»Haben Sie mir vielleicht jetzt irgendwas zu sagen?«, fragte Sara.

Tarik Rahmar schwieg hartnäckig.

»Mensch, Herr Rahmar«, sagte Böck und beugte sich nach vorn, »sind Sie sich über Ihre Lage eigentlich im Klaren?«

Schweigen.

»Herr Rahmar, Sie sind vorläufig festgenommen. Sie kommen hier erst mal nicht raus. Sie stehen unter dem dringenden Tatverdacht des Mordes an Tamar Levi. Und jetzt sagen Sie uns, verdammt noch mal, wo Sie die Tatwaffe versteckt oder entsorgt haben!« sagte Sara.

»Ich werde dazu nichts sagen, nicht ein Wort«, sagte Tarik Rahmar.

»Das ist ja schon mal ein kleiner Fortschritt«, sagte Sara und schaute Böck an, »Herr Rahmar hat den Mund aufgemacht.«

»Sie können selbstverständlich einen Anwalt hinzuziehen«, schlug Maximilian Böck in versöhnlichem Ton vor.

Tarik Rahmar schüttelte den Kopf. »Ich brauche keinen Anwalt«, sagte er. »Und ich werde dazu nichts sagen.«

»Na schön«, meinte Sara, »dann werden Sie jetzt Bekanntschaft mit unseren Gästezimmern machen. Vielleicht fällt Ihnen dann doch noch etwas ein, was uns alle weiterbringt.«

»Stehen Sie bitte auf«, sagte Böck. Tarik Rahmar erhob sich. Böck legte ihm eine Handfessel aus Stahl an. Sara holte einen Beamten in den Verhörraum. Sie deutete auf Tarik Rahmar. »Führen Sie ihn ab«, sagte sie, »und vergessen Sie nicht, ihm den Gürtel und seine Schnürsenkel abzunehmen. Außerdem möchte ich, dass dieser Mann alle fünfzehn Minuten kontrolliert wird.«

Tarik Rahmar wurde hinaus auf den Flur geführt. Als er an Saras Büro vorbeiging, blieb er plötzlich stehen. Denn im Büro saß Khalid. Er sprang auf und trat an die Glasscheibe. Vater und Sohn sahen sich an.

»Khalid!«, rief Tarik Rahmar, »es wird alles gut! Aber du musst beten, mein Sohn! Du musst dich an den Propheten wenden – du musst wieder lernen, ihm zu vertrauen!«

»Weitergehen!«, sagte der Beamte, packte Tarik Rahmar am Arm und schob ihn weiter den Flur entlang in Richtung der Fahrstühle.

Sara beobachtete Khalid genau. Der junge Mann wirkte plötzlich mitgenommen, als ob ihm erst jetzt bewusst geworden war, was für schwerwiegende Folgen seine Anschuldigung für seinen Vater hatte. »Komm mal mit«, sagte Sara zu Maximilian Böck, »ich glaube, ich möchte doch noch mal mit Khalid reden.«

»Sara, warte mal!«, hörte sie Anne Rodecks Stimme. Sara blieb vor der Tür ihres Büros stehen. »Die Handy-Auswertung läuft jetzt, doch die Techniker meinen, es könne noch etwas dauern. Ich habe eben Tarik Rahmar auf dem Weg in die Arrestzellen gesehen … Ist er unser Täter?« Anne Rodeck holte tief Luft.

»Sieht ganz danach aus«, sagte Sara, die von Anne Rodeck eigentlich handfeste Informationen erwartet hatte.

»Ist dir das nicht zu einfach, Sara?« Sara schwieg mit ausdrucksloser Miene. Anne Rodeck lächelte und schaute dabei Maximilian Böck triumphierend an. »Sag ich doch! Es ist ihr zu einfach!«

Sara hob protestierend die Hände. »Das lag doch auch alles rum wie auf dem Präsentierteller. Das Mobiltelefon des Opfers im Wäscheschrank, daneben gleich das Brecheisen und im Trockner ein Hemd, auf dem sich vermutlich Blutflecken befinden«, sagte sie. »Max, da fällt mir ein, dieser Typ mit der Kippa … hat die Gesichtserkennung eigentlich was gebracht?«

»Fehlanzeige«, sagte Maximilian Böck.

Anne Rodeck nickte heftig. »Das wollte ich dir gerade sagen.«

Sara ging nicht weiter auf dieses Versäumnis ein. Stattdessen fragte sie unvermittelt: »Wie hieß eigentlich dieser Ort, aus dem die Levis kommen?«

»Weiß ich doch nicht«, sagte Böck.

»Elon Moreh!«, sagte Sara unvermittelt und kramte in ihrem Gedächtnis, was sie nachgeschlagen hatte. »Ich glaube, dort stand Abrahams erster Altar. Es ist eine Siedlung in der Westbank, also eigentlich illegal.«

»Und was hat das jetzt mit Tarik Rahmar zu tun?«, fragte Anne Rodeck.

»Nichts. Mir ging nur gerade etwas durch den Kopf. Los, Max, reden wir noch einmal mit Khalid. Frag du ihn bitte als Erstes mal nach seiner Mutter.«

»Das bringt doch alles überhaupt nichts«, sagte Khalid, als Sara und Maximilian Böck ihr Büro betraten. Er vergrub den Kopf in seinen Händen. »Kann ich nicht endlich gehen?«

Auch der junge Hiller sah müde und geschafft aus.

Böck verschränkte die Arme vor der Brust und sah ungerührt auf den jungen Palästinenser herab. »Was ist eigentlich mit Ihrer Mutter?«, fragte er.

»Was soll mit meiner Mutter sein?«, fragte Khalid verblüfft.

»Kannte sie Tamar?«, fragte Sara.

»Nein.«

»Aber Tamar war wohl einverstanden …«

»Womit war Tamar einverstanden?«

»Dass Sie Ihren Eltern achtzehntausend Euro von ihrem Geld überwiesen haben!«, sagte Böck.

»Die Einzige, die deswegen Terror gemacht hat, war Ronit«, stieß Khalid Rahmar hervor.

»Die wusste auch davon?«

Khalid Rahmar nickte. »Komischerweise ja. Die ist plötzlich hier aufgetaucht und hat sich in unser Leben eingemischt.«

»Woher hatte Ihre Freundin überhaupt die achtzehntausend?«, fragte Böck.

»Was weiß ich. Sie hatte sie eben. Ich meine, Tamar hat schließlich ganz gut verdient.«

»Tamar war schwanger von Ihnen«, sagte Sara leise. Sie sah sofort, dass ihre Worte Wirkung zeigten. Khalid Rahmar zuckte zusammen.

»Woher wissen Sie das?«, fragte er betroffen.

»Und sie hat das Kind abgetrieben«, setzte Sara noch einen drauf.

Khalid musste schlucken. Dann fragte er: »Hat Ronit Ihnen das erzählt?«

Sara ignorierte ihn. »Und Tamar hat *fuck off* zu Ihnen gesagt.« Sie machte eine kurze Pause. »Warum hat sie das gesagt? *Fuck off* …«

Khalid Rahmar schwieg.

»Ja, warum?« fragte Böck.

Khalid sah aus, als würde er im nächsten Moment umkippen.

»Gut«, sagte Sara und erhob sich, »wir lassen es dann für heute dabei bewenden. Sie können gehen – aber Sie halten sich bitte weiterhin zu unserer Verfügung. Die Fahndung nach Ihnen heben wir natürlich auf.«

»Und was machen wir jetzt?«, fragte Böck, als Khalid mit Hiller das Büro verlassen hatte.

»Essen«, sagte Sara und schaute auf ihre Uhr. Es war kurz nach halb acht. »Du sammelst Anne ein, und wenn sie die Handy-Auswertung vorliegen hat, treffen wir uns alle bei Alkan.«

»Schon wieder Döner!«, seufzte Böck. »Und wo willst du jetzt noch hin?«

»Ich muss noch kurz was erledigen«, sagte Sara.

Maximilian Böck traute sich nicht zu fragen, was.

Ayesha Rahmar erstarrte, als sie die Wohnungstür öffnete und Sara vor ihr im Hausflur stand. Nach einer Weile drehte sie sich wortlos um und ging ins Wohnzimmer. Sara trat ein, schloss die Wohnungstür und folgte ihr. Khalids Mutter bot ihr mit einer Handbewegung einen Platz an. Sara entschied sich fürs Sofa, das einen durchsichtigen Plastiküberzug besaß. »Ihrem Mann geht es den Umständen entsprechend gut«, sagte sie. »Und Ihrem Sohn auch. Sehen Sie das hier bitte als einen informellen

Besuch an. Ich will Sie nicht verhören, Frau Rahmar, aber ich möchte endlich die gesamte Situation besser verstehen. Da sind noch so viele Ungereimtheiten, und vielleicht könnten Sie mir ja dabei helfen, Licht ins Dunkel zu bringen …«

Ayasha Rahmar sah sie misstrauisch an. Sara erwiderte ihren Blick. Nachdem sich die beiden Frauen eine halbe Minute lang schweigend gegenübergesessen hatten, richtete Sara sich auf und setzte eine strenge Miene auf. »Na gut, Frau Rahmar, dann eben so: Es ist schon alles sehr merkwürdig, finden Sie nicht? Dass wir ausgerechnet in Ihrer Wohnung Tamar Levis Handy finden, ein Hemd Ihres Mannes mit frischen Blutflecken – und ein Brecheisen, mit dem vermutlich die Seitenscheibe von Tamar Levis Auto kaputt geschlagen wurden. Aber Ihr Mann hat ausgesagt, er sei in der Tatnacht zu Hause gewesen – und Sie haben das natürlich bestätigt.«

»Ja«, sagte Ayesha Rahmar.

Sara bemerkte, dass die Frau offenbar unter großem Druck stand. Und dass es ihr schwerfiel zu lügen. »Wollen Sie mir nicht einfach sagen, was Sie so bedrückt?«

»Allah sieht alles, und nur *Er* richtet. Das ist doch bei Ihrem Gott genauso«, sagte Ayesha Rahmar.

»Wie meinen Sie das, bei meinem Gott?« Sara sah sie verständnislos an.

»In Ihrer Religion. In der Zeitung steht, Sie sind jüdisch!«

»Na, wenn es in der Zeitung steht …«, sagte Sara und zuckte mit den Schultern. »Aber in Ihrer Familie ist etwas passiert.« Ayesha Rahmar schloss die Augen. »Und ich rede nicht davon, dass Ihr Sohn mit einer Israelin zusammenlebte. Sondern davon, dass sie ein Kind von ihm erwartete und dass sie es abgetrieben hat. Sie wussten davon, habe ich recht?«

Ayesha Rahmar seufzte. Dann flüsterte sie: »Diese Frau hat meinen Enkel getötet.«

Zwölf

Maximilian Böck blies hörbar den Atem aus, als Sara ihr Fahrrad vor Alkans Imbiss abstellte und an ein Fallrohr ankettete. »Es ist schon fast neun. Tut mir leid, ich hab schon was gegessen.«

Sara ließ sich auf einen Stuhl fallen. »Tut mir auch leid. Ich bin gefahren wie der Teufel«, sagte sie.

»Raki?«, fragte Alkan.

Sara nickte. »Mach bitte zwei draus. Einen für den Herrn hier. Auf meinen Zettel. Und einen Tee! Und hast du vielleicht noch 'ne Curry, Alkan? Ich weiß, es ist schon spät.«

»Das dauert aber ein bisschen!« Alkan schaltete seufzend die Fritteuse an. Danach servierte er Sara und Böck den Raki. Er ließ die Flasche vorsichtshalber auf dem Tisch stehen.

»Darf man wissen, wo du gewesen bist?«, fragte Böck.

Sara trank einen Schluck. »Ayesha Rahmar verschweigt uns 'ne Menge und leidet darunter. Sie gibt allerdings zu, dass sie von der Abtreibung wusste.«

»Ist wohl heute zu spät für einen Besuch beim Gynäkologen. Ich werde Hiller morgen früh gleich als Erstes darauf ansetzen. Anne hat dir übrigens gerade eine Mail geschickt – die Telefondaten. Hab gerade mit ihr geskypt«, fuhr Böck fort.

Hinter Saras Rücken warf Alkan eine Handvoll Pommes frites ins heiße Fett. »Dann erzähl mal«, sagte Sara.

»Tarik Rahmar und Tamar haben zweimal miteinander telefoniert, und laut einer Nachricht aus ihrer Mailbox haben sie sich eine Woche vor ihrem Tod getroffen. Da gab es bestimmt einiges zu besprechen. Seine Schulden bei ihr, die Abtreibung …«, leierte Böck den Inhalt der Mail hinunter.

»Und weiter?«

Max erzählte ihr, dass sich auch drei SMS im Telefonspeicher befunden hatten. »Von einem gewissen ›Avi‹«, sagte er, »auf Hebräisch. Sind aber schon übersetzt.«

»Das ist interessant. Und was schreibt dieser ›Avi‹ so?«, fragte Sara.

»Dass er sie – also Tamar offensichtlich – zurückhaben will und dass er alles für sie aufgeben würde – auch Elon Moreh. Das schreibt er übrigens *Elen More,* aber das wird wohl das Gleiche sein.«

»Gut möglich. Könnte ›Avi‹ dann nicht der Typ mit der Kippa sein?« Sara überlegte einen Moment lang und schaute den Ventilator an der Decke an, der sich langsam drehte. »Weißt du was, Max? Ich glaube, dass Ronit Levi lügt. Also dass sie uns zumindest vieles verschweigt. Aber wenn dieser Avi aus derselben Siedlung kommt wie die Levi-Schwestern, dann muss sie ihn eigentlich kennen«, erwiderte Sara.

»Oder es ist Zufall«, warf Böck ein.

»Das ist kein Zufall«, sagte Sara. »Bloß die Rolle von Ronit Levi verstehe ich überhaupt nicht. Jedenfalls noch nicht.« Sie schnupperte in die Luft. »Dauert es noch lange, Alkan?«

»Ey, Sara«, sagte Alkan, »ich muss dir die Sauce schließlich extra warm machen.«

Sara winkte ab und goss sich noch ein Glas Raki ein. Böck tippte ihr auf die Schulter und deutete durchs Fenster auf die gegenüberliegende Straßenseite. »Schau mal, wer da drüben aus dem Taxi steigt«, sagte er. »Ist das nicht dieser Herr Shapiro? Dein Besuch aus Israel von heute Nachmittag?«

Sara schloss für einen Moment die Augen, als sie David sah. Er stand vorm Kotti-Koloss und blickte die Fassade hoch zu ihrer Wohnung. »Scheiße!«, sagte sie kaum hörbar und stand auf. »Bin gleich wieder da.«

Sie stürzte hinaus auf die Straße. »David!«, rief sie. Er drehte sich um. Sara rieb verlegen ihre Hände und zog den Kopf ein. »Tut mir leid, David. Ich hab's total vergessen.«

»Ich weiß schon, du wolltest lieber einen Döner«, sagte er lächelnd. »Wer ist denn der Herr, der dich begleitet?«

Sara grinste. »Ein Kollege. Mein Stellvertreter.«

Er nickte. Ihre knappe Erklärung reichte ihm offenbar. »Ich wollte dich einfach noch mal sehen. Ich muss morgen früh zurück«, sagte David. Diese letzten fünf Wörter aus seinem Mund taten weh. Schon morgen also, dachte Sara. Er trat einen Schritt auf sie zu. Sie presste die Lippen zusammen. Nur nicht heulen. Dann umarmte sie ihn, so fest sie nur konnte. Nach einigem Zögern schlang er ebenfalls die Arme um sie. Worte waren nicht nötig. Worte waren überflüssig. Sie standen eng umschlungen auf dem Bürgersteig. Spürten sich, wollten sich nicht mehr loslassen.

»War's das jetzt?«, flüsterte Sara.

David löste sich abrupt aus der Umarmung und stieg in das wartende Taxi. Sara hörte noch, wie er dem Fahrer sagte, er solle einfach losfahren. Er zog die Autotür zu, ohne sie noch einmal anzusehen. Sara blickte dem Taxi noch lange hinterher.

Böck, dem die Abschiedsszene einen leisen Stich versetzt hatte, obwohl er glücklich verheiratet war, wie er sich immer wieder einredete, fiel auf, wie klein, zart und zerbrechlich Sara wirkte. Er beschloss, auf jeden Fall seine Klappe zu halten, wenn Sara wieder hereinkommen würde. Schließlich hatten sie inzwischen einen recht stabilen Bürofrieden entwickelt, den er keinesfalls aufs Spiel setzen wollte.

Sara hatte zu Hause erst einmal geduscht. Jetzt saß sie im Bademantel und mit feuchten Haaren in ihrer Küche und betrachtete versonnen die halbe verschrumpelte Currywurst und die aufgeweichten Pommes frites, die in Alkans Spezialsauce ertrunken waren. Sie hatte nach Davids schroffer Abfuhr keine Lust verspürt, sich noch weiter mit Max zu unterhalten – vor allem nicht mit Max, der mitbekommen hatte, dass mit David tatsächlich ein neuer Mann an ihrer Seite war. Oder eben auch nicht. Weil sie es in ihrer Gedankenlosigkeit und ihrem Arbeitseifer mal wieder geschafft hatte, ein zartes Pflänzchen zu zertreten. Sara war müde, furchtbar müde. Sie schaffte es gerade noch, die Reste ihres Abendessens in Aluminiumpapier zu wickeln und in den Mülleimer zu werfen. Ihre ganze Küche roch nach Imbiss. Normalerweise hätte sie sich jetzt die Laufschuhe angezogen und wäre losgetrabt. Eine Dreiviertelstunde, ihre Kreuzberger Runde oder sogar die große Friedrichshainer. Aber eine innere Stimme sagte ihr, dass es vermutlich besser wäre, zu Hause zu bleiben. Einfach mal die Füße hochzulegen und gar nichts zu tun. Das Problem war nur: Vor allem, wenn sie gar nichts tat, öffneten sich die Schubladen in ihrem Kopf und zwangen sie zum Nachdenken.

Das Vibrieren des Smartphones riss Sara aus ihren Überlegungen. Auf dem Display stand sein Name. *Sein* Name. David. »Hallo!«, sagte Sara, etwas zu hastig.

»Es tut mir leid«, sagte David, »ich war vorhin einfach nur …«

»Nein, ich muss mich entschuldigen!«, sagte Sara. »An meinen Prioritäten muss ich wohl noch arbeiten.« David lachte am anderen Ende der Leitung. Danach herrschte für einen Moment lang Stille. »Was soll ich denn jetzt sagen?«, fragte Sara. In diesem Moment schellte es an ihrer Wohnungstür. »Augenblick mal, David, hier klingelt es gerade.«

»Okay«, sagte David, »ich warte.«

»Moment noch«, sagte Sara, das Smartphone am Ohr, »ich möchte mal wissen, welcher Idiot um diese Zeit klingelt.«

Als sie die Wohnungstür öffnete, stand ihr David gegenüber, eine Reisetasche in der Hand. Nach einer Sekunde der Verblüffung umarmte sie ihn. »Ich freue mich so!«, rief sie.

»Moment!«, sagte David. Er zog ein Taschentuch aus seiner Hosentasche und tupfte einen Flecken Currysauce von ihrem Kinn ab. Dann küsste er sie. Und sie ihn. Irgendwann kamen sie auf die Idee, die Wohnungstür von innen zu schließen. Und eine gute Stunde später stellten beide beglückt fest, dass sich selbst fantastischer Sex noch steigern ließ.

Sara konnte sich nicht daran erinnern, wann sie das letzte Mal aufgewacht war, ohne sofort an ihren aktuellen Fall denken zu müssen. Ein tolles Gefühl, dachte sie. Sie drehte sich auf die Seite und sah David an, der schlief. Ungefähr fünf Minuten beobachtete sie ihn, bis er zunächst das eine, dann beide Augen öffnete und sie verschlafen anblinzelte.

»Guten Morgen«, sagte Sara. David grunzte und zog sie an sich heran. Er fühlte sich gut an. Sara genoss seine Nähe. Seine Finger, die ihr zärtlich über die Wange strichen. Draußen ertönte plötzlich ein Martinshorn. Sara schloss die Augen und verzog genervt das Gesicht.

»Woran denkst du gerade?«, fragte er.

»Entschuldige, sag mal, kennst du Elon Moreh?«

»Klar, das ist eine Siedlung in der Westbank, wo es öfter schon Ärger gegeben hat.«

»Ärger?«, fragte Sara.

»Zwischenfälle. Die Orthodoxen haben sich ihre Häuser dort sozusagen erkämpft. Warum fragst du?«

»Vielleicht betrifft es meinen Fall«, sagte Sara. Sie klang zerknirscht. Die Realität war zurückgekehrt und ließ sich nun nicht mehr vertreiben.

»Die tote Israelin«, sagte David.

»Ja. Ich müsste mehr über eine Familie Levi wissen, die da leben soll.«

»Dann komm doch mit. Wir fliegen zusammen!« David lächelte sie an. Jetzt stand auch noch der bevorstehende Abschied im Raum.

»Wir könnten uns auch einfach richtig streiten«, schlug Sara vor. Das war schon beinahe fatalistisch. Sie merkte jedoch schnell, dass er sie nicht verstanden hatte. »So ein richtiger Riesenkrach, das wäre die Lösung. Verstehst du? Dann könnten wir wenigstens sagen, dass das nichts wird mit uns. Und es herrscht Ruhe im Karton.«

David kratzte sich am Kinn. »Okay«, sagte er, »lass uns streiten. Mein Flug geht erst mittags.« Dann küsste er sie.

Eine Stunde später saßen sie gemeinsam in der Küche und frühstückten. Sara hatte sogar Brötchen geholt. Wie ein altes Ehepaar sitzen wir hier, dachte sie. Denn keiner von beiden sagte ein Wort. Bloß Floskeln wie »Kann ich mal den Zucker haben?« oder »Pass auf, du tropfst mit dem Honig«. Draußen zog sich der Himmel zu. Eine Windbö fegte heulend um die Hausecke.

»In Tel Aviv könnten wir jetzt am Meer sitzen«, sagte David. »Jaffa ist echt cool.«

»Ich kenn nur die Orangen«, sagte Sara.

»Jaffa? Der Hafen. Die Altstadt von Tel Aviv. Viele junge Leute, die jeden Abend feiern.«

Sara schnippte mit den Fingern. »Jetzt fällt es mir wieder ein: die Liste!«

»Welche Liste?«

»Orte, die ich in Berlin liebe! Weißt du noch?« Sie griff nach ihrer Umhängetasche und fing an, darin zu kramen. »Dabei ist es ja eigentlich zu spät dafür«, murmelte sie.

David nahm ihre Hand. Hielt sie fest. »Wieso denn das? Es fängt doch gerade erst an, Sara«, sagte er.

Sie warf ihm einen skeptischen Blick zu. »Hier«, sagte sie dann, fischte einen zusammengefalteten Zettel aus ihrem Handtaschenuniversum und reichte ihn David.

Er faltete den Zettel auseinander. »Sechs Bio-Eier, Milch, Würstchen, Käse, Dominosteine …«

Sara lachte auf und nahm ihm den Zettel aus der Hand.

»Was sind Dominosteine?«, fragte er verblüfft.

Sara wollte ihm gerade antworten, als es an der Wohnungstür klingelte. »Das ist Anne. Meine Kollegin. Mist, sie ist eine halbe Stunde zu früh.«

David zuckte mit den Schultern. »Mach ihr doch auf«, sagte er. »Ich trinke nur meinen Kaffee aus und packe dann schnell zusammen.«

Er hörte, wie die Wohnungstür geöffnet wurde.

»Mama?«, rief Sara, zweifellos überrascht.

»Hast du uns vergessen? Wir waren verabredet. Heute ist doch dein freier Tag.«

»Guten Morgen, Sarale«, sagte ihr Vater und schob seine Frau in die Wohnung hinein.

»Ich habe Besuch«, sagte Sara matt.

David erhob sich und kam aus der Küche in den Flur. Sara stand kurz vor einer Ohnmacht. Zum Glück hatte er sich sein T-Shirt übergestreift. Aber seine Hose lag in Saras Schlafzimmer.

»Herr Shapiro …«, sagte Leo Stein.

»… was für eine Überraschung!«, vollendete Saras Mutter den Satz.

»Tut mir leid, Mama, freie Tage sind im Moment nicht drin«, sagte Sara.

»Ja, ja – das sehe ich schon«, sagte ihr Vater.

David lächelte. »Sie können mir doch sicher verraten, was ›Dominosteine‹ sind?«

»Oh, das ist Saras Nervennahrung. Eine Art Schichtgebäck mit Schokolade, Marzipan und Marmelade – sehr süß. Dominosteine hat sie schon als Kind geliebt«, erklärte Saras Mutter. »Aber was ist, wollen wir uns nicht setzen? Können wir auch einen Kaffee haben?«

»Ich muss leider zur Arbeit. Gebt mir ein paar Minuten, ja?« Die Situation war Sara äußerst unangenehm. Aber sie fand es bewundernswert, wie souverän David sie meisterte, der ganz selbstverständlich im Schlafzimmer verschwand, sich ankleidete und zwei Minuten später wieder in der Küche erschien. Sara ging in ihr Schlafzimmer und entschied sich vor dem geöffneten Kleiderschrank für einen beigen Hoodie und Jeans. Es sah ja draußen so aus, als ob es kühler werden würde. Das richtige Wetter für ihre geliebten Cowboystiefel.

Gerade als sie das Schlafzimmer verlassen wollte, kam ihre Mutter herein. Sie machte die Tür hinter sich zu und ging zielstrebig auf Sara zu, um sie zu umarmen. »Wir haben dich so lieb, Sarale«, sagte sie.

»Und ich euch auch, Mama!«

Helen Stein trat einen Schritt zurück und schaute ihre Tochter prüfend an. Ihre Mutter platzte beinahe vor Neugier. »Nun erzähl mal«, flüsterte sie.

»Es ist mir alles noch sehr unheimlich«, sagte Sara.

»Du bist verliebt!«

»Aber es *ist* unheimlich. Ich weiß nicht, was mit mir los ist. Wir waren jetzt zweimal zusammen, aber ich habe das Gefühl, als würden wir uns schon das ganze Leben kennen.«

Helen Stein nahm Saras Hände. »Der Kreis schließt sich!«, sagte sie. Sara blickte sie fragend an. »Dieses Gefühl hast du nur, weil er einer von uns ist.«

Sara grinste. »Er ist auch verdammt gut im Bett.«

»Sag ich doch«, antwortete ihre Mutter gelassen, »einer von uns.« Jetzt mussten sie beide kichern.

Es klopfte an der Schlafzimmertür. »Dein Gast möchte gehen, Sarale!«, hörten die beiden Frauen Leo Stein sagen.

»Ich komme, Papa!«, sagte Sara und öffnete.

Das Gesicht ihres Vaters verfinsterte sich, als er Saras zerwühltes Bett bemerkte. »Du gehst mir nicht in dieses tragische Land«, zischte er leise, damit David Shapiro seine Worte nicht hörte. Das sagte er nun schon zum zweiten Mal, doch als er ein paar Minuten später gemeinsam mit seiner Frau vom Balkon hinunter auf die Straße sah, wo sich Sara und David voneinander verabschiedeten, bekam seine Hoffnung einen Dämpfer, dass Sara ihm diese Forderung erfüllen würde.

»Warten Sie bitte einen Moment«, sagte David zum Taxifahrer und wandte sich Sara zu. »Wie du in den Konzertsaal gekommen bist … Du warst so wunderschön!«, sagte er.

»Du meinst, wie ich dein Konzert gestört habe?«

»So ganz bei dir und stolz und großartig, ja, großartig!«

Er versuchte, sie in den Arm zu nehmen, aber Sara ließ es nicht zu. David nahm ihr Kinn vorsichtig zwischen Daumen und Zeigefinger und drehte ihren Kopf zu sich. In Saras Augen glitzerte es. »Wir sehen uns wieder«, sagte er.

»Blödsinn!« Sara schniefte. »Das glaubst du doch selber nicht!« Sie wischte sich eine Träne aus dem Augenwinkel.

David schüttelte den Kopf. »Sara, es ist auch so schon schwer genug«, sagte er und versuchte erneut, sie zu umarmen.

Doch Sara machte sich los von ihm und lief, so schnell sie konnte, ins Haus hinein.

»Unserer Tochter ist es offenbar ernst mit Herrn Shapiro«, sagte Leo Stein.

»Das kann man wohl sagen«, erwiderte Saras Mutter. »Hätten die beiden noch theatralisch miteinander geknutscht, würde ich sagen, das ist *keine* verhängnisvolle Affäre.«

»Aber stell dir doch nur mal vor, sie würde ihm wirklich nach Israel folgen«, sagte Leo Stein.

Helen Stein zuckte die Schultern. »Sara muss doch ihr Glück finden, Leo. Und sie ist im besten Alter. Du verstehst, was ich meine.«

Leo Stein musste sich mit beiden Händen an der Balustrade festhalten. Natürlich verstand er. Aber seine *Sarale* im Heiligen Land: Das war eine Vorstellung, die er so gar nicht vertragen konnte. Andererseits hätte er sich natürlich über ein Enkelkind sehr gefreut. Auch über zwei.

Dreizehn

Die Arbeit tat ihr gut. Das Abtauchen in die alptraumhaften menschlichen Abgründe. Das Nachdenken über den Fall Levi. Das Suchen und Zusammensetzen der einzelnen Puzzleteile, die am Ende hoffentlich einen Sinn ergeben würden. Ein nachvollziehbares Motiv, einen eindeutig überführten Täter. Oder eine Täterin. Sara war zutiefst davon überzeugt, dass sie noch nicht weit genug gegraben hatten. Ihre Chefin sah das jedoch anders. »Sie haben *immer* noch Zweifel?«, fragte Vera Schubert.

Die Kriminaldirektorin hatte sie schon auf dem Flur abgefangen. »Ja. Ich bin mir noch immer nicht über Khalid Rahmar im Klaren«, antwortete Sara.

»Aber der Fall ist doch so gut wie abgeschlossen. Wir haben einen Hauptverdächtigen. Und wir haben einen Belastungszeugen.«

Sara schüttelte den Kopf. »Ich verstehe den Grund für die Anzeige nicht. Selbst wenn Tarik Rahmar der Täter wäre, finden Sie es plausibel, dass ausgerechnet sein Sohn ihn belastet?«

»Besonders sympathisch ist es nicht«, sagte Vera Schubert.

»Vielleicht ist er auch einfach nur verzweifelt.«

Vera Schubert hielt eine Sekunde lang inne. Dann wedelte sie Saras Zweifel mit der Hand weg. »Nein, Sara, stopp! Wir haben den DNA-Abgleich der Blutflecken vom Hemd des Tatverdächtigen, und dabei handelt es sich zweifelsfrei um das Blut des Opfers. Wir haben Tamar Levis Handy und das Brecheisen, mit dem vermutlich die Seitenscheibe eingeschlagen wurde. Das reicht doch wohl!«, sagte Vera Schubert und blickte auf ihre Armbanduhr.

Sara zuckte die Schultern. »Auf dem Brecheisen sind aber keine Fingerabdrücke. Die Tatwaffe haben wir ebenfalls noch nicht gefunden – und was ein schlüssiges Tatmotiv betrifft, bin ich ehrlich gesagt nach wie vor ratlos.«

»Geben Sie Gas, Sara«, sagte Vera Schubert und warf ihr ein aufmunterndes Lächeln zu. »Ich möchte diesen Fall abschließen – so schnell wie möglich!«

Mit diesen Worten ließ sie Sara stehen, rauschte den Flur hinunter und verschwand in ihrem Büro. Keine Frage: Die Schubert hatte sich wieder unter Kontrolle.

Anne Rodecks zu laute Stimme riss sie aus ihren Gedanken. »Sara! Das musst du dir anschauen!«, schrie ihre Kollegin lachend und winkte sie an ihren Schreibtisch heran. Böck schaute über Anne Rodecks Schulter auf den Bildschirm ihres Laptops. Er grinste ebenfalls.

»Was habt ihr denn da so Lustiges?«, fragte Sara und stellte sich neben Maximilian Böck.

»Das hat die KTU von Tamar Levis Handy runtergezogen. Aber das glaubst du nicht«, kicherte Anne Rodeck und startete einen Videoclip.

Es war eine grauenhafte Aufnahme. Grauenhaft in jeder Beziehung. Das Bild, der Ton, das Licht – vor allem aber die unglückliche Jenny Petzoldt, die im versifften Flur ihrer Wohnung eine bedauernswert unbegabte Version von »I love Rock ’n’ Roll« aufführte. »Dilettantisch«, sagte Sara schlicht. Tamar Levi wird davon sicherlich begeistert gewesen sein, dachte sie.

»Das ist wirklich gruselig. Vollkommen untalentiert«, sagte Anne Rodeck. »Und so was hat sie Tamar gemailt. Es ist übrigens nicht das einzige Video dieser Art.«

Sara seufzte. »Arme Jenny … Aber stell das mal ab. Das tut nichts zur Sache. Kennen wir inzwischen Tamars Gynäkologen?«

Anne Rodeck stoppte die Aufnahme, klappte den Deckel ihres Laptops zu und strahlte Sara an. »Ja. Kollege Hiller hat sich ans Telefon gehängt und Glück gehabt. Und rate mal, wer ihn exakt zwei Tage vor dem Mord ebenfalls besucht hat?«

»Was soll eigentlich immer dieses Rätselraten, Anne? Also, wer?«, fragte Sara schon wieder ziemlich ungeduldig.

»Khalid!«, rief Anne Rodeck.

»Okay«, sagte Sara. Denn das hatte sie erwartet. »Aber wir nehmen uns jetzt erst seinen Vater noch einmal vor und wünschen ihm ›guten Morgen‹«, sagte Sara und blickte Maximilian Böck an. »Kommst du?«

Ronit Levi stand im Treppenhaus und hörte die Schreie, die unten in der Hofeinfahrt gellten. Sie war wie gelähmt. Sie vernahm die Stimme eines Mannes. »Sag mal, spinnst du?«, brüllte die Stimme, und dann: »Polizei! Polizei!« Irgendjemand rannte aus dem Hof.

Ronit Levi begann, langsam die Treppe hinunterzugehen. Vorsichtig setzte sie einen Fuß vor den anderen. Im nächsten Moment hörte sie Bremsen quietschen, dann ein kurzes, dumpfes Geräusch. Gefolgt von weiteren Schreien. Spätestens in diesem Moment wusste Ronit Levi, dass sie einen unverzeihlichen Fehler begangen hatte, als sie Avigdor angerufen hatte. Sie hätte stur an ihrem Plan festhalten sollen, denn sie hätte es wissen müssen. Nein, sie *hatte* es gewusst.

Das Schreien nahm kein Ende. Ronit Levi betrat den Innenhof. Sie sah Khalid in der Einfahrt auf dem Boden liegen, dicht an die Wand gepresst, zusammengekrümmt vor Schmerzen, stöhnend, blutverschmiert. Ronit Levi würdigte ihn jedoch nur eines kurzen Blickes. Draußen auf der Straße liefen jetzt immer mehr Menschen zusammen. Aus der Ferne hörte man ein Martinshorn. Ronit geriet in Panik. Sie beschleunigte ihren Schritt und trat hinaus in die Sonne, auf den Bürgersteig. Ein paar Meter die Straße hinunter stand ein Betonmischer quer auf der Straße. Der Mann hinterm Steuer hatte die Hände vors Gesicht geschlagen. Ein Passant war aufs Trittbrett der Fahrerkabine gestiegen und redete durch die geöffnete Seitenscheibe beruhigend auf ihn ein. Die Schreie, das aufgeregte Rufen, waren jetzt einer unheilvollen Stille gewichen. Die Schaulustigen bildeten mit gesenkten Köpfen einen Halbkreis um den Lastwagen. Ronit Levi sah die schwarz-weiß karierte Kippa auf der Straße liegen. Sie wusste sofort, was passiert war. Doch sie wollte es nicht wahrhaben, musste sich selbst davon überzeugen, dass etwas Unaussprechliches geschehen war. Sie hob die Kippa auf, trat hinzu, schob sich durch die menschliche Mauer hindurch bis ganz nach vorne. Avigdor Brenner – oder das, was von seinem Körper noch übrig war – lag eingequetscht zwischen den Zwillingsreifen des Lastwagens. Sein Kopf, der unverletzt geblieben war, hing ein paar Zentimeter über dem Asphalt, seine Augen waren weit aufgerissen, sein Mund zu einem stummen Schrei geöffnet. Die zementverkrusteten Radkästen waren mit Blut bespritzt. Ronit Levi stürzte vor, kniete sich neben den Leichnam und nahm Avigdors Kopf zärtlich in ihre Hände. Sie streichelte seine Schläfen. Dann brach sie weinend über ihm zusammen.

Häufig genügte schon eine einzige Nacht in einer Arrestzelle, um die Auskunftsbereitschaft eines Festgenommenen um ein Vielfaches zu erhöhen. Nicht so bei Khalids Vater. Er saß mit ausdruckslosem Gesicht im Verhörraum der Polizeidirektion 5 und schaute Sara an. Nein, im Grunde schaute er durch sie hindurch. Böck stand seitlich an die graue Betonwand gelehnt und hielt seine Arme verschränkt.

»Guten Morgen, Herr Rahmar, wie war Ihre Nacht?«, hatte Sara bereits vor gut fünf Minuten gefragt, doch Tarik Rahmar hatte die Ermittler erneut zu einem Schweigeduell herausgefordert.

»Ich hoffe, wir kommen heute der Wahrheit einen Schritt näher«, sagte Sara, die es vermied, auf ihre Armbanduhr zu blicken. »Oder möchten Sie jetzt vielleicht doch einen Anwalt anrufen?«

Es vergingen weitere Minuten. Böck hüstelte und verlagerte sein Gewicht vom rechten aufs linke Bein.

»Sie wollen also nicht mit mir reden? Aber mit Tamar haben Sie gesprochen«, sagte Sara.

»Das können wir beweisen, Herr Rahmar«, sagte Böck. Sein Tonfall war aggressiv. Schluss mit der »*Good Guy-Bad Buy*«-Nummer. »Worum ging es da?«

»Ging es um das Geld? Oder ging es um die … Abtreibung?«, fragte Sara.

Tarik Rahmar biss sich auf die Unterlippe. Sara dachte: Jetzt hab ich ihn. Jetzt macht es gleich den Mund auf und redet.

Es dauerte nur wenige Sekunden, dann tat er ihr den Gefallen. »Diese Frau hat Khalid nur Unglück gebracht. Eine Hure war sie«, sagte Tarik Rahmar leise.

»… und schwanger von Khalid. Der den Gynäkologen und Tamar als Mörder beschimpft hat«, warf Sara ein.

»Vor Zeugen!«, mahnte Böck.

»Khalid … Er ist so dumm. So dumm!«, flüsterte Tarik Rahmar.

»Klar war er dumm. Ihm ging es nur noch um Rache«, rief Böck und stützte sich mit beiden Armen auf den Tisch.

»Sie haben Tamar doch nie akzeptiert, Herr Rahmar. Sie haben Tamar gehasst. Das ist vermutlich einer der Gründe, warum sie das Kind abgetrieben hat«, sagte Sara.

»Und daraufhin ist Ihr Sohn ausgerastet und hat Tamar im Affekt getötet. Dann hat er ihr Handy bei Ihnen versteckt, um Sie für Ihre unnachgiebige Haltung zu bestrafen.«

Khalids Vater wich vor Böcks massiver Präsenz zurück und presste sich an die Rückenlehne seines Stuhls. Sara konnte ihm den fatalen inneren Konflikt vom Gesicht ablesen. »Ich war es«, flüsterte er leise.

»Bitte?«, sagte Böck. »Wir können Sie nicht verstehen, Herr Rahmar!«

Tarik Rahmar gab sich einen Ruck und setzte sich kerzengerade hin. Sah Sara mitten ins Gesicht. Dann sagte er mit fester Stimme: »Ich habe Tamar getötet. Sie hat meinen Sohn betrogen, und sie hat unseren Enkel ermordet. Sie hat Schande über unsere Familie gebracht. Es war meine Pflicht als Vater!«

»Na also«, sagte Böck und trat wieder zurück an die Wand.

Sara musterte Tarik Rahmar. »Ist das wirklich wahr?«, fragte sie. Ihre Stimme war sanft. Eine akustische goldene Brücke für den ebenso verzweifelten wie stolzen Vater, der ihrem Gefühl nach zwar etwas mit der ganzen Sache zu tun hatte, aber mit Sicherheit nicht der Mörder von Tamar Levi war. Was sie bisher jedoch für sich behalten hatte. Und Böck hatte in seinem Eifer übersehen, dass Khalid Rahmar unmöglich ein Hemd seines Vaters getragen haben konnte.

»Glauben Sie mir etwa nicht? Sie haben doch mein Hemd. Untersuchen Sie es. Es ist ihr Blut!«, rief Tarik Rahmar erregt. Jetzt war ihm alles egal.

»Und es handelt sich auch um Tamar Levis Mobiltelefon, das wir in Ihrer Wohnung gefunden haben, Herr Rahmar. Und das Brecheisen, mit dem der Täter vermutlich die Seitenscheibe von Tamar Levis Auto eingeschlagen hat. Aber …« Die Tür wurde aufgerissen. Ohne anzuklopfen. Sara presste zornig die Lippen aufeinander. Anne Rodeck steckte ihren Kopf in den Verhörraum hinein. Ihr Gesichtsausdruck reichte jedoch, um Sara zu signalisieren, dass diese eigentlich unverzeihliche Störung einen wichtigen Grund hatte.

»Kommt ihr bitte mal?«, sagte Anne Rodeck. Sie war blass.

Die Straße vor Khalid Rahmars Loft war in beide Richtungen abgesperrt, als Sara mit Anne Rodeck eintraf. Avigdor Brenners zerquetschter Leichnam lag unter einer weißen Plane neben den Zwillingsreifen des Betonmischers. Ein Kriminaltechniker machte Aufnahmen, zwei Beamte des Verkehrsunfalldienstes vermaßen die Bremsspuren, zwei weitere Beamte nahmen die Aussagen und Daten der Augenzeugen auf. Vor der Absperrung parkte ein Einsatzfahrzeug des Kriseninterventions-Teams. Jobst Hiller, der junge Kommissaranwärter aus Saras Team, unterhielt sich gerade mit einem Bauarbeiter. Als er seine Chefin sah, unterbrach er das Gespräch. Sara hatte sich neben den abgedeckten Leichnam gehockt und die Plane gelüftet. Ihr Gesicht verzog sich. Hiller trat neben sie.

»Wir wissen inzwischen ziemlich genau, was sich hier abgespielt hat«, sagte er und musste schlucken. »Eine mordsmäßige Schweinerei ist das, Chefin.«

Sara verzichtete lieber auf eine genauere Inaugenscheinnahme. Sie deckte den Kopf des Toten wieder zu und erhob sich. »Was ist mit dem Opfer? Khalid Rahmar?«

»Er lebt – und er wird wohl auch durchkommen, meint der Notarzt. Er hat anscheinend großes Glück gehabt. Zwei Stiche, einer in den Brustkorb, der andere in den Unterarm. Er hat sich gewehrt …«

»Okay, okay. Dann schieß mal los«, sagte Sara.

»Also, seine Freunde haben ausgesagt, dass Khalid in der Hofeinfahrt plötzlich von einem Mann mit dem Messer angegriffen worden sei. Sie haben auf der anderen Straßenseite auf ihn gewartet. Es sei dann alles sehr schnell gegangen, Khalid Rahmar lag wohl schon auf dem Boden, bevor sie überhaupt begriffen hatten, was passiert war. Beim Angreifer – dem Toten – handelt es sich um einen gewissen Avigdor Brenner, einen Israeli. Er war wahrscheinlich in den Sarotti-Höfen am Mehringdamm abgestiegen.« Hiller deutete mit dem Kinn auf den abgedeckten Leichnam. »Er trug seinen Reisepass und einen Zimmerschlüssel bei sich.«

»Mit was für einem Messer wurde Khalid angegriffen?«, fragte Sara.

»Mit einem Springmesser«, sagte Hiller, »es ist bereits auf dem Weg ins Labor.«

»Sehr gut! Und was ist mit dem Bauarbeiter da? Den kenne ich nämlich«, sagte Sara.

»Waldemar Kiszlowsky, ein Pole. Er kam zufällig gerade in dem Moment aus der Halle da hinten …«

»Ich kenne die Halle auch«, sagte Sara wie zu sich selbst. Sie fasste sich an den verletzten Unterarm. Sie hätte den Verband längst wechseln müssen.

»… und ist sofort mit seiner Schaufel auf ihn los. Na ja, und dieser Brenner ist dann raus auf die Straße gerannt, direkt vor den Betonmischer – und wurde überrollt. Er muss sofort tot gewesen sein. Der Fahrer hat einen Schock erlitten und ist jetzt im Krankenhaus.«

»Und Ronit Levi? Ist die hier irgendwo?«

»Meinen Sie vielleicht diese schwarz gekleidete Frau?«

Sara nickte. »Sie ist die Schwester unseres Opfers aus dem *Tie.Club*.«

»Richtig. Tschuldigung!« Hiller blätterte in seinem Notizblock. »Die hat sich nicht mehr eingekriegt. Wir mussten sie mit zwei Beamten vom Unfallort entfernen. Der Notarzt hat ihr dann was zur Beruhigung gespritzt – allerdings gegen ihren

Willen. Jetzt kümmert sich eine Psychologin um sie. Sie ist oben, in Khalid Rahmars Wohnung.«

»War sie davor auf der Straße?«

»Das kann man wohl sagen. Sie hielt die Leiche umklammert und hat völlig hysterisch geweint.«

»Wusste ich es doch. Gut gemacht, Herr Hiller!« Sara lächelte und tauschte einen Blick mit dem polnischen Bauarbeiter, der peinlich berührt zu Boden sah.

»Wow. Diesmal war er ja richtig schnell«, sagte Anne Rodeck, wobei sie offenließ, ob sie den Bauarbeiter oder den toten Avigdor Brenner meinte.

Sara wandte sich um. »Kannst du bitte ein Foto des Toten von der KTU besorgen? Das muss so schnell wie möglich zu den Kollegen nach Tel Aviv.«

»Jerusalem«, sagte Anne Rodeck. »Das *National Headquarter* der israelischen Kriminalpolizei ist in Jerusalem.«

»Ach was!«, sagte Sara, ehrlich verblüfft.

»Hmhm«, nickte Anne Rodeck. Sie deutete zu den schmutzigen Fenstern in der ersten Etage hinauf. »Sollten wir nicht mal mit *ihr* reden?«

Sara schaute ebenfalls nach oben. Dort stand Ronit Levi und beobachtete sie. Neben ihr war eine Frau zu erkennen, die auf sie einredete. Bestimmt die Polizeipsychologin, dachte Sara, und wünschte ihr im Stillen viel Spaß. »Damit sie uns wieder belügt?«, sagte sie zu Anne Rodeck und schüttelte den Kopf. »Wir reden noch mit ihr. Aber erst, wenn …«

»Ich versteh nicht ganz?«, fragte Anne Rodeck verwirrt.

»Diese Messerattacke kommt uns mehr als ungelegen«, sagte Sara. »Für die Öffentlichkeit, besonders für die Presse, sieht das jetzt doch wieder eher nach politisch motivierten Taten aus, verstehst du? Ein Palästinenser bringt anscheinend eine Israelin um, ein Israeli will Rache am mutmaßlichen Mörder nehmen. Dabei geht es hier um was ganz anderes, da bin ich mir hundertprozentig sicher. Aber so was von!«

»Frau Schubert wird entzückt sein«, sagte Anne Rodeck.

»Weißt du, Anne, irgendwo in Mitte gibt's jeden Freitag so ein *Get-together* von Israelis und Palästinensern, sie feiern zusammen *Sabbat* und den Tag des Gebets. Weißt du, *das* ist mein Berlin!«, sagte Sara.

»*Unser* Berlin«, sagte Anne Rodeck.

Sara lächelte. »Genau. Unser Berlin! – Los, wir fahren zu Khalid in die Klinik.«

In diesem Moment hielt ein weißer VW-Bus vor der Absperrung. Er war an den Seiten mit dem Emblem eines Fernsehsenders beklebt. Ein Kameramann sprang heraus und filmte sofort los. »Herr Hiller«, rief Sara, »kein Wort zu den Medien! Und lassen Sie bitte die Absperrung erweitern!«

Auf dem Flur des Krankenhauses lief ihnen ausgerechnet Dr. Thomas Schommer über den Weg.

»Sie haben wohl besonders häufig mit Messerstechereien zu tun, Frau Stein?«, sagte der Arzt in süffisantem Ton.

»Ich kann es mir dummerweise nicht aussuchen«, sagte Sara. Sie wunderte sich darüber, dass er ihren Namen in Erinnerung behalten hatte. »Wie geht es Herrn Rahmar? Ist er vernehmungsfähig?«

Der Arzt setzte ein leises Grinsen auf. »Wenn Sie es schaffen, seine Familie aus dem Zimmer hinauszukomplimentieren, können Sie bestimmt mit ihm reden. Er hat großes Glück gehabt. Der erste Stich in die Brust wurde von einer Rippe aufgehalten, den zweiten Stich konnte er mit dem Unterarm abwehren. Aber was ist mit dem Täter? Haben Sie ihn schon gefasst?«

»Das war nicht mehr nötig«, sagte Anne Rodeck, »der Mann ist ums Leben gekommen, als er wegrennen wollte.«

Dr. Schommer führte Sara und Anne Rodeck zu dem Krankenzimmer, vor dem ein uniformierter Beamter Posten bezogen hatte, und ließ sie dann allein. »Kannst du dich bitte um die Familie kümmern?«, fragte Sara.

»Klar. Mach ich«, sagte Anne Rodeck. Sara registrierte erfreut Anne Rodecks veränderte Arbeitseinstellung.

Es dauerte ein paar Minuten, bis Sara die Familie – im Besonderen Khalids Mutter – davon überzeugt hatte, wie wichtig es war, dass sie mit Khalid sprechen konnte. Allein. Abgesehen davon war sie der Meinung, dass ein wenig mehr Ruhe Khalids Heilungsprozess beschleunigen würde. Ayesha Rahmar musste von zwei Familienmitgliedern gestützt werden. Als das Krankenzimmer endlich geräumt war, griff sich Sara einen Stuhl und setzte sich neben Khalids Bett. Er vermied es, Sara anzusehen.

»Du hast wahnsinniges Glück gehabt, Khalid«, sagte sie. »Kanntest du den Mann?« Er schüttelte den Kopf. »Du wusstest, dass Tamar schwanger war, nicht wahr?« Er presste die Lippen aufeinander. Versuchte, nicht zu weinen. »Und du warst verzweifelt, weil Tamar das Kind nicht behalten wollte – das Kind, das du dir so sehr gewünscht hast.«

»Ja, ich habe mir ein Kind gewünscht«, sagte er. »Ich habe sie doch geliebt.« Seine Stimme war brüchig.

»Hattest du schon einen Namen für deinen Sohn?« Khalid antwortete nicht. Er senkte den Blick. »Felix vielleicht?«

Khalid Rahmar hob langsam den Kopf. Er wirkte verwundert. Vielleicht dachte er, sie würde sich über ihn lustig machen. Sara spürte sofort, dass auch dieser Versuchsballon geplatzt war. Sie räusperte sich. »Deinen Vater erwartet eine lange Haftstrafe. Willst du das wirklich? Willst du mit dieser Last auf deinem Gewissen leben, dass er das deiner Aussage verdankt?« Khalid Rahmar atmete schwer. Da war ein nervöses Flackern in seinen

Augen. »Beschuldigst du deinen Vater, um dich selbst zu schützen? Oder gibt es da noch etwas?« Doch Khalid Rahmar hatte zugemacht. Sie hatte zwar einen Nerv bei ihm getroffen, aber sie musste ihm wohl noch etwas Zeit geben. Zeit zum Überlegen. Zum Nachdenken. Sie erhob sich und stellte den Stuhl zurück an seinen Platz am Fenster. »Vielleicht glaube ich dir, Khalid. Vielleicht aber auch nicht. Vielleicht bist du ja auch nur ein sehr begabter *Performer*.« Sie schaute auf ihre Uhr. In Tel Aviv war es eine Stunde eher. Vielleicht würde sie David sogar zu Hause erwischen – schließlich war es Freitagabend. *Sabbat*. Sie sehnte sich nach seiner Stimme. Nach seiner Nähe.

Vierzehn

Obwohl Meira Shapiro wusste, dass es ihr Sohn nicht ausstehen konnte, lud sie – wann immer sie die Gelegenheit dazu fand – junge Frauen ein, um ihrem Sohn David die Suche nach der Mutter ihrer Enkel zu erleichtern. David selbst hatte es inzwischen aufgegeben, sich darüber aufzuregen, und ertrug ihre Kuppelversuche mehr oder minder mit Humor. Was ihm an diesem Freitagabend jedoch besonders schwerfiel, denn als er pünktlich zum Sonnenuntergang bei seinen Eltern auftauchte, hatte er gerade eine halbe Stunde mit Sara telefoniert. Einmal mehr war ihm bewusst geworden, dass er sie nicht so einfach würde vergessen können. Abhaken. Nein, das mit Sara war etwas Ernstes. Dabei hatten sie nicht einmal ins Telefon gegurrt wie zwei verliebte Tauben, sondern sich wie Erwachsene über ihre Gefühle ausgetauscht. Es war anfangs zwar ein vorsichtiges Herantasten gewesen, aber im Verlauf des Gesprächs hatten sie sich – beinahe im selben Atemzug – gestanden, dass sie sich vermissen würden. Und zwar *verdammt* vermissen.

Sara hatte David versprochen, ihn so schnell wie möglich in Tel Aviv zu besuchen. Spätestens nachdem sie diesen verzwickten Fall gelöst hatte. Am Ende des Gesprächs hatte sie ihn dann noch einmal nach Elon Moreh gefragt. Nach einer Familie Levi, die dort leben sollte. Und ob er ihr vielleicht helfen könnte.

Insofern wunderte sich Meira Shapiro, dass ihr Sohn sich bei diesem gemeinsamen Sabbatmahl, zu dem sie wieder einmal eine junge, sehr hübsche Frau eingeschmuggelt hatte, angeregter mit der alleinstehenden Dame unterhielt, als es für gewöhnlich der Fall war. Miriam Libeskind war Ende zwanzig und galt als eine der talentiertesten Cellistinnen des Landes. Aufgrund ihres Könnens hatte sie der Orchesterrat vorläufig ins Ensemble des Israelischen Kammerorchesters aufgenommen. Sie gehörte noch nicht zur ersten Garde des Orchesters und musste auch eine Probezeit überstehen. Aber Meira Shapiro hatte dafür gesorgt, dass Miriam gleichzeitig als persönliche Assistentin ihres Sohnes tätig war, der zusätzlich die Leitung des gemischten Kinder- und Jugendorchesters übernommen hatte.

Sie war vielleicht etwas zu rundlich um die Hüften, aber sie besaß nach Meira Shapiros Ansicht genügend Herz und Verstand. Darüber hinaus war sie in David verliebt. Und das hoffnungslos. Während der Orchesterproben, denen Meira Shapiro regelmäßig beiwohnte, hatte sie beobachten können, wie die junge Frau ihren Sohn ansah. Ihr Mann Saul, Professor für Mathematik am *Weizmann Institute of Science* in Rechovod, gab sich auch in seiner Freizeit am liebsten der Ableitung von Gleichungen hin. Deshalb hatte Davids Mutter auch über den Kopf ihres Ehemannes entschieden, dass Miriam Libeskind bis auf Weiteres im großzügigen Gästetrakt ihres Hauses im Stadtteil Neve Tzedek wohnen würde, bis ihre berufliche Zukunft feststand – und ihre private vielleicht auch.

»Du kommst doch aus Elon Moreh, oder?«, fragte David unvermittelt und offerierte Miriam Libeskind ein Stück vom gebratenen Fisch.

Die junge Frau nickte erfreut, und Davids Mutter lächelte zufrieden. Schließlich wusste er das von ihr.

»Kennst du zufällig eine Familie namens Levi, die dort wohnt? Zwei Schwestern, Ronit und Tamar Levi?«

Miriam Libeskind, die sich gerade einen Bissen Fisch in den Mund stecken wollte, ließ die Gabel wieder auf ihren Teller sinken. Sie sah David verblüfft an. »Die Levi-Schwestern? Kennst *du* die etwa?«, fragte sie und fing an zu grinsen.

»Klärst du uns bitte einmal auf, David?«, schaltete sich Meira Shapiro ein.

David schüttelte den Kopf. »Ich kenne sie nur indirekt«, sagte er. Was der Wahrheit entsprach. Und dass die Welt manchmal ein Dorf ist, stimmt auch, dachte er. In diesem Fall vermutlich ein glücklicher Umstand.

Miriam Libeskind lachte auf. »In der Siedlung haben sie sich monatelang die Mäuler zerrissen. Pass auf, David: Die beiden Schwestern waren in den gleichen Typen verknallt, Avigdor Brenner, den Sohn eines Hotelmanagers im Kalia-Resort am Toten Meer, Yitzhak hieß der Vater.«

»Und weiter?«

»Die eine Schwester, Ronit, himmelte Avigdor an, aber er hatte nur Augen für die andere, für Tamar.«

»Aber das kommt doch in den besten Familien vor, dass sich zwei Schwestern in denselben Mann verlieben«, warf Meira Shapiro ein.

»Na ja, aber Tamar ist … also, es wird behauptet, sie sei verrückt«, sagte Miriam Libeskind. »Ein bisschen durchgeknallt. In Elon Moreh geht außerdem das Gerücht um, dass sie Avigdor Brenner ausgenommen haben soll.«

»Finanziell?«, fragte David interessiert und versuchte, beiläufig zu klingen.

»Sie soll ihn bestohlen haben. Seine Mutter ist jedenfalls zur Polizei gegangen und hat sie angezeigt. Aber Avigdor Brenner hat dann dafür gesorgt, dass die Anzeige zurückgenommen wurde. Auf jeden Fall ist Tamar Levi vor gut einem Jahr aus Elon Moreh verschwunden.«

Meira Shapiro hielt sich erschrocken die Hand vor den Mund. »Woher weißt du das denn alles so genau, Miriam?«, fragte sie.

Miriam Libeskind errötete. »Bei uns wohnen gerade mal zweihundertfünfzig Siedler. Da kennt jeder jeden – und bei meiner Mutter ist das wörtlich zu nehmen.«

»Warum willst du das überhaupt wissen?«, wandte sich Meira Shapiro an ihren Sohn.

In diesem Moment vibrierte sein Mobiltelefon. »Entschuldigt bitte«, sagte er und öffnete die WhatsApp, die ihn gerade erreicht hatte. Sie stammte von Sara, und beinahe hätte er vor Überraschung das Telefon fallen lassen. Es war das Foto eines Mannes. Darunter stand: »Avigdor Brenner. Ebenfalls aus Elon Moreh. Kannst du etwas über ihn in Erfahrung bringen? Ich denke an dich!!!« Avigdor Brenner sah nicht besonders gesund aus. David klappte das Mobiltelefon rasch wieder zu.

»Wie war es eigentlich in Berlin?«, fragte Miriam Libeskind.

»So lala«, sagte David ausweichend, »unser Konzert ist allerdings sehr gut gelaufen.«

»Was ist denn mit diesen Levis, dass du dich so brennend für sie interessierst?«, fragte Davids Mutter, die immer ungeduldiger wurde.

»Eine tragische Geschichte«, antwortete David ausweichend.

»Erzähl doch!«

David seufzte. »Ich habe nach dem Konzert in Berlin eine jüdische Familie kennengelernt.«

»Deutsche Juden?«, fragte seine Mutter.

»Ja, die Steins. Eine sehr nette Familie. Wir unterhielten uns am Taxistand, und die Tochter der Steins – Sara – ist Polizistin, genauer gesagt, Hauptkommissarin bei der Berliner Mordkommission.«

Während David sprach, beobachtete er Miriam Libeskind. Es amüsierte ihn, dass sie ihre Gefühle nicht zu verbergen vermochte. Als er Saras Namen nannte, konnte er sehen, dass ihr das gar nicht recht war.

»Du sagst, es sei eine tragische Geschichte, David?«, warf sein Vater ein.

»Ja, leider.« Er wandte sich an die Nachwuchscellistin. »Tamar Levi ist tot. Sie hat in Berlin als DJane gearbeitet. Sie wurde erstochen.«

»Um Gottes willen!«, riefen Meira Shapiro und Miriam Libeskind beinahe gleichzeitig.

David nickte traurig und klappte sein Mobiltelefon auf. Wenn schon, denn schon, dachte er und zeigte Miriam Libeskind das Foto von Avigdor Brenner.

»Das ist Avigdor!«, rief Miriam Libeskind. »Aber …«

David ließ das Telefon rasch in seiner Hosentasche verschwinden. Er seufzte. »Tja«, sagte er dann bedauernd, »Sara Stein muss leider gleich zwei Todesfälle aufklären.«

»Das ist ja furchtbar. Unsere Leute! Ermordet! In Deutschland«, flüsterte Meira Shapiro. »Hört das denn niemals auf?«

David hob mahnend den Zeigefinger. »Vielleicht hätte ich euch das alles nicht so detailliert erzählen sollen. Aber damit eins klar ist, die Deutschen haben mit dem ganzen Fall nichts zu tun – und die Vergangenheit schon gar nicht.«

»Gibt es denn schon einen Verdacht?«, wollte sein Vater wissen.

»So genau weiß ich das auch nicht«, entgegnete David ausweichend. »Sara hat mich gebeten, ihr damit zu helfen, und mir kam es so vor, als sei das wie ein letzter Strohhalm für sie.«

»Sara?«, sagte Miriam Libeskind und lief rot an.

»Die Kommissarin«, sagte David, der sich vorgenommen hatte, gewisse Träume und Hoffnungen bei seiner Assistentin im Keim zu ersticken.

Der Rest des Sabbatmahls verlief in der Hauptsache schweigend. David war das egal. Er brannte darauf, seinen alten Freund Jakoov Blok anzurufen, der als Kommissar bei der Mordkommission in Tel Aviv arbeitete. Aber dazu musste er erst den Sabbat überstehen, den Blok, wie er wusste, sehr ernst nahm. Schließlich schickte er ihm gut eine halbe Stunde später eine SMS, in der er ihn um ein *dringendes* Treffen bat. Kurz vor Mitternacht erhielt er von Blok die ersehnte Antwort: »Sonntag, elf Uhr. Polizeikantine. Was gibt es denn so Wichtiges?«

David dachte an Sara. Jakoov Blok würde ihn sicher verstehen.

Jakoov Blok war der Typ einsamer Wolf. Sein Vollbart und das militärisch kurz geschnittene Haar verliehen ihm ein grimmiges Aussehen. Er war ein Hüne mit breitem Kreuz und schien jetzt, mit Anfang vierzig, immer noch so durchtrainiert zu sein wie damals, als sie gemeinsam für die Jechidat Duvdevan Dienst getan hatten, die Antiterroreinheit des israelischen Heeres. Blok war – im Rang eines Sgan Aluf – Davids Vorgesetzter gewesen.

Ihre Freundschaft hatte sich praktisch zwangsläufig ergeben, als ihr Trupp während einer geheimen militärischen Aktion in einen Hinterhalt der Hamas geraten war. Damals, Ende der Neunzigerjahre, hatte die palästinensische Terrororganisation einen jungen israelischen Obergefreiten gekidnappt, der von Jerusalem nach Tel Aviv trampen wollte. Die Entführung hatte für einen empfindlichen Rückschlag bei den Friedensbemühungen zwischen Palästinensern und Israelis gesorgt und darüber hinaus die politische Macht des damaligen Palästinenserführers Arafat über das eigene Volk ins Wanken gebracht.

Das Verschwinden des Soldaten hatte in Israel große Bestürzung ausgelöst wie kaum eine andere Tat, vor allem, nachdem das Entführungsopfer von den Hamas-Terroristen in einem Video brutal und auf menschenunwürdige Weise vorgeführt worden war. Die Hamas verlangte für das Leben des neunzehnjährigen Soldaten die Freilassung von zweihundert inhaftierten Palästinensern. Fünfzigtausend Menschen hatten daraufhin an der Klagemauer in Jerusalem für die Geisel gebetet, und Yitzhak Rabin, der damalige israelische Ministerpräsident, hatte während eines Fernsehauftritts keine Zweifel daran aufkommen lassen, dass seiner Meinung nach Arafat persönlich die Verantwortung für die unversehrte Rückkehr des entführten Soldaten trug: Der israelische Regierungschef forderte öffentlich, was Arafat bis dahin stets gescheut hatte – nämlich drastische Schritte gegen die eigenen palästinensischen Brüder, gegen die radikale Hamas.

Arafats Palästinenserpolizei unternahm daraufhin die größte Razzia aller Zeiten im Gazastreifen: Neuntausend Beamte durchkämmten gleichzeitig die Elendsquartiere von Gaza-Stadt, mehrere Hundert Verdächtige wurden festgenommen, aber das Versteck der Entführer wurde nicht gefunden. Mit dem Polizeieinsatz war lediglich bewiesen, dass es der Friedensnobelpreisträger Arafat mit seinen Bemühungen ernst meinte und seine Wandlung vom Guerillaführer zum Staatsmann glaubhaft vollzogen war. Die Hamas hatte darauf spekuliert, dass Arafat gegen seine einstigen Mitstreiter nicht konsequent genug vorgehen würde.

Dann, nach drei weiteren quälenden Monaten, hatten sie plötzlich einen Tipp bekommen: Der israelische Soldat wurde offenbar in der Stadt Nablus im palästinensischen Autonomiegebiet, etwa eine Stunde nördlich von Jerusalem, festgehalten.

Eine Woche später, in einer mondlosen Freitagnacht, stürmte eine geheime Kommandoeinheit eine Farm am Stadtrand von Nablus. Doch die dreißig Elitesoldaten unter dem Kommando von Jakoov Blok tappten geradewegs in eine Falle: Die Farm entpuppte sich später als gut ausgebaute Festung, die mit Minen und Sprengfallen gespickt war. Das Feuergefecht mit den Geiselnehmern dauerte über eine Stunde. Als einer der ersten israelischen Soldaten wurde Jakoov Blok von einer Kugel in die Lunge getroffen. Obwohl Blok mitten in der Schusslinie lag, gelang es David Shapiro, seinen schwer verletzten Leutnant aus der Gefahrenzone heraus in Sicherheit zu schleppen. Dabei traf ihn ein Schuss ins Bein, ein weiteres Projektil streifte seine Schulter, und David selbst sollte sich später am meisten darüber wundern, dass er überhaupt nicht nachgedacht hatte und einfach in den Kugelhagel hineingelaufen war. Jakoov Bloks Leben konnte durch eine Notoperation gerettet werden.

Am Ende war die Geisel tot, waren die drei Entführer tot sowie ein Beobachter der Palästinenserpolizei, der am eigentlichen Angriff gar nicht teilgenommen hatte. Ein Dutzend der israelischen Elitesoldaten war zum Teil schwer verletzt worden. Die Befreiungsaktion hatte in einem Desaster geendet, für das ein sichtlich erschütterter Premierminister Rabin demonstrativ die volle Verantwortung übernahm.

Im Zuge der Aufarbeitung stellte sich heraus, dass die Entführer, kurz bevor die Festung erstürmt wurde, ihr Ultimatum verlängert und Hoffnung auf einen glimpflichen Ausgang des Dramas geweckt hatten. Denn selbst die inhaftierten Aktivisten der radikalen Palästinensergruppen Fatah, des Islamischen Dschihad sowie die Hamas-Mitglieder, die im Gefängnis von Aschkelon einsaßen, hatten die Entführer beschworen, den jungen israelischen Soldaten »wie einen Menschen zu behandeln, so wie es der Koran vorschreibt«.

Kurz nach dieser missglückten Militäroperation hatte David, der es inzwischen zum Unteroffizier gebracht hatte, sich dazu entschlossen, seine Dienstzeit beim Militär nicht zu verlängern. Er hatte nach dem regulären Wehrdienst seinen Abschied eingereicht und das unterbrochene Musikstudium wieder aufgenommen.

Daheim wurde über seine vielen gefährlichen Einsätze kein Wort gesprochen. Sie hatten niemals stattgefunden. Jedenfalls nicht offiziell. Bis auf diesen einen in Nablus eben, der nicht zuletzt auch dazu geführt hatte, dass David seine martialischen Ansichten über die Durchsetzung eines Friedensprozesses grundlegend geändert hatte.

Jakoov Blok lächelte, als David am Sonntag pünktlich um elf in der Polizeikantine erschien. Er erhob sich, um den Freund zu umarmen. »Was willst ausgerechnet du Künstler von der Polizei?«, fragte Blok lachend.

»Wie geht es dir – ich meine, *wie* hieß sie noch gleich?«, frotzelte David und nahm Platz.

»Habe ich schon wieder vergessen. Und bei dir? Wehrst du dich etwa immer noch gegen die Mädchen, die deine Mutter dir vorstellt? Oder hast du inzwischen kapituliert?«

»In gewisser Weise, ja«, sagte David ernst. »Ich war gerade in Berlin – mit dem Orchester. Und ausgerechnet dort habe ich mich verliebt.«

»Und deswegen schickst du mir am Sabbat eine SMS und willst mich dringend sprechen?«

David nahm sein Mobiltelefon heraus und zeigte Blok das Foto des toten Avigdor Brenner. »Eher deswegen.«

»Wer ist das? Bist du jetzt ein Ermittler?« Blok lachte.

»Dieser Mann heißt Avigdor Brenner und stammt aus Elon Moreh. Er soll in einen Mordfall verwickelt sein – in Berlin.«

»Aber er sieht ziemlich tot aus.«

»Zweifellos. Man hat mich gebeten …«

Jakoov Bloks Augen verengten sich. »*Wer* hat dich gebeten?«

»Sie ist bei der Polizei«, sagte David. »Genauer gesagt, sie arbeitet bei der Mordkommission.«

»Das gibt's nicht!«, rief Blok und schlug sich vor Vergnügen auf die Oberschenkel.

»Doch. Das gibt's, mein Lieber. Es war ein Zufall. Sie kam zu spät zum Konzert. Ich sah sie, sie sah mich an, ich schaute nicht weg, sie schaute nicht weg – und peng!«

»Ich verstehe«, sagte Blok.

»Nein, du verstehst noch nicht ganz. Je schneller sie diesen Fall löst, desto schneller kann sie hierherkommen.«

»Verdammt! Es hat dich ja wirklich erwischt, David. Muss ich mir Sorgen um dich machen?«

»Nein, musst du nicht. Ich weiß, was ich tue. Ich bitte dich als Freund lediglich um ein bisschen Amtshilfe. Dass du vielleicht mal in einem Fall von Diebstahl herumstöberst, der sich vor gut einem Jahr in Elon Moreh ereignet haben soll.«

»Weißt du denn Näheres? Namen?« fragte Blok und seufzte.

David nickte. »Hier, ich habe dir alles aufgeschrieben.« Er reichte Jakoov Blok einen zusammengefalteten Zettel.

»Yitzhak Brenner …«, las Blok.

»Das ist der Vater von Avigdor. Wohl ein wohlhabender Hotelier aus Kalia. Tamar Levi soll seinen Sohn um achtzehntausend Euro erleichtert haben.«

»Wer ist Tamar Levi?«

»Entschuldige. Ich bin eben kein Bulle«, sagte David. »Also, diese Tamar Levi ist ebenfalls ermordet worden.«

»Von Avigdor Brenner, dem Sohn des Hoteliers?«, fragte Blok.

»Ja. Nein. Also, vielleicht. Wobei dieser Avigdor seinerseits versucht hat, einen in Berlin lebenden Palästinenser umzubringen.«

»Wow!«, entfuhr es Jakoov Blok.

»Aber jetzt kommt es. Tamar Levi hat eine Schwester, ihr Name ist Ronit.«

Jakoov Blok überflog den Zettel. »Das steht hier.«

»Genau. Und beide Schwestern waren wohl in den gleichen Mann verliebt«, sagte David.

»Nämlich in Avigdor Brenner«, stellte Blok sachlich fest.

»Bei den Schwestern soll es sich um zwei völlig unterschiedliche Frauen handeln, hat mir Sara … hat mir die Kommissarin am Telefon erzählt. Die eine, Ronit, ist ultraorthodox, während ihre Schwester Tamar … nun, sie war wohl keine *Superjüdin,* wenn du verstehst, was ich meine. Sie war eine DJane, legte Techno auf, nahm wohl auch Drogen, Männergeschichten – was weiß ich. Der Palästinenser wiederum war ihr Freund.«

Superjüdin: David hatte Saras Wortschöpfung benutzt.

»Na gut. Was ich nicht verstehe, ist, wie ein Diebstahl in Elon Moreh mit einem Mord in Berlin zusammenhängen soll«, sagte Blok.

»Es ist ja auch eine verzwickte Geschichte, Jakoov. Aber ich, das heißt: Sara benötigt offensichtlich eine Bestätigung, dass Tamar Levi die Familie Brenner um achtzehntausend Euro betrogen hat – und dass Avigdor Brenner oder irgendjemand anderes dafür gesorgt hat, dass seine Familie die Anzeige gegen Tamar Levi zurückgezogen hat. Avigdor Brenner selbst kann man schlecht fragen.«

Jakoov Blok zuckte mit den Schultern. »Wenn es hilft … Gibt es denn noch andere Verdächtige außer Avigdor Brenner?«

»Ja, mehrere«, sagte David, »unter anderem der palästinensische Freund des Opfers, derjenige, den Avigdor Brenner mit dem Messer attackiert hat.«

»Hat der Palästinenser ihn umgebracht?«

»Nein. Brenner ist von einem Lastwagen überfahren worden, als er wegrannte.«

Jakoov Blok blies seine Wangen auf. »Da fährst du nach Berlin, bloß um ein Konzert zu geben, und erlebst gleich so eine wilde Geschichte«, sagte er.

»Ich habe es mir nicht ausgesucht«, sagte David, »diese Begegnung war reiner Zufall.«

»Und sie ist eine Deutsche …« Blok sah David scheel an.

»Ja, ist sie«, sagte David. Und fuhr grinsend fort: »Aber *Sarale* ist eine von uns!«

»Das«, sagte Jakoov Blok, »ist natürlich was anderes. Wie heißt sie noch mal?«

»Sara. Sara Stein«, sagte David, »warum fragst du?«

Fünfzehn

Grauer Himmel, kühler Wind, Regenschauer. Berlin zeigte sich einmal mehr von seiner schmuddeligen Seite. Der Sommer streikte häufiger als alle Gewerkschaften im Land. Die allgemeine Stimmung in der Lagebesprechung am Montagmorgen war dementsprechend. Sie war miserabel. Nicht einmal Maximilian Böcks kindischer Na-vielleicht-einen-Kaffee-die-Damen-Auftritt konnte die Laune des Teams heben. Nur Sara wirkte erstaunlich aufgeräumt.

»Wo ist denn unser Frischling?«, fragte Anne Rodeck.

»Jobst Hiller holt Ronit Levi ab«, sagte Sara ruhig. »Ich habe sie ebenfalls vorläufig festnehmen lassen.« Ihre Finger trommelten auf den Deckel einer Akte, die vor ihr auf dem Tisch lag.

»Hast du das Wochenende durchgearbeitet?«, fragte Anne Rodeck erstaunt. »Haben wir was verpasst?«

»Wenn man so will …«, sagte Sara und wirkte dabei ein wenig verträumt. *Ich rufe dich nur an, weil ich etwas für dich herausgefunden habe. – Lügner! Wo bist du gerade? – Draußen in Jaffa, am Strand. Es ist herrlich warm, die jungen Leute feiern, du müsstest hier sein, Sara.* Über anderthalb Stunden hatten sie miteinander telefoniert. Bis der Akku von Davids Mobiltelefon schlappgemacht hatte.

»Jetzt machst du aber Rätselraten, Sara!«, sagte Anne Rodeck ein bisschen vorwurfsvoll.

»Tschuldigung. Hast recht, Anne«, sagte Sara. »Gibt's schon was Neues von der KTU in Sachen Messer?«, fragte sie dann in Richtung Böck.

»Die können leider nicht hexen. Ich hoffe, wir bekommen das Ergebnis bis heute Mittag. Aber wieso die plötzliche Festnahme von Ronit Levi jetzt?«, fragte er verwundert zurück, »verdächtigst du sie etwa?«

Sara setzte sich gerade hin. »Sie hätte wahrscheinlich ein Motiv. Denn die ganze Geschichte beginnt wohl in Israel. Es ging mir um die Verbindung zwischen den Levi-Schwestern und Avigdor Brenner, der ihr vermutlich nachgereist ist. Er ist in den Sarotti-Höfen abgestiegen, und dort an der Hotelrezeption hat man Ronit Levi zweifelsfrei wiedererkannt. Sie hat Avigdor Brenner mindestens einmal im Hotel besucht – und zwar gleich nachdem er mittags eingecheckt hatte. Zwölf Stunden später war Tamar Levi tot«, sagte Sara.

»Du glaubst, dass sie ihn beauftragt hat, die eigene Schwester umzubringen?«, fragte Anne Rodeck.

»Auch das wäre nicht auszuschließen. Die beiden haben völlig verschiedene Charaktere. Da ist Ronit Levi, die streng religiöse, hart schuftende Landwirtin im Kibbuz, und auf der anderen Seite Tamar, die attraktive, jüngere Schwester, die gegen alles und jeden aufbegehrt und davon träumt, als Musikerin die Welt zu erobern. Brenner wiederum stammt aus dem gleichen Ort wie die Schwestern. Er kommt aus wohlhabendem Hause, seinen Eltern gehört Kalia, ein beliebtes Ferienresort am Toten Meer – und so, wie es sich für mich darstellt, stand er irgendwie zwischen den beiden Frauen, obwohl er sich für eine der beiden entschieden hatte.«

»Für Tamar Levi wahrscheinlich«, sagte Böck.

»Das denke ich auch«, entgegnete Sara. »Vielleicht schließen wir diesen Fall heute noch ab.« Sie öffnete den Aktendeckel und entnahm ihr ein paar fotokopierte Seiten, die sie Anne Rodeck aushändigte. »Lass die Kopien am besten rumgehen.« Sara wartete, bis das Geraschel aufgehört hatte. Dann fuhr sie fort: »Das hier bringt uns vermutlich weiter. Die israelischen Kollegen sind sehr hilfsbereit gewesen. Die Kurzprotokolle sind übrigens auf Englisch – ich hoffe, das ist kein Problem für dich, Max.«

»Thank you, Ma'am!«, sagte Böck. »Was steht da drin?«

»Es klärt zweifelsfrei die Herkunft der ominösen achtzehntausend Euro, die Tamar Levi auf Khalid Rahmars Konto eingezahlt hat – das Geld, das er dann seinen Eltern überwiesen hat.«

Eine Stunde später saßen Sara und Maximilian Böck im Verhörraum einer völlig aufgelösten Ronit Levi gegenüber. Beiden Ermittlern war klar, dass ein Haftbefehl gegen die Israelin auf tönernen Füßen stehen würde.

»Frau Levi, Sie haben uns bisher eigentlich immer nur angelogen«, sagte Sara, die sich nicht mehr die Mühe machte zu verbergen, dass ihr Geduldsfaden gerissen war. »Sie haben uns beispielsweise nicht erzählt, dass Sie am selben Tag, nur zwölf Stunden bevor Ihre Schwester getötet wurde, Avigdor Brenner im Hotel besucht haben. Worüber haben Sie mit ihm gesprochen?« Ronit Levi schwieg. »Dafür haben Sie uns immer wieder aufgetischt, dass Sie Avigdor Brenner nicht gekannt haben wollen«, fuhr Sara fort und gab ihr damit eine weitere Chance, sich zu äußern. Die Ronit Levi jedoch ungenutzt verstreichen ließ. »Na gut. Dann werde ich Ihnen jetzt mal erzählen, wie sich die Sachlage für uns darstellt.« Ronit Levi hob den Kopf und sah Sara traurig an. »Sie und Tamar kannten Avigdor Brenner nicht nur, sie kannten ihn beide sogar sehr gut. Denn Sie stammen alle drei aus der Siedlung Elon Moreh auf der Westbank. Und Sie, Ronit, Sie wollten Avigdor Brenner heiraten, aber Avigdor Brenner hatte sich wohl in Ihre Schwester Tamar verliebt.«

Ronit Levi schwieg beharrlich. Böck schaltete sich ein. »Haben Sie mit Herrn Brenner vielleicht über die Anzeige gesprochen, die seine Mutter bei der Polizei gemacht hatte? Wegen der achtzehntausend Euro, die Tamar vor gut einem Jahr der Familie Brenner gestohlen haben soll? Eine Anzeige, die auf Drängen von Herrn Brenner dann zurückgezogen wurde?«, fragte er.

Ronit Levi senkte ihren Blick.

»Aus Liebe zu Tamar. Darum geht es doch, Ronit«, sagte Sara und sah sie mitfühlend an.

»Ihre Schwester Tamar hatte ihn oder seinen Vater bestohlen und war dann abgehauen«, sagte Böck.

Eins musste Sara ihm lassen: Während eines Verhörs war Böck ein perfekter Teamplayer. »Warum sind Sie wirklich nach Berlin gekommen, Ronit?«

»Um Tamar an unseren Glauben zu erinnern«, sagte Ronit Levi leise.

»Nein, Frau Levi«, rief Max und beugte sich vor, »Sie kamen nach Berlin, um Ihre Schwester auszuspionieren! Damit Sie Avigdor Brenner die Augen öffnen könnten! Und dann haben Sie ihn nach Berlin gelockt, um ihm brühwarm zu erzählen, was inzwischen aus Tamar geworden war, wo die achtzehntausend Euro geblieben waren – und dass Ihre Schwester von Khalid Rahmar schwanger war, von einem Palästinenser!«

Ronit Levi zuckte zusammen.

»Weil Sie gehofft haben, dass er endlich von Tamar lassen könnte und sich Ihnen zuwendet«, sagte Sara.

»Nein. Ich habe meine Schwester geliebt«, sagte Ronit Levi schwach.

»Khalid behauptet aber das Gegenteil!«, rief Sara.

»Weil er uns alle hasst. Das müssen Sie als Jüdin doch wissen!«, schrie Ronit Levi.

Sara bedachte sie mit einem eiskalten Blick. »Wissen Sie, was *ich* als Jüdin hasse? Vorurteile und Intoleranz.«

»Dann kommen Sie mal nach Israel«, sagte Ronit Levi.

»Es geht hier aber nicht um Politik, Ronit. Es geht nicht ums Palästinenserproblem und auch nicht um israelische Siedlungspolitik oder Judenhass. Sondern es geht meiner Meinung nach einzig und allein um einen ernsthaften Konflikt zwischen zwei Schwestern, und den gibt's überall, der ist einfach nur menschlich. Und Sie, Ronit, Sie haben verdammt gute Gründe gehabt.«

Ronit Levi versuchte, sich zu sammeln. »Gute Gründe? Wofür?«, stieß sie hervor und atmete tief durch. Nach einer Weile fuhr sie dann fort: »Natürlich gab es immer wieder Streit. Ich habe es Ihnen doch schon gesagt, Tamar war schwierig geworden. Aber ich *habe* sie geliebt. Avigdor würde das bestimmt bezeugen, wenn er noch leben würde.«

»Ach ja?« Maximilian Böck legte Ronit Levi den Ausdruck einer SMS vor, die die Kriminaltechniker aus Avigdor Brenners Mobiltelefon herauskopiert hatten. »Ich werde Ihnen sagen, was Avigdor bezeugen würde. In dieser SMS an Ihre Schwester Tamar will er sie zurückhaben und sogar seine Heimat aufgeben, nur um wieder mit ihr zusammen sein zu können. Das ist es, was er Ihnen im Hotel gesagt hat!« Böck wurde immer lauter. »Sie sind in der Mordnacht zum Club gefahren, haben die Pause abgewartet und haben dann zugestochen.«

Ronit Levi sprang auf. »Nein! Meine Religion verbietet das!«, rief sie erregt.

»Setzen Sie sich bitte wieder hin, Frau Levi«, sagte Sara mit Nachdruck.

Ronit Levi gehorchte. »Ich war niemals in diesem schrecklichen Club«, sagte sie leise.

»Gut. Nehmen wir also an, Sie sagen ausnahmsweise mal die Wahrheit«, Sara beugte sich vor, »und Sie waren in der Nacht, in der Ihre Schwester erstochen wurde, tatsächlich nicht im *Tie. Club*. Aber wie sieht es mit Avigdor Brenner aus? Er war nämlich an diesem Abend sehr wohl dort. Können Sie mir wirklich nicht sagen, warum? Um Tamar ein weiteres Mal seine Liebe zu gestehen? Das ist es, was ich denke. Und sehr wahrscheinlich hat Tamar ihm einen Korb gegeben.« Ronit Levi sank in sich zusammen. »Wussten Sie, dass Avigdor Brenner vorhatte, auch Khalid Rahmar zu töten?« Die Israelin begann, leise zu weinen. »Natürlich wussten Sie es!«, rief Sara. »Denn Avigdor Brenner suchte Sie nach Tamars Tod vollkommen verzweifelt in der Fabriketage auf! Für Sie war es doch ein Leichtes, ihn davon zu überzeugen, dass Khalid der Mörder Ihrer Schwester war – der Liebe seines Lebens! Und gleichzeitig hofften Sie, ihn endlich für sich gewinnen zu können, Frau Levi! War es nicht so?«

»Aber Khalid – er hat sie doch getötet!«, sagte Ronit Levi schluchzend.

Sara beugte sich vor. »Das nennt sich Anstiftung zum Mord, Ronit.«

»Nein! Ich habe versucht, Avi sein Vorhaben auszureden.«

»Dann wussten Sie es also doch! Aber Sie haben Khalid nicht gewarnt«, sagte Böck. »Abgesehen davon hätten Sie mehrfach die Gelegenheit gehabt, uns von den Plänen Avigdor Brenners in Kenntnis zu setzen. Wenn es nicht gar Ihr eigener Plan gewesen ist.« Er tauschte einen raschen Blick mit Sara. Schaute dann Ronit Levi an, die sie seiner Meinung nach inzwischen weichgekocht hatten. Sara nickte mit dem Kinn in Richtung Tür.

»Wir brechen die Befragung der Zeugin Ronit Levi ab«, sagte Sara, »es ist 19.34 Uhr.« Sie schaltete das Aufnahmegerät aus. »Sie sollten sich dringend um einen Anwalt kümmern, Frau Levi«, schlug sie der Israelin vor. »Sie bleiben bis auf Weiteres in Polizeigewahrsam. Mindestens achtundvierzig Stunden. Ich kann Ihre Botschaft verständigen.«

»Kommen Sie bitte mit, Frau Levi?«, sagte Böck. Die Verdächtige erhob sich wie entrückt, ließ sich widerstandslos die stählerne Handfessel anlegen und schlurfte dem Kommissar hinterher.

Im Türrahmen blieb Ronit Levi jedoch noch einmal stehen und drehte sich zu Sara um. »Wissen Sie, Sie könnten hier in Deutschland als Jüdin nicht so ruhig leben, wenn es Israel nicht gäbe. Haben Sie eigentlich gar keine Sehnsucht nach Israel?«, fragte sie. Für Sara hörte es sich verdächtig nach einer Anklage an.

Sie verzichtete auf eine Antwort. Stattdessen sagte sie: »Abführen!«

Nach dem Verhör berief Sara eine Teambesprechung ein. Die Zwischenbilanz ihrer bisherigen Ermittlungen waren ohne Zweifel *verstörend.* Inzwischen gab es vier Verdächtige, die alle ein starkes Motiv besessen hatten, um Tamar Levi aus dem Weg zu räumen. Der Hauptverdächtige jedoch – Avigdor Brenner – war tot, und das Ergebnis der kriminaltechnischen Untersuchung seines Springmessers, die inzwischen eingetrudelt war, besagte, dass es sich dabei nicht um die Tatwaffe handelte, mit der Tamar Levi erstochen worden war.

»Aber wir haben immer noch Tarik Rahmars Geständnis«, sagte Böck.

»Aber immer noch keine Tatwaffe. Und Khalid?«, fragte Anne Rodeck.

Sara schüttelte den Kopf. »Avigdor Brenner könnte auch ein zweites Messer besessen haben. Er war ein Profi. Aus seinem Lebenslauf ist eine steile Karriere in der israelischen Armee ersichtlich«, sagte sie.

»Dummerweise können wir ihn nicht mehr befragen«, brummte Böck.

»Du glaubst also immer noch, dass Tarik seinen Sohn schützen will?«, fragte Anne Rodeck.

»Wer? Ich?«, fragte Sara.

Anne Rodeck nickte.

»Du hältst Khalid nach wie vor für den Täter? – Nein. Der fällt für mich definitiv aus. Und Brenner eigentlich auch – aber das ist nur so ein Gefühl.« Sara rieb vorsichtig über ihren Verband.

Anne Rodeck zuckte mit den Schultern. »Aber wenn Ronit Levi nicht im Club war, spricht alles für Tarik Rahmar«, sagte sie. Sie hielt einen Moment lang inne. »Oder eben doch Avigdor Brenner, der überreagiert hat, als ihm Tamar erklärt hat, dass sie ihn nicht liebt, obwohl er die Diebstahlsanzeige seiner Mutter zurückgezogen hatte.«

Im Konferenzraum wurde es still. »Ich habe eine Vermutung«, sagte Sara leise.

»Nun aber!«, sagte Böck. »Da bin ich aber echt gespannt!«

»Tarik Rahmar war in der fraglichen Nacht am Tatort«, sagte Sara. »Dafür spricht einiges, was er während der beiden Verhöre gesagt hat. Es gibt zwei Möglichkeiten: Tarik Rahmar hat zugestochen und vorher oder nachher noch das Auto von Tamar Levi vollgekritzelt, die Seitenscheibe eingeschlagen – vielleicht auch, um Spuren zu verwischen oder der Tat einen politischen Anstrich zu geben – und ist dann geflüchtet. Oder es ist ihm jemand zuvorgekommen, und er hat *gedacht,* dass Khalid aus einem Impuls heraus zugestochen haben könnte. Er wusste ja nichts von Avigdor Brenner. Also rafft er die Beweisstücke zusammen, weil er glaubte, seinen Sohn schützen zu müssen.«

»Ein bisschen sehr konstruiert«, sagte Böck.

»Tamar Levi hat doch noch gelebt«, warf Jobst Hiller ein.

»Das ist ein ›Bingo‹!«, rief Sara und zeigte mit dem ausgestreckten Zeigefinger auf den jungen Kommissaranwärter, der augenblicklich rot anlief. »Na los, Herr Hiller, wie geht es weiter und warum?«

»Ich glaube, dass Tarik Rahmar den Tod von Tamar Levi billigend in Kauf genommen hat«, sagte Hiller, »denn er sah in diesem Moment alle seine Probleme als gelöst.«

»Dann sprechen wir über unterlassene Hilfeleistung«, sagte Böck grimmig.

»Aber Khalid scheidet doch als Täter aus, wenn man der Spurensicherung Glauben schenkt«, sagte Anne Rodeck, die gedanklich blitzschnell umschwenkte. »Also wären es bloß noch zwei Verdächtige – Avigdor Brenner oder sogar Ronit Levi!«

»Sogar?«, fragte Sara.

»Na ja, sie ist doch die religiöse Schwester. Und Gott sagte zu Kain: ›Was hast du getan?‹« Alle Augen richteten sich auf Anne Rodeck. »Hallo, Leute«, rief sie, »Kain war Bauer, und Ronit Levi arbeitet als Landwirtin! Und Abel war Schafhirte, also im übertragenen Sinne ein Nomade, genau wie Tamar Levi.«

»Du bist ja richtig bibelfest«, sagte Sara.

Anne Rodeck grinste. »Da staunste, was? Ich komme aus dem Münsterland.«

»Aber Ronit hat ihre Schwester nicht ermordet«, sagte Sara. »*Never ever*.« Sie schüttelte demonstrativ den Kopf.

»Wieso? Nur weil sie so gläubig ist?«, fragte Anne Rodeck. »Vielleicht spielt sie uns das bloß vor.«

»Nein, Anne, ich bin wirklich geneigt, ihr zu glauben. Sie wollte Tamar erretten, nicht töten«, antwortete Sara.

»Aber wenn man Khalids Worten Glauben schenkt, dann hat sie ihre Schwester Ronit gehasst.«

Maximilian Böck schaltete sich ein. »Was ist mit der Theorie der zwei Messer? Ich erlaube mir, noch einmal Avigdor Brenner ins Rennen zu schicken.«

»Wir drehen uns im Kreis«, stellte Anne Rodeck überflüssigerweise fest.

»Oder es war doch Khalid, und Avigdor wusste es und wollte Tamar Levis Tod rächen«, sagte Böck.

»Ronit hat Khalid von Anfang an beschuldigt. Oder sie hat Avigdor bewusst aufgehetzt. Aber beides müssten wir ihr nachweisen, und das wird schwer, praktisch unmöglich. Fest steht: Wenn wir keine handfesten Beweise gegen Ronit Levi zusammentragen, müssen wir sie spätestens morgen früh gehen lassen.«

Ein paar Augenblicke lang sagte niemand etwas.

Sara schlug den Aktendeckel zu und erhob sich. »Ich hab genug für heute«, erklärte sie, erhob sich, klemmte sich die Ermittlungsakten unter den Arm und schickte sich an zu gehen. Ihr Team sah ihr verwundert dabei zu.

»Sara, Moment!«, rief Anne Rodeck. Sara blieb draußen auf dem Flur stehen. »Woher hattest du eigentlich dieses ganze Hintergrundwissen, das nicht im Protokoll steht?«

»Ich hab neuerdings eine ganz gute israelische Quelle.«

»Liebe und Arbeit sollte man trennen, hast du immer gesagt«, warf Böck ein.

Sara verdrehte die Augen. Und dann war sie tatsächlich weg.

»Auf wen bist du denn so eifersüchtig, Max«, fragte Anne Rodeck, als Sara verschwunden war.

Maximilian Böck verschränkte die Arme vor der Brust. »Kein Kommentar«, sagte er mächtig angefressen.

Sechzehn

Es muss sich um eine Kettenreaktion gehandelt haben. Eine verhängnisvolle Kettenreaktion. Oder um eine verhängnisvolle Verkettung unglücklicher Ereignisse. Doch ganz gleich, wie Sara es drehte und wendete: Sie kam nicht weiter. Ronit Levi, Tarik Rahmar, sein Sohn Khalid oder Avigdor Brenner: Sie alle hätten mehr oder weniger triftige Gründe gehabt zuzustechen, dachte sie. Tamar Levi war ganz offensichtlich ein ziemliches Miststück gewesen, das auf den Gefühlen ihrer Mitmenschen lustvoll herumtrampelte. Aber brachte man deswegen gleich einen Menschen um? Überdies wäre ihrer Meinung nach nur Khalid in der Lage gewesen, gleich achtmal zuzustechen – voller Wut, Hass und Verzweiflung. Avigdor Brenner hätte den Mord vermutlich eleganter erledigt.

»Alkan, gib mir noch einen Raki, bitte«, sagte sie und startete ein Video auf ihrem Laptop.

»Da schämt man sich ja fremd«, sagte Alkan, während er Saras Glas füllte. »Wieso guckst du dir diesen Schwachsinn bloß immer wieder an? Wer ist das überhaupt?«

»Weil ich glaube, dass ich irgendetwas übersehen habe«, sagte Sara. »Ich weiß nur noch nicht, was.«

Auf dem Bildschirm zappelte Jenny Petzoldt herum, sang schief, sang falsch, bewegte sich außerhalb des Taktes von *I love Rock 'n' Roll.*

»Das ist ja zum Heulen«, sagte Alkan.

Sara stutzte. Sie fuhr den Videoclip noch einmal ganz an den Anfang. »Was hast du gerade gesagt, Alkan …«, sagte sie; es war nicht als Frage gemeint. Sara drückte wieder auf *Start.*

»Dass man Tränen in die Augen kriegt!«

»Pst. Sei mal still! Hörst du das?«

»Was?«

»Dieses Fiepen!«, rief Sara.

»Sag ich doch, da winselt ein Hund«, sagte Alkan und lächelte.

»Aber wo soll denn dieser Köter sein, verdammt noch mal?«, wunderte sich Sara.

Vier Gläser Raki später fand Sara im letzten der insgesamt fünf Clips, in denen sich das *Gothic Girl* Jenny für ihre vermeintliche Freundin Tamar produziert hatte, endlich das, wonach sie die ganze Zeit gesucht hatte. Den entscheidenden Hinweis. Das Motiv für die Kettenreaktion, an deren Ende ein idiotischer Mord passiert und ein zweiter Mensch gestorben war. Es war nur ein winziger Wackler der Kamera gewesen, aber der hatte gereicht für ein Standbild: Hinter Jenny Petzoldt, am Ende des Flurs, war ganz kurz der Kopf eines kleinen, schwarzweißen Hundes zu erkennen. »Ist das ein Hund«, fragte Sara, »oder ist das kein Hund?« Der Raki zeigte seine Wirkung.

Alkan nickte. »Das ist ein Hund.«

Sara sprang auf, umarmte ihn und gab ihm einen flüchtigen Kuss auf die Wange. »Danke, Alkan! Pass bitte auf mein Laptop auf – ich hol es morgen früh wieder ab!«

Sie stürzte aus dem Döner-Imbiss hinaus, schwang sich auf ihr Fahrrad und fuhr davon. Sie war zwar ein wenig angeschickert, aber was machte das schon. Zwanzig Minuten später erreichte sie die alte Werkzeugmaschinenfabrik. Sie lehnte ihr Fahrrad an die Wand neben dem Traueraltar. Inzwischen brannten keine Kerzen mehr. Die Erinnerungen an Tamar Levis kurzes, wildes Leben begannen schon zu verblassen.

Sara hockte sich vor das Foto des kleinen Hundes, zog ein paar dünne Gummihandschuhe aus der Tasche, streifte sie über und begann, das Foto vorsichtig vom Holzkreuz abzulösen. Als sie es in den Händen hielt, drehte sie es um. Auf der Rückseite stand in verwaschener Kinderschrift ein Satz: »Felix wird dir nie verzeihen!« Verdammt, dachte Sara, wir hätten uns einfach alle Clips ansehen sollen.

Am nächsten Vormittag fuhr Sara mit einem Dienstwagen zur Dolziger Straße. Sie nahm an, dass Jenny Petzoldt noch schlafen würde und hielt vor dem Zaun, der den Bürgersteig vom Hundeübungsplatz trennte. Sie bat eine ältere Dame, die einen Rottweiler an der kurzen Leine führte, zu sich heran. Sara ließ kurz ihren Dienstausweis aufblitzen und hatte dreißig Sekunden später die Information, auf die sie inständig gehofft hatte. Es wurde Zeit, dem *Gothic Girl* einen weiteren Besuch abzustatten.

Als Sara sich umdrehte, sah sie Jenny Petzoldt aus dem Hauseingang treten. Ihre Blicke trafen sich. Das Mädchen riss erschrocken die Augen auf.

»Jenny«, rief Sara quer über die Straße, »warte kurz!«

Aber Jenny wartete nicht. Sondern sie rannte los, und Sara rannte fluchend hinter ihr her.

Jenny Petzoldts Flucht endete knapp zwei Minuten später in einem Hinterhof. Fast hätte sie es über die Mauer geschafft, aber Sara hatte sie an einem ihrer Stiefel packen können und sie dann rabiat heruntergezogen. Als Jenny Petzoldt neben ihr auf den Boden krachte, schlug sie sich das Knie auf.

»Was willst du von mir, Bullenfotze?«, brüllte sie und versuchte, sich aus Saras Griff zu befreien. Sie begann, wild um sich zu schlagen. Sara schaffte es, sie auf den Bauch zu drehen, kniete sich mit einem Bein auf Jenny Petzoldts Rücken und verdrehte ihr den rechten Arm. Das Mädchen schrie auf. Ihr Widerstand erlahmte. Stattdessen rannen ihr jetzt Tränen die Wangen herunter.

»Ich lass dich jetzt los«, sagte Sara leise, »und dann setzt du dich hin und bleibst sitzen.« Jenny nickte. Einen Moment später betrachtete sie ihr blutiges Knie. Der Stoff ihrer schwarzen Jeans war aufgerissen. »Lass mal sehen«, sagte Sara.

»Ich sag nichts!«, stieß Jenny Petzoldt hervor. Sie war jetzt nicht mehr das taffe *Gothic Girl*, sondern ein verrotztes, heulendes Kind.

»Komm, steh auf«, sagte Sara und half ihr hoch. »Kannst du laufen?«

»Ich sag nichts!«, rief Jenny Petzoldt erneut, als sie wieder auf den Beinen war. Es klang jämmerlich.

»Musst du auch nicht, weil ich dir alles erzählen werde. Komm, wir beide gehen jetzt mal ein Stück, so wie du früher, mit Felix.«

»Ich will aber nicht«, sagte Jenny Petzoldt und begann, erneut zu weinen.

»Wir brauchen dazu nicht mal eine Leine. Die hattest du an jenem Abend ja auch nicht dabei, oder?«

Eine knappe Viertelstunde standen sie an der Brücke an der Eldenaer Straße, die über die Gleise führte. Dort entdeckte Sara ein ausgebranntes Grablicht am Straßenrand, daneben ein paar verwelkte Blumen und das gleiche Foto eines kleinen, schwarz-weißen Hundes, das sie vom provisorischen Traueraltar vor Khalid Rahmars Industrieetage geklaubt hatte. Die Frau mit dem Rottweiler auf dem Hundeübungsplatz war wirklich eine gute Zeugin gewesen. Sie kannte Jenny Petzoldt, aber vor allem ihren Hund.

»Du hast nicht viele Freunde, Jenny, oder?«, fragte Sara. Das Mädchen schwieg. »Aber dein kleiner Hund, der Felix, das war dein bester Freund, nicht wahr?« Jenny Petzoldt wandte sich ab. »Und hier hat Tamar ihn also überfahren«, fuhr Sara fort. »Es ist schlimm, wenn man seinen besten Freund verliert. Wenn er einen plötzlich nicht mehr begrüßt, wenn man nach Hause kommt. Wenn er einen nicht mehr anschaut mit seinen treuen Augen.« Sie versuchte, Jenny Petzoldt anzusehen. »Ich habe übrigens eine Botschaft für dich, von Tamar. Das Letzte, was sie vor ihrem Tod sagte, war: ›Felix, es tut mir leid‹!« Jenny Petzoldt brach in Tränen aus und sackte zusammen. Sara hielt sie fest.

Auf einmal schrie die Kleine los. »Fünfzig Euro! Fünfzig Euro hat die verschissene Schlampe mir für ihn gegeben!«

»Und was geschah dann?«, fragte Maximilian Böck. Saras Team hatte sich um den Konferenztisch versammelt. Vera Schubert saß neben Sara. Jenny Petzoldt befand sich inzwischen in Polizeigewahrsam. Anne Rodeck schielte auf ihre Armbanduhr. Es war kurz vor fünf. Wie es aussah, könnten die Ermittler heute einmal früher Feierabend machen. Sara blätterte in der Akte.

»Also, laut Jennys Aussage hat ihr Tamar den Fünfziger mit den Worten überreicht: ›Hier, für deinen blöden Köter!‹ Aber Jenny hat das Geld nicht nehmen wollen, sondern hat plötzlich ihr Springmesser aus der Jacke gezogen und ist ausgerastet. Tamar Levi muss vollkommen überrascht gewesen sein. Zur Vorgeschichte: Tamar kam an jenem Abend mit dem Auto von einer Vernissage. Sie war vermutlich völlig zugekokst und hat den Hund nicht gesehen. Die Kollegen, bei denen Jenny den Vorfall angezeigt hat, haben gesagt, sie solle froh sein, dass Tamar sie nicht angezeigt hat.«

»Der Hund war also nicht angeleint gewesen«, stellte Anne Rodeck sachlich fest.

»Nein, war er nicht.« Sara verzog das Gesicht. Denn psychologisch gesehen war die Reaktion der uniformierten Kollegen eine glatte Sechs.

»Dann hat sich das Ganze für die Rahmars ja erledigt«, sagte Maximilian Böck.

»Für Khalid und seine Mutter schon. Ich habe Khalid gebeten, sich in der nächsten Zeit ein bisschen um seine Mutter zu kümmern.« Sie tauschte einen kurzen Blick mit Vera Schubert. »Denn sein Vater wird sich aller Wahrscheinlichkeit nach vor Gericht verantworten müssen«, sagte Sara. »Wir sind stillschweigend übereingekommen, Khalid Rhamars Anzeige unter den Tisch fallen zu lassen. Ich gehe mal davon aus, dass Herr Rahmar mit ein wenig gutem Zureden und einem Angebot der Staatsanwaltschaft sich zu einem Geständnis durchringen wird.« Sara räusperte sich. Vera Schubert nickte zufrieden. »Jenny hat ausgesagt, dass sie sich hinter einem Auto verstecken musste, nachdem sie auf Tamar eingestochen hatte, weil plötzlich jemand auftauchte«, fuhr Sara fort. »Und sie habe Tamar Levi ganz deutlich sagen hören: ›Herr Rahmar, bitte helfen Sie mir!‹«

»Ach du Scheiße!«, sagte Böck.

»Aber Tarik Rahmar kniet sich neben Tamar, greift nach ihrem Handy, sie versucht, ihn zu sich heranzuziehen, wobei sie wahrscheinlich sein Hemd mit ihrem Blut befleckt hat. Dann steht er auf, entdeckt die Eisenstange, schlägt die Scheibe von Tamars Auto ein und rennt davon.«

»Weil er dachte, dass er auf diese Weise seinen Sohn schützen könnte«, sagte Anne Rodeck.

»Ach so. Jenny Petzoldt hatte das Auto des Opfers bereits vorher demoliert«, warf Böck ein.

»Sieht beides so aus, ja«, sagte Sara, erhob sich und klappte den Aktendeckel zu.

»Danke, Frau Stein«, sagte Vera Schubert. Die Kriminaldirektorin wirkte erleichtert. »Gute Arbeit – ich danke Ihnen allen!« Sie erhob sich von ihrem Stuhl.

»Anne, Max, kommt ihr noch mal mit zu Ronit Levi?«, fragte Sara.

Anne Rodeck und Maximilian Böck erhoben sich ebenfalls.

»Frau Stein«, sagte Vera Schubert, »wenn Sie den Fall abgeschlossen haben, nehmen Sie sich ein paar Tage frei. Sie können Ihren Urlaub und Ihre Überstunden schließlich nicht endlos vor sich herschieben.« Sara blieb in der Tür stehen und wollte etwas erwidern, doch Vera Schubert hob mahnend den rechten Zeigefinger. »Das ist eine Dienstanweisung, Frau Stein.« Sie warf einen Blick in die Runde. »Vor Zeugen!«

Anne Rodeck musste unwillkürlich an den Todesengel denken, als sie Tamar Levis Schwester kerzengerade, mit unbewegtem Gesicht, auf dem Stuhl sitzen sah. Sie war ganz in Schwarz gekleidet. Anne Rodeck postierte sich sicherheitshalber an der Tür. Sara und Böck nahmen Ronit Levi von beiden Seiten in die Zange.

»Frau Levi, wissen Sie eigentlich, warum Sie noch hier sitzen?«, begann Sara das Gespräch, »wir haben …«

»Sie haben mir nur vorgeworfen, blind vor Hass auf die Palästinenser zu sein«, fiel ihr Ronit Levi ins Wort.

»Niemand hat Ihnen das vorgeworfen«, sagte Sara, »und darum geht es auch nicht.«

»Frau Levi, Sie wussten ganz genau, dass Avigdor Brenner Khalid töten wollte«, sagte Maximilian Böck unbeirrt.

»Nein! Ich habe im Gegenteil versucht, Avi das auszureden!«

»Kann ja sein«, erwiderte Böck. »Aber Sie haben aus reiner Eifersucht auf Ihre Schwester Avigdor Brenner hierher nach Berlin geholt und gegen Khalid Rahmar aufgehetzt.«

Ronit Levi schwieg betroffen.

»Gegen Sie wird in jedem Fall ein Verfahren eingeleitet werden«, fügte Sara leise hinzu.

»Anstiftung zum Mord an Khalid Rahmar«, sagte Böck und stand auf. »Kommen Sie bitte, Frau Levi, Sie werden in Kürze dem Haftrichter vorgeführt.«

»Ich begleite dich, Max«, sagte Anne Rodeck und öffnete die Tür des Vernehmungszimmers. Draußen auf dem Flur drehte sich Ronit Levi zu Sara um. »Wir sind die Töchter Zions, Sara. Irgendwann werden Sie zurückfinden. Und wenn Sie es nicht tun, dann Ihre Kinder.«

Du hast ja keine Ahnung, wie recht du hast, dachte Sara, aber sie ließ sich natürlich nicht anmerken, dass sie in diesem Moment vor allem an David denken musste.

Als Maximilian Böck und Anne Rodeck eine halbe Stunde später ins Büro zurückkehrten, war Sara nicht mehr da. Ihr Schreibtisch war aufgeräumt.

»Ist sie etwa schon nach Hause?«, fragte Böck irritiert.

»Frau Stein ist seit fünf Minuten weg«, sagte Jobst Hiller.

»Ach so«, sagte Böck.

»Weißt du, Max«, sagte Anne Rodeck, »das geht dich doch sowieso nichts mehr an.«

Siebzehn

»Darf ich Ihnen eine Erfrischung anbieten?«, fragte eine Stewardess lächelnd. Sara war froh über diese Unterbrechung und beschloss, damit den Fall Tamar Levi endgültig abzuschließen. Sie entschied sich für einen Kaffee, schwarz, und ein stilles Wasser. Josef Weissenberg nahm einen Tomatensaft.

»Ich habe noch nie begriffen, warum so viele Menschen ausgerechnet im Flugzeug Tomatensaft trinken«, sagte Sara.

»Ich glaube, es hat was mit den Geschmacksnerven zu tun«, sagte Weissenberg. »Die Wahrnehmung scheint durch die veränderten Luftdruckverhältnisse eine andere zu sein. Auf dem Boden trinke ich jedenfalls höchstens mal eine Bloody Mary. Reisen Sie eigentlich zum ersten Mal nach Israel, Frau Stein?«

»Ja«, sagte Sara. Plötzlich musste sie grinsen. »Könnten Sie sich diese Frage nicht selbst beantworten? Wo Sie doch offenbar schon eine ganze Menge über mich wissen.«

»Touché!« Jetzt musste auch Josef Weissenberg lächeln. Und Sara hatte die Antwort, die sie hören wollte.

»Stehe ich auf einer schwarzen Liste, weil ich trotz meiner Abstammung bisher noch nie ins Heilige Land gereist bin? Mein Vater Leo pflegt übrigens immer zu sagen, es sei ein tragisches Land.«

»Da muss man unterscheiden, Frau Stein. Tel Aviv zum Beispiel halte ich mittlerweile für so eine Art Seifenblase. Vielleicht ist die Stadt sogar schon ein eigener Staat im Staate.«

»Wie meinen Sie das?«, fragte Sara.

»Bei uns heißt es, dass in Jerusalem gebetet wird, in Haifa gearbeitet und in Tel Aviv gelebt. Dazu gehört, dass die Menschen gerne Termine verschieben und sich nicht festlegen lassen. Sie brauchen praktisch das ganze Jahr über eine Sonnenbrille, auch im Winter. Und im Sommer regnet es nie, aber dafür ist die Luft etwa so schwül wie in Bangkok zur Regenzeit.« Sara hörte ihm interessiert zu. »Wissen Sie, Frau Stein, wenn Sie Tel Aviv kennenlernen wollen, müssen Sie unbedingt ein Wort lernen. Es heißt *lisromm,* und es bedeutet, dass man sich vor allem locker machen sollte. Ich trage beispielsweise dort niemals eine Krawatte, außer zu wirklich offiziellen Anlässen. Und die jungen Laute tanzen und feiern viel, auch am *Sabbat.* Sogar wenn an *Pessach* Brot und Nudeln aus den Supermärkten verbannt sind, können Sie in Tel Aviv praktisch zu jeder Tages- und Nachtzeit Brötchen kaufen und Pizza essen.« Weissenberg nippte an seinem Tomatensaft.

»*Lisromm* also. Ich werd's mir merken. An Ihnen ist vermutlich ein Fremdenführer verloren gegangen, Herr Weissenberg«, sagte Sara. »Ich hoffe nicht, dass Sie damit Ihr wahres Talent verschwenden?«

Er beugte sich näher zu Sara und senkte seine Stimme. »Glauben Sie mir, ich wäre zu gern Fremdenführer. Aber die derzeitige Entwicklung lässt das nicht zu.«

»Meinen Sie damit die politische Situation? Die Palästinenserfrage?«

»Ach nein«, entgegnete Weissenberg, »daran sollten wir uns doch in den vergangenen beinahe siebzig Jahren gewöhnt haben. Wobei wir zurzeit darüber rätseln, warum wir gegenwärtig eine so massive Häufung von Messerattacken junger Palästinenser registrieren müssen.«

»Ich habe in den Nachrichten davon gehört.«

»Aber es ist zunehmend die internationale Kriminalität, die uns seit der Öffnung des ehemaligen Eisernen Vorhangs beschäftigt und uns Sorgen macht.« Weissenberg schwieg einen Moment. »Gerade in einer Stadt wie Tel Aviv oder, um genauer zu sein, in ihrem Hafen, Jaffa. Verbrechen muten hier selbstverständlicher an, verstehen Sie? Mit den russischen IT-Fachleuten und Investoren ist die russische Mafia ebenfalls eingereist. Dann der Dauerkonflikt mit den Ultraorthodoxen und ihren brachialen Methoden; hinzu kommen die klassischen Verbrechen aus Leidenschaft, Habgier, Eifersucht …«

»Und Sie?«, fragte Sara.

»Ich koordiniere unter anderem die Zusammenarbeit der israelischen Polizei mit Ihrem Bundeskriminalamt – auf allen Ebenen«, sagte Weissenberg.

»Das klingt interessant«, sagte Sara. Sie musste an ihr Büro in der Friedrichstraße denken. An Böcks Sperenzchen, an Anne Rodecks Zickentour, die sie jetzt jedoch verstehen konnte. Und an den Beförderungsstau und an ihre Überstunden. In einem nasskalten Berlin.

»Warum sind Sie eigentlich Polizistin geworden?«, fragte Josef Weissenberg unvermittelt.

Sara wunderte sich über sich selbst. Sie kannte diesen netten älteren Herrn gar nicht – jedenfalls kaum –, und trotzdem beantwortete sie ihm bereitwillig eine Frage nach der anderen. Sogar diese, obwohl es eine ziemlich persönliche Frage war. »Tja, das habe ich mich schon häufiger gefragt. Und meine Eltern fragen mich das bis heute. Mindestens einmal pro Woche!« Sara trank ihren Kaffee aus und schüttelte sich. Er war inzwischen lauwarm geworden. »Vielleicht, weil ich einen genetischen Defekt besitze – ich nenne es mein Gerechtigkeitsgen«, sagte sie dann. »Oder ich bin schlicht harmoniebedürftig.« Weissenberg sah sie verständnislos an. »Es fällt mir selbst schwer, es zu erklären, ich hatte schon als kleines Mädchen diesen Berufswunsch. Es gab eine Zeit, da waren meine Eltern regelrecht verzweifelt, denn während meine Schulfreundinnen Ärztinnen wurden oder Wirtschaft oder Jura studierten, habe ich mich für den höheren Dienst beworben und bin direkt nach dem Abitur erst einmal auf die Polizeihochschule gegangen.«

»Und jetzt?«

»Haben sich meine Eltern inzwischen an ihre missratene Tochter gewöhnt«, sagte Sara und lächelte ihn an.

Josef Weissenberg lächelte zurück. »Meine Eltern waren sehr stolz, als ich mich nach meinem Militärdienst zur Polizei meldete.«

»Sie sind eingewandert, nicht wahr?«, fragte Sara.

Weissenberg nickte. »Ja. Wir stammen aus der Ukraine. Aus der Nähe von Odessa. Ich war fünfzehn Jahre alt.«

»Und wie lange haben Sie benötigt, um die Sprache zu lernen?«

»Das Hebräische? Fließend? Etwa zwei Jahre. Warum fragen Sie?«

»Nur so«, sagte Sara. Und dachte an David.

»Nur so. Ah ja.« Weissenberg schien ihr das nicht abzunehmen. Er kratzte sich an der Schläfe. Dann fragte er unvermittelt: »Sagen Sie, Frau Stein, wären Sie vielleicht daran interessiert, an einem Austauschprogramm teilzunehmen?«

»Wie meinen Sie das – Austauschprogramm?«

»So, wie ich es sage. Und da Sie eine von uns sind, könnten Sie sogar relativ unbürokratisch in den israelischen Polizeidienst einsteigen. Ich könnte da sicherlich etwas arrangieren.«

Sara sah ihn verblüfft an. »Wie kommen Sie darauf, dass mich so ein Angebot interessieren könnte?«

Josef Weissenberg zwinkerte ihr zu. »Nur so«, sagte er.

In diesem Moment verließ das Flugzeug seine Reiseflughöhe. Einige Passagiere erhoben sich von ihren Sitzen, um noch rasch auf die Toilette zu gehen. Auch Weissenberg stand auf. »Ich gehe zurück auf meinen Platz«, sagte er und streckte ihr seine Hand hin. »Und entschuldigen Sie, dass ich Sie so lange belästigt habe.«

»Ich fühlte mich zu keiner Zeit belästigt. Das können Sie mir glauben«, entgegnete Sara. Sie schüttelten sich die Hände.

»Sie haben meine Karte«, sagte Weissenberg. »Ich würde mich wirklich freuen, wenn Sie mich anrufen. Und jetzt darf ich Ihnen einen schönen Aufenthalt in unserer weißen Stadt wünschen.«

Sara blickte ihm hinterher, wie er zu seinem Platz in der Businessclass im vorderen Teil des Flugzeugs zurückging. Ein erstaunlicher Mann, dieser Weissenberg, dachte sie. Nett, aber merkwürdig. Und da sie eins und eins zusammenzählen konnte, war ihr klar, dass die Israelis inzwischen offenbar eine ganze Menge über sie in Erfahrung gebracht hatten. Vermutlich existierte bereits ein Dossier über sie. Dieses Treffen musste sie erst einmal verarbeiten.

Achtzehn

Tel Aviv empfing Sara mit blauem Himmel und einem kräftigen warmen Wind, als sie aus der klimatisierten Ankunftshalle des Ben-Gurion-Flughafens ins Freie trat. Sie stieg in ein Taxi und nannte dem Fahrer die Adresse ihres Hotels an der Hayarkon-Straße, einem breiten Boulevard, der das fünftausend Jahre alte Jaffa vom modernen Tel Aviv trennte, das vor gerade mal einhundertzwanzig Jahren gegründet worden war. Das brandneue Gebäude lag am Rand des Stadtteils Neve Tzedek. Mit gut zweihundertfünfzig Euro pro Nacht war es ziemlich teuer. Eigentlich viel zu teuer für ihren Geldbeutel, aber Sara hatte gedacht, wenn schon, denn schon – und außerdem wusste sie noch gar nicht, ob sie das Zimmer überhaupt nutzen würde. Und wie lange. Es sollte ihr – im Fall der Fälle – als luxuriöser Fluchtpunkt dienen, wenn ihr Plan, der eigentlich gar keiner war, scheitern würde. Also falls David ihren überraschenden Besuch unangemessen finden würde. Vorsichtig ausgedrückt. Sara konnte sich das zwar nicht vorstellen, aber Menschen machen ja leider häufiger Versprechungen, die sie am Ende nicht einhalten.

Auf einmal überkamen Sara Zweifel. Das Kribbeln in ihrem Bauch fühlte sich nun anders an. Negativ irgendwie.

David hatte beim Abschied zwar vorhergesagt, dass sie sich ganz bestimmt wiedersehen würden. Aber die entscheidende Frage für Sara lautete, ob er das auch wirklich so gemeint hatte.

Sie trat ans Panoramafenster ihres Hotelzimmers in der vierzehnten Etage. Zu ihrer Linken erstreckten sich die kilometerlangen Sandstrände, dahinter die *Corniche,* auf der ungefähr das halbe Volk Israels zu schlendern schien – so kam es Sara jedenfalls vor. In nordöstlicher Richtung, praktisch zu ihren Füßen, lag Neve Tzedek. Dort hatten die ersten jüdischen Siedler ihre Häuser auf dem sandigen Boden errichtet. Irgendwo da unten im engen Straßengewirr arbeitete David vermutlich gerade und wusste nichts von seinem Glück. Sara seufzte. Dann riss sie sich zusammen, packte flink ihre Reisetasche aus und begab sich danach unter die Dusche. Eine Viertelstunde später legte sie sich aufs Bett, doch kaum dass sie den Reiseführer aufgeschlagen hatte, fielen ihr auch schon die Augen zu.

Zwei Stunden später wachte Sara wieder auf. Sie hatte einen trockenen Mund und spendierte sich einen überteuerten Orangensaft aus der Minibar. Dann musste sie sich erst einmal kneifen. Ja, sie war in Tel Aviv. Aber jetzt musste sie sich anziehen. Wenn es stimmte, dass David für gewöhnlich bis sechs Uhr abends in der Musikschule arbeitete, wo er neben seinem Job als Dirigent ein Kinder- und Jugendorchester leitete, wollte sie kurz vor der vollen Stunde dort sein.

Sara entschied sich für eine lange Hose, ein cremefarbenes T-Shirt und Flip-Flops. Und für den Fall, dass sie am Abend gemeinsam essen gehen würden, packte sie sich einen dünnen Pullover in ihre Handtasche. Sie verzichtete darauf, sich aufzudonnern. Zwei sparsame Spritzer Parfüm mussten reichen.

Genau um zehn vor sechs stieg Sara aus dem Taxi, das sie in eine hübsche Wohngegend gebracht hatte. Noch einmal verglich sie die Adresse mit der Visitenkarte, die ihr David in Berlin in die Hand gedrückt hatte. Sie zahlte den Fahrer, wartete, bis er weggefahren war, und wählte dann Davids Mobilfunknummer.

Aus dem Haus drangen die Klänge eines klassischen Orchesters an ihr Ohr. Die Töne hörten sich jedoch ein bisschen schräg an. Saras Herz schlug bis zum Hals, als es klingelte. Es klingelte viermal. Dann ging jemand dran. Es war eine Frau, die sich mit »Miriam Libeskind« meldete. Sara unterbrach ihre Begrüßung und sagte der Unbekannten auf Englisch, dass sie David Shapiro sprechen wollte. Und dass sie ihm bitte auszurichten solle, er möge doch mal an die Haustür kommen. Der Telefonhörer wurde augenblicklich weitergereicht. Sara hörte einen Wortschwall, aber sie verstand keine einzige Silbe.

»Hallo?«, hörte sie dann endlich Davids Stimme, »wer ist denn da?« Er sprach Englisch.

»Du kannst ruhig deutsch mit mir reden«, sagte Sara.

»Sara! Wie schön, dass du dich meldest!«, antwortete David.

Er musste sich mitten in der Orchesterprobe befinden. Aus dem Hintergrund war Stimmengemurmel zu vernehmen. »Moment, Sara, nur einen Augenblick«, sagte David, und dann konnte sie hören, wie er mit dem Taktstock aufs Dirigentenpult klopfte. Das Gemurmel erstarb. Sara musste grinsen. »So, da bin ich wieder«, sagte David, »alles in Ordnung bei dir?«, fragte er.

»Was würdest du sagen, wenn ich auf einmal da wäre?«, entgegnete sie. Sie ging auf die Haustür zu, stellte ihre Handtasche auf dem Treppenabsatz ab und klingelte.

»Was ich dann sagen würde? *Inschallah!* Ich würde dich sofort küssen!«

»Das mit dem ›Inschallah‹ ist aber für Muslime«, sagte Sara.

»Ist mir doch egal!« David lachte.

Die Haustür öffnete sich. Sara stand einer jungen Frau gegenüber, die sie erstaunt musterte. Sie war hübsch, sehr hübsch sogar, wenn auch ziemlich propper – und eine ganze

Ecke jünger als sie. Sara bedeckte das Mikrofon ihres Telefons mit der freien Hand. »And who are you?«, fragte sie leise.

»I am Miriam Libeskind«, sagte die junge Frau.

Sara nickte. »Wer ist Miriam Libeskind?«, fragte sie ins Telefon.

»Miriam? Oh – sie ist meine Assistentin. Wieso fragst du?«

»Hat sie dir nichts ausgerichtet?«

»Was sollte Miriam mir denn ausrichten?«

»Dass du zur Tür kommen sollst, verdammt!«

Miriam Libeskind sah Sara verwirrt an. Hinter ihr tauchte David auf. Er blieb einen Moment lang verdutzt im Türrahmen stehen. Sara zog ihren Dienstausweis aus der Gesäßtasche, hielt ihn der jungen Frau vors Gesicht und sagte: »*Police operation!*« Und an David gewandt, fuhr sie fort: »Wolltest du mich nicht eben noch küssen?«

»*Inschallah!*«, rief David und grinste dabei. »Du hast es also wirklich getan!«

Miriam Libeskind musste sich darüber im Klaren sein, dass sie all ihre geheim gehaltenen Hoffnungen begraben konnte. Zumindest diejenigen, die David betrafen.

»Dein Viertel hat irgendwie ein bisschen was von Kreuzberg. Oder Neukölln«, sagte Sara, als sie mit David eine Viertelstunde später durch Neve Tzedek schlenderte.

»Aber es ist viel wärmer«, sagte David, »und es ist außerdem eine Idylle, die man einfach lieben muss.«

Sara blieb stehen und sah die belebte, schmale Gasse hinunter. Von den Häusern bröckelte der Putz. Die meisten Gartenmauern waren verrottet und wurden von Sträuchern überwuchert. Aber die Häuser waren bewohnt, und in den zahlreichen winzigen Galerien, in den Schmuck- und Schuhläden und Cafés herrschte Hochbetrieb.

»Noch vor dreißig Jahren war Neve Tzedek ein Slum – dreckig, arm und auch ziemlich kriminell«, sagte David.

»Das kann man sich gar nicht vorstellen«, sagte Sara und musterte die Passanten, die ihnen entgegenkamen – eine bunte Mixtur aus Touristen, die Sara sofort an ihren City-Rucksäcken erkennen konnte, doch dazwischen dominierten modisch gekleidete jüngere Pärchen, die nach Geld aussahen. Und es gab auffällig viele junge Männer, die Hand in Hand durchs Viertel spazierten. Sara warf David einen fragenden Blick zu.

Er zuckte mit den Schultern. »Tel Aviv ist eben auch äußerst *gay friendly*«, sagte er lächelnd, »und die Stadt ist darauf regelrecht stolz. Die Schwulen müssen sich hier jedenfalls nicht verstecken.«

»Wow«, sagte Sara, »das hätte ich nun nicht gedacht.«

»In Jerusalem oder Haifa mag das vielleicht anders sein, aber hier gab es vor Kurzem einen kleinen Skandal«, sagte David. Er lachte leise in sich hinein. »Da hatte der Bademeister eines Strandabschnitts zwei Männern, die sich im Wasser geküsst hatten, Badeverbot erteilt und sie vom Strand hinuntergejagt.«

»Und?«

»Der Bademeister wurde fristlos entlassen!«, sagte David.

»Cool«, entgegnete Sara und deutete auf ein paar zusammengenagelte Bretter, die mit Draht an einem Versorgungsmast befestigt worden waren. Die Bretter waren bunt lackiert und mit hebräischen Schriftzeichen bemalt. »Und was ist das?«

»Kunst.«

»Ich hätte es für Sperrmüll gehalten«, sagte Sara. »Aber dieses Zeug hängt offenbar überall.«

»In der Shabazi Street könntest du an jeder zweiten Straßenecke ein solches Gedicht lesen«, sagte David.

»Die Schriftzeichen sind Gedichte?«

David nickte. »Sie handeln von Politik, von Liebe und Verlust. Die Frau, die sie schreibt, heißt Nitzan Mintz. Sie ist eine ganz junge Kunststudentin und betrachtet die Straße als ihre Galerie. Willst du sie kennenlernen?«

»Nitzan Mintz? Noch nie gehört«, sagte Sara und betrachtete die Bretter. »Und du kennst sie?«

»Jeder kennt sie. Sie ist übrigens die Ururenkelin von Shimon Rokach, dem Gründer von Tel Aviv«, sagte David. »Im Haus ihrer Großmutter Lea, die selbst eine Künstlerin ist, ist ein Museum eingerichtet worden.«

»Tel Aviv ist anscheinend ein Dorf«, sagte Sara.

»Die ganze Welt ist ein Dorf«, sagte David und zog Sara fest an sich heran. Sie ließ es geschehen, denn Davids Nähe fühlte sich verdammt gut an.

»Hast du Hunger?«, fragte er.

»Und ich dachte schon, du fragst mich das nie!«, entgegnete Sara und küsste ihn auf den Mund.

Eine halbe Stunde später saßen sie in einem winzigen, überfüllten Restaurant in der Nähe des Carmel-Marktes, wo es Davids Meinung nach das beste Sabich der Stadt gab. Eigentlich war es nur ein Imbiss, aber die Warteschlange vor dem Verkaufstresen war enorm. Trotzdem hatte es David irgendwie hingekriegt, dass der Chef ihnen an den Wartenden vorbei einen kleinen Tisch zuwies, obwohl sie nicht reserviert hatten. David, der Dirigent und Pianist, war offensichtlich eine größere Nummer – eines der bekannteren Gesichter in der Stadt. »Du bist ja richtig prominent«, sagte Sara.

»Normalerweise hätte ich mich ganz brav hinten angestellt«, sagte David, »aber für hungrige Gäste aus dem Ausland mache ich eine Ausnahme.« Es sollte wie ein Witz klingen, aber Sara merkte, dass ihm die VIP-Behandlung in Wahrheit ziemlich unangenehm war. Saras Herz pochte noch heftiger.

»Danke«, sagte sie, »ich weiß deinen Einsatz sehr zu schätzen. Aber der Chef dieses Ladens sieht mir nicht gerade jüdisch aus.«

»Nein, Ali Hassan ist Iraker«, sagte David und warf einen Blick zu ihm hinüber, »aber genau das ist auch Tel Aviv. Im

Übrigen ist *Sabich* sowieso ursprünglich eine irakische Erfindung. Entweder du magst es gar nicht – oder du wirst sofort süchtig danach.«

»Jetzt bin ich aber wirklich gespannt.«

»Und … *Action!*«, sagte David und lachte.

Ali Hassan servierte das *Sabich* mit Schwung. Sara betrachtete neugierig den Teller, auf dem sich eine frittierte Aubergine und zwei pochierte Eier gemeinsam mit fein gehacktem Lauch, Gemüse und Kräutern den Platz in einem gerösteten Pita-Brot teilten. Darüber war eine gelbliche Sauce angerichtet, *Amba*, von der David behauptete, sie sei das Nonplusultra, allerdings nur dann, wenn beide sie essen würden. »Ich hoffe, du magst Knoblauch?«, fragte er, quetschte das Brot zusammen und biss ab.

Sara tat es ihm nach. »Wow! Aber mächtig viel Knoblauch …«

»… und Mango!«, fügte David hinzu.

»Es schmeckt wahnsinnig gut. Und davon ernährst du dich den ganzen Tag?«, fragte Sara.

David lächelte. »Nein, natürlich nicht. Das ganze Jahr!«, sagte er. Ein Tropfen Sauce lief ihm das Kinn hinab. Sara griff nach der dünnen Papierserviette und tupfte ihn ab. David ließ es geschehen. Auch dass sie sich über den Tisch beugte und ihn auf die Stelle küsste, wo eben noch die *Amba*-Sauce geglänzt hatte. »Wirklich, sehr exotisch«, murmelte sie und leckte sich die Lippen.

Ein Schatten fiel auf den Tisch. Sara und David schauten auf. »Schalom, Jakoov!«, sagte David. »Also das nenne ich einen Zufall. Oder bist du uns gefolgt?« Sara sah David fragend an. »Nimm dir doch bitte einen Stuhl, Jakoov«, sagte David und wandte sich an Sara. »Darf ich euch bekannt machen: Jakoov Blok, Hauptkommissar bei der Kriminalpolizei und …«

»Sara Stein, nehme ich an, sozusagen mein Pendant bei der Berliner Kriminalpolizei«, sagte Jakoov Blok und streckte ihr seine Hand entgegen, die Sara verdutzt ergriff und kurz schüttelte. Blok entführte einen Stuhl vom Nebentisch, rückte ihn heran, setzte sich und nahm Sara in Augenschein. Er *scannte* sie regelrecht. Sie kannte diesen Blick. Sie hatte ihn selbst auch drauf. Aber jetzt war ihr die ganze Situation nicht geheuer. Wenn ihn das zufällige Aufeinandertreffen wirklich freute, dann war der Fremde dafür einigermaßen kühl und nicht zuletzt auch ein wenig zu herablassend.

»Hoppla«, sagte David irritiert, »ihr kennt euch?« Er konnte sich nicht daran erinnern, seinem Freund ein Foto von Sara gezeigt zu haben. Er hatte ja auch gar keins.

»Einseitig würde ich sagen«, erwiderte Jakoov Blok, »aber ich darf dich daran erinnern, dass du uns zusammengeführt hast.«

Sara verschränkte die Arme vor der Brust, lehnte sich nach hinten und begann, leise vor sich hin zu lachen. »Jetzt ist mir alles klar!«, sagte sie und wandte sich an den israelischen Ermittler. »Ich hatte mich schon gewundert, dass mir David ein regelrechtes Dossier über die Levi-Schwestern aus Elon Moreh gemailt hatte. Dann waren Sie also seine Quelle?« Jakoov Blok zuckte mit den Schultern. »Oh mein Gott, David, du solltest doch meinetwegen nicht den gesamten israelischen Polizeiapparat in Bewegung setzen. Ich dachte, du stöberst vielleicht mal in einem Zeitungsarchiv. Mein Hebräisch ist ja bekanntlich nicht so gut.«

»Das hat unser guter David auch nicht getan«, sagte Jakoov Blok, um dessen Mundwinkel sich ein spöttisches Grinsen zeigte. »Aber Sie haben Ihren Fall offensichtlich gelöst. Das wurde mir jedenfalls berichtet.«

»Es war kein politisch motiviertes Verbrechen, zum Glück«, sagte Sara, »aber um genau das herauszufinden, waren … Ihre Informationen äußerst hilfreich. Also … vielen Dank!«

»Gern geschehen«, sagte Jakoov Blok und sah Sara in die Augen. Sie hielt seinem Blick stand.

»Dann sind weitere Erklärungen vermutlich überflüssig«, sagte David, der krampfhaft überlegte, ob er vielleicht einen Fehler gemacht hatte, weil er Sara gegenüber Blok nicht erwähnt hatte. Andererseits hatte er sich aber auch nicht mit seiner Detektivarbeit gebrüstet.

»David und ich kennen uns schon eine Weile«, sagte Blok und wandte sich kurz an die Bedienung, um sich ein Bier zu bestellen.

»Das geht auf mich«, sagte Sara.

»Nicht nötig«, erwiderte Blok.

»Das weiß ich auch. Aber ich *möchte* es gern, Kollege«, sagte Sara und beugte sich zu Blok herüber, der sofort abwehrend die Hände hob und David anblickte.

»Du hattest verdammt recht, mein Lieber«, sagte der Israeli. Es klang vielsagend, aber jetzt lächelte Jakoov Blok zum ersten Mal, und Sara wusste, dass David ihm von ihr erzählt haben musste. Der Israeli wandte sich wieder an Sara. »Wir waren zusammen bei der Armee, Sara. Ich war sein Vorgesetzter. David hat mir einmal den Arsch gerettet. Ohne ihn würde ich heute nicht hier sitzen.«

Sara bemerkte, dass David plötzlich begann, unruhig auf seinem Stuhl herumzurutschen. »Bitte, Jakoov«, sagte er, »das sind Geschichten aus der Steinzeit.« Seine Stimme klang gequält. Sara konnte hören, wie ernst es ihm damit war.

»Mehr will ich auch gar nicht ausplaudern«, antwortete Blok sofort. Als ob sie ein eingespieltes Team waren. »Aber es ist die Erklärung dafür, dass David sich an mich gewandt hat, wobei ich ihm diesen kleinen Gefallen selbstverständlich gern getan habe. Allerdings habe ich das Ganze doch mehr oder weniger offiziell behandelt.«

»Sicher aus gutem Grund«, warf Sara leise ein.

Jakoov Blok breitete die Arme aus. »Eine Israeli war ermordet worden – in Deutschland. Wir empfangen hier auch deutsche Nachrichten. Sie können sich sicher vorstellen, dass uns die neueste Entwicklung in Ihrem Land nicht sonderlich gut gefällt.«

»Mir gefällt dieser braune Mob auch nicht«, sagte Sara, »und zwar ganz und gar nicht – aber Berlin ist nicht Sachsen.«

»Noch nicht«, sagte Jakoov Blok und räusperte sich. »Um es kurz zu machen: Ich habe einen meiner Vorgesetzten in Kenntnis gesetzt, dass ich in einem speziellen Fall Amtshilfe leiste.«

»Und der hieß zufällig Weissenberg?«, konstatierte Sara.

Jakoov Blok nickte. »Der *Nitzav Mishneh* ist zumindest in der Lage und in der Position, solche Dinge diskret zu behandeln«, sagte Blok. »Aber dass ich euch beide hier treffe, das ist wirklich ein Zufall.«

»Dann ist ja alles geklärt«, sagte Sara in dem Moment, als dem israelischen Kommissar sein Bier serviert wurde. Dann stießen sie an.

»Auf euch!«, sagte Jakoov Blok und entspannte sich binnen eines Augenblicks. Dabei zwinkerte er David zu.

So polternd wie Jakoov Bloks Auftritt gewesen war, so dezent war sein Abgang gewesen. Sie hatten noch ein paar Höflichkeiten ausgetauscht, bevor der Kommissar sich verabschiedet hatte und in der Menge der abendlichen Bummler verschwunden war.

»Er ist immer so wenig direkt«, sagte David verlegen. »Aber er ist ein verdammt feiner Kerl.«

Sara hätte ihn gern nach seiner Zeit in der israelischen Armee gefragt. Nach seinen Erlebnissen. Bestimmt hatte ihr David noch längst nicht alles erzählt, was ihm in seinem Leben widerfahren war – wann hätte er das auch tun sollen? Doch nach der kryptischen Andeutung von Blok, dem David schließlich »den Arsch gerettet hatte«, lag die Vermutung nahe, dass dieser sensible, empathische und so wunderbare Mann, der es geschafft hatte, ihr in Lichtgeschwindigkeit den Kopf zu verdrehen, noch einige Überraschungen für sie bereithielt. Sara konnte sich David überhaupt nicht als Soldat vorstellen – in einer Uniform, mit einem Schnellfeuergewehr in der Hand, Handgranaten am Gürtel und blank gewienerten Stiefeln. Und schon gar nicht während eines Kampfeinsatzes. Doch sie war sich sicher, dass sie mit einer solchen Frage auch den letzten Rest Romantik an ihrem ersten gemeinsamen Abend in Tel Aviv vertrieben hätte.

Sie schlenderten schweigend auf der belebten Strandpromenade von Jaffa am Meer entlang. Ab und zu fanden sich ihre Hände, sie blieben stehen, ließen sich wieder los. Sara konnte sich nicht sattsehen und staunte. Hinter dem alten Leuchtturm aus braunem Naturstein tauchte Saras Hotel auf. Vom nahen Franziskaner-Kloster St. Peter wehten die Klänge eines Glockenspiels leise herüber und vermischten sich mit dem monotonen Klacken der Bälle, die im spärlichen Schein der Straßenlaternen zwischen den *Matkot*-Spielern hin- und herflogen.

»Unser Nationalsport«, sagte David.

»Beachball ist euer Nationalsport?«, sagte Sara.

»Weil es so friedlich ist. Es ist wahrscheinlich die einzige Sportart, bei der du nicht gegen jemanden spielst, sondern mit jemandem«, sagte David. »Es gibt sogar ein Matkot-Museum in Jaffa.«

»Du kannst mir sicher noch so viel zeigen – wenn du willst.«

»Nenn mir einen Grund, warum ich das nicht wollte, Sara?«

Sara blieb stehen. Sie trat ganz dicht an David heran und legte ihre Hände auf seine Schultern. »Ich dringe einfach so in dein Leben ein, komme unangemeldet zu dir nach Tel Aviv geflogen, nachdem ich den gesamten israelischen Polizeiapparat in Unordnung versetzt habe. Dann verunsichere ich deine Assistentin –«

»Hinter dieser Geschichte, die gar keine Geschichte ist, steckt nur meine Mutter!« David lachte.

»Das sollte mir vielleicht zu denken geben«, sagte Sara, »dass die Mutter die Freundinnen für ihren Sohn aussucht.«

David lachte wieder und zog sie noch ein Stückchen näher an sich heran. »Du wirst sie vermutlich kennenlernen müssen«, sagte er.

»Muss ich das? Glaubst du, dass ich ihr genügen werde?«

»Das solltest und das wirst du. Außerdem gehört das zum guten Ton.«

Sara sah ihn lange an. Dann meinte sie: »Verdammt noch mal, David Shapiro: Ich habe doch tatsächlich mein Herz an Sie verloren!«

»Ich liebe dich auch, Sara«, antwortete er.

»So unmöglich, wie ich bin?«

»So unmöglich, wie du bist. Und glaub mir, ich möchte das auf keinen Fall ändern.«

»Mmmmh«, sagte Sara, »das sagen die Männer immer.«

»Aber sie meinen es bestimmt nicht so wie ich.«

»Wenn du es sagst.« Sara vergrub ihr Gesicht in Davids Halsbeuge. Er umarmte sie fester. Sara hob ihren Kopf ein Stückchen. »Ich möchte dich übrigens auch nicht verändern«, sagte sie. »Aber wir müssen uns vermutlich trotzdem Gedanken machen.«

»Um was?«, fragte er.

»Auf die Dauer würde eine Fernbeziehung wahrscheinlich ziemlich anstrengend werden, meinst du nicht auch?«

»Ach so, das meinst du«, sagte David. »Also, da hätte ich schon so etwas wie einen Plan.«

»Ich weiß gar nicht, was meine Eltern davon hielten, wenn ihre Tochter … Du weißt schon.«

»Natürlich weiß ich, was du meinst.«

Sie schlenderten weiter. »Aber was ist denn mit dir und deinen Projekten?«, fragte Sara.

»Ich kann überall auf der Welt als Klavierlehrer arbeiten«, sagte David. »Also auch in Berlin-Kreuzberg.«

»Das kannst du bestimmt. Aber da ist es kalt und ungemütlich. Und ich bin mir sicher, dass du das nicht willst. Dafür haben deine Augen viel zu sehr geleuchtet, als du mir vorhin über dein Jugendorchester erzählt hast.«

»Für die Liebe muss man manchmal Opfer bringen«, sagte David feierlich.

»Dann sollten wir uns vielleicht auf das wesentlich kleinere Opfer einigen«, sagte Sara und deutete auf ihr Hotel. »Ich kenne da eine nette kleine Unterkunft, wo wir uns ganz in Ruhe unterhalten können. Es ist nicht weit von hier.«

»Nur unterhalten?«, fragte David.

»Auch das«, sagte Sara, schaute ihm in die Augen und küsste ihn dann zärtlich auf den Mund. Dann sagte sie: »Das Bett ist übrigens sehr bequem. Und groß. Schalom, Tel Aviv!«

Epilog

Der Haftbefehl gegen Ronit Levi wegen Anstiftung zum Mord wurde am 12. November 2015 nach sechseinhalb Wochen Untersuchungshaft aufgehoben. Auch wenn erhebliche Zweifel an der Unschuld der zweiunddreißigjährigen Israelin bestanden, reichten dem Haftrichter die vorliegenden Indizien nicht aus. Die Staatsanwaltschaft hatte zu diesem Zeitpunkt bereits signalisiert, dass sie kein Interesse an einer Anklageerhebung hatte. Ronit Levi flog noch am selben Tag zurück nach Israel. Einen Tag später wurde auch der Leichnam von Avigdor Brenner freigegeben. Er wurde am 16. November 2015 in Elon Moreh beigesetzt.

Jenny Petzoldt wurde von einer Jugendkammer des Berliner Landgerichts am 6. Februar 2016 wegen Totschlags zu einer Freiheitsstrafe von vier Jahren und acht Monaten verurteilt. Sie verbüßt ihre Strafe in der Justizvollzugsanstalt für Frauen in Luckau-Duben in Brandenburg, wo sie eine Ausbildung als Köchin begonnen hat.

Tarik Rahmar wurde am 8. Mai 2016 vom Landgericht Moabit wegen unterlassener Hilfeleistung mit Todesfolge sowie wegen des Vortäuschens einer Straftat zu einer Freiheitsstrafe von zwei Jahren verurteilt. Die Strafe wurde zur Bewährung ausgesetzt. Dass es sein Sohn Khalid war, der die ermittelnden Behörden auf seine Spur brachte, hat Tarik Rahmar nie erfahren. Das »Café Beirut« betreiben die Rahmars bis heute.

Khalid Rahmar arbeitet inzwischen als selbstständiger Techno-DJ und Komponist. Er hat in Berlin ein eigenes Plattenlabel und einen Musikverlag gegründet.

Tamar Levis letzte Ruhestätte befindet sich auf dem jüdischen Friedhof in der Schönhauser Allee in Berlin. Die Beerdigungskosten in Höhe von viertausenddreihundert Euro wurden von Tarik Rahmar übernommen.

8837247R00133

Printed in Germany
by Amazon Distribution
GmbH, Leipzig